·全民微阅读系列·

耳光响亮

王振东 编著

江西高校出版社

图书在版编目（CIP）数据

耳光响亮 / 王振东著 . — 南昌：江西高校出版社，2017.1（2021.1重印）

（全民微阅读系列）

ISBN 978-7-5493-5035-3

Ⅰ. ①耳⋯　Ⅱ. ①王⋯　Ⅲ. ①小小说—小说集—中国—当代　Ⅳ. ① I247.82

中国版本图书馆 CIP 数据核字（2017）第 017587 号

出版发行	江西高校出版社
社　　址	江西省南昌市洪都北大道 96 号
总编室电话	（0791）88504319
销售电话	（0791）88592590
网　　址	www.juacp.com
印　　刷	永清县晔盛亚胶印有限公司
经　　销	全国新华书店
开　　本	700mm×1000mm 1/16
印　　张	14
字　　数	160 千字
版　　次	2017 年 1 月第 1 版
	2021 年 1 月第 2 次印刷
书　　号	ISBN 978-7-5493-5035-3
定　　价	45.00 元

赣版权登字 -07-2017-45

版权所有　侵权必究

图书若有印装问题，请随时向本社印制部 (0791-88513257) 退换

目录

第一辑　生日礼物 / 1

添仓 / 1

念信 / 3

生日礼物 / 6

一块手表 / 9

上坟 / 11

还钱 / 14

仇人 / 16

爹重要，狗重要 / 19

吃饺子 / 21

扛幡儿 / 24

花喜鹊，叫喳喳 / 27

父亲卖瓜 / 30

幡杆儿 / 32

三婶走闺女 / 34

挑剔的父亲 / 37

赛被子 / 39

叫媳妇 / 42

第二辑　最香的面条 / 45

羊缘 / 45

最香的面条 / 48

送煤老汉 / 50

盲人和少年 / 53

送水 / 55

借我一块钱 / 58

踹年货 / 60

狗獾 / 63

瓜匠 / 66

父亲养猪 / 69

红管家 / 71

递礼 / 73

闹洞房 / 76

盘账 / 78

九岁红 / 81

实诚 / 84

憨二 / 87

停电 / 90

秤 / 92

对劲儿 / 94

绳结 / 97

吴老太的丧事 / 99

丢鞋子 / 101

父亲的菜园 / 104

黑叔 / 106

中奖 / 109

善待相与 / 111

暖冬 / 114

第三辑　一垄麦子 / 118

随礼 / 118

借钱 / 121

出气 / 124

换地 / 127

事故 / 130

一垄麦子 / 132

相公金昌 / 134

一棵小树 / 137

老万是个大脾气 / 140

打赌 / 142

秋菊的婚姻 / 144

喝药 / 147

瞎话篓儿 / 150

弟兄仁养猪 / 152

看戏 / 154

看电影 / 156

第四辑　画里的妈妈 / 160

游戏 / 160

画里的妈妈 / 162

特殊的日子 / 164

家访 / 166

杨小明的春天 / 169

一封家书 / 172

理想 / 174

麻雀 / 176

那年十三岁 / 178

第五辑　耳光响亮 / 181

凑数 / 181

五只扶贫羊 / 184

领导的记性 / 187

耳光响亮 / 189

劳务费 / 191

石秘书 / 194

喷匠冯七儿 / 197

一粒米饭 / 199

书殇 / 202

周县长的谋略 / 204

肝炎 / 207

贪食的麻雀 / 209

一碗蒸菜 / 212

村长醉酒 / 214

第一辑 生日礼物

友情是水,爱情是酒,亲情是血。许多时候,能让我们感动的,不是名利,不是财富,甚至连生命也不是,而是在血管里涌动、一次次漫过心底里的爱!亲情,是人世间最牢固、最深厚的爱,它构筑了人类社会爱的基石。亲情,是塑造优秀人格的教科书,是激发力量的源泉,是滋养心灵的情感雨露,对人一生有重大影响。

添 仓

爹叫上玉娇的哥嫂,还有伯、叔、舅、姨,来到张庄为女儿添仓。看着一粒粒金黄的麦子、苞谷流进自家的空仓,玉娇的眼泪不由自主地流了下来。

玉娇天天盼着娘家人来家为她添仓,盼得头发都快白了。

添仓是黄土洼一带的风俗:出嫁后的姑娘与婆家分家另过时,娘家担心闺女以后的生活,就前去看望安抚。去时带着麦子、苞谷、小米之类的粮食,把姑娘家的新仓添满,叫添仓。如果娘家没人去

耳光响亮

为她添仓，就说明她在娘家是个不招人喜爱的人。

在奢望娘家添仓的日子里，玉娇和丈夫进喜为一些琐事经常吵架。大人吵，女儿闹，加上债主逼债，进喜一气之下外出打工了，撇下玉娇独自拉扯着女儿度日。想想眼前的处境，玉娇后悔得恨不得把自己撕碎，泪都快流干了。她时常做梦，梦见自己回到了娘家，爹让女儿欢欢骑在脖子上玩，嫂子为她做最爱吃的手擀面；还梦见爹、哥、伯、叔，还有亲戚们肩挑背扛着大担小袋的粮食来为她添仓。她高兴得大笑，笑着笑着就醒了，醒了就哭，任泪水肆意地流。

玉娇十九岁那年，媒人给她提了门亲。男方老实厚道，玉娇爹很中意，可玉娇就是不点头。玉娇打小被爹娇惯，爹逼急了，她便撂下狠话：你再逼我，我就死给你看！爹偏偏也是点火就着的脾气，听玉娇竟说出这么绝情的话，也恼了：你要不同意这门亲事，往后就甭再进这个家！

当晚，玉娇就和张庄的进喜私奔了。原来，玉娇早就有了意中人。

在外漂泊了三个月，玉娇回到了进喜家，想到生米已煮成了熟饭，爹这会儿应该想通了，便让进喜家托媒人上她娘家提亲。玉娇爹嫌丢人，硬把媒人轰走了。

离家这么长时间了，玉娇思乡心切，更想念那个固执的爹。娘走得早，是爹含辛茹苦地把她拉扯大。她托人给爹捎信儿，说自己要和进喜成亲了，恳求爹原谅她。爹是个把面子看得比金子还金贵的人，玉娇私奔的事让他失了面子，伤透了心。他就对捎信儿的人说，我全当没养这个闺女。

玉娇听说爹病了，两天水米不沾牙，她急得满嘴燎泡，想回去看看爹，但一想到爹上两回那恼怒的表情、决绝的态度，就不寒而栗了。她拾了一篮鸡蛋，又买了几样补品，托人给爹送去，可爹当即就让那人把东西带了回来。

从此，玉娇死了回娘家的心。一晃一年过去了，玉娇没踏过娘家一次门。想家了，就站在村口，面朝东南方向贪婪的望，望望十里外她的娘家黄土洼。

不久，玉娇生了个丫头。按说有了后代，全家人都该高兴才对，可进喜的父母想要个孙子，把责任归罪到了玉娇头上，对玉娇冷眼相待，刚吃了满月酒，就和玉娇分了家。婆家也不富裕，为他们操办婚事，吃了喜面后，欠了一堆债。分家时，玉娇只分到了两间瓦房，却分到了三千元债务。

眼前的处境让玉娇心灰意冷，回想当年自己背离父亲跟进喜私奔，坏了名声不说，最后竟落个这样的下场。再想想别人家的媳妇分家后，娘家大车小筐地为她们添仓，她竟奢望爹此时也来为她添仓。想过，她苦笑着摇摇头，心说自己这辈子恐怕也没人为她添仓了，心像掉进了冰窟窿，冷到了极点。她感到再也没脸活在这个世上了，竟一根绳子把自己吊在了屋梁上，幸亏被人及时发现，才把她从绳索中解救下来。

人命关天，亲家赶紧给玉娇爹捎了信儿。

玉娇爹听后大惊，老泪立时模糊了双眼，大跑小跑地赶到女儿家，揽过女儿的头，父女俩哭得天昏地暗……

第二天，爹叫上玉娇的哥嫂，还有伯、叔、舅、姨，拉了两架子车麦子、苞谷，外加三千块钱，来到张庄为女儿添仓。看着一粒粒金黄的麦子、苞谷流进自家的空仓，玉娇的眼泪不由自主地流了下来。

念　信

文生去旅游，要父母寄钱，但连一句问候话都没有。邻居自魁怕文生父母伤心，替文生编了许多问候话。过了几天，文生娘想再

耳光响亮

听听儿子的问候，让大顺帮忙念信。文生娘听后像悟到了什么，呆在那里，觉得心里悠的一下，空了……

文生娘手中紧紧攥着一封信，是儿子文生从大学里寄来的。文生是黄土洼走出的第一个大学生，上大学已两年了，刚到学校时，一月来一次信，信中总要问问爹娘的身体如何，说说自己的学习和生活情况，时间一长，信像沙漠里的雨水一样少，后来常常三五个月不来一次，就是偶尔来一次，除了让家里寄钱外，很少再说别的事。快过年了，文生的信在爹娘的日思夜盼中总算姗姗而来了。文生娘从村委会一拿到信，满脸的皱纹舒展成了一朵怒放的菊花，老迈僵硬的双腿像擂动的鼓槌一样急急地往家赶。

文生爹在家左等右等不见老伴儿回来，便一会儿捧着文生在大学里的相片，左看看右瞧瞧，伸着衣袖仔细地拭去上面的灰尘；一会儿伸长脖子看老伴儿把信拿回来没有——那个焦急劲儿，仿佛在等一位尊贵的客人。

文生爹娘不识字，文生每次来信都得请村东头儿他自魁叔给念。自魁是个热心肠，人随活儿，好说个笑话，在乡亲们中很有人缘。文生娘风风火火回来了，刚到大门口就嚷嚷，他爹，把他叔请来没有？文生爹闻声，一步跨到当院里，说，他叔家里有点事儿，办完就来。说着，一把夺过文生娘手中的信，长满老茧的手不住地在上面摩挲。在这当儿，自魁进来了。文生爹激动地说，大兄弟，还得麻烦你给念念娃儿的信。

老两口就文生这一个儿子，自魁知道他们的心整天都在儿子身上系着，没日没夜地辛苦劳作，总算把儿子供上了大学，可他们的心也被牵得更远了。想到每次听信时老两口脸上幸福的表情，自魁感到十分欣慰。好长时间没给他们念信了，今天老两口肯定高兴得孩子似的。

第一辑 生日礼物

自魁坐在文生娘用袖子抹过的板凳上，打开信一看，不由嗑了一下牙，抬眼见文生爹娘像两个听话的小学生，端端正正地坐在自己的面前，遂慢慢念道——

爹、娘：

我春节不回家了，准备和几个同学去西藏旅游。请速寄来500元钱。

自魁看了看对面那两双充满期待的眼睛，缓缓地说，嫂子，念完了。文生娘说，念完了？文生还没问候俺老俩口哩！自魁像个"老外"一样，双手一摊，肩膀一耸，笑笑说，真的念完了！文生娘假装嗔怒道，他叔，你总没个正经，快接着念，甭让俺老两口着急了！自魁又笑笑说，嫂子，不信你瞧瞧！你知道俺是"睁眼瞎"，能瞧出来个啥？文生娘急得眼泪都快出来了，说，再涎我，晌午不给你擀面片儿吃。文生爹也催自魁，大兄弟，甭逗俺俩了，快念吧！自魁又看了一下信，说，好，好，我接着念。

自魁抖了抖信纸，高声念道，爹、娘，近来您二老身体好吗？爹的寒气腿还疼不疼？娘的糖尿病好些了吗？冬天了，爹娘要穿暖和些，特别是爹的腿，要注意保暖；娘的糖尿病，要坚持吃药，饭菜要搭配好，不要吃甜食……

自魁顿了顿，抬眼看到老俩口已是泪光闪闪，文生娘撩起衣襟不停地在脸上抹。

自魁接着念道，爹、娘，您俩年岁大了，我又不在身边，您要照顾好自己的身体，不要把自己的身体不当回事儿，干活儿要惜惜力，累了就歇着；不要太啃苦自己，该吃就吃，该喝就喝，一旦到了吃不下喝不下的时候，想吃想喝也没用了。人这一辈子只要有个好身体，别的啥都是次要的……我这里一切都好，爹娘不要惦记。

听着信，文生娘已抽抽搭搭地哭开了，文生爹一只粗糙的大手不停地抹着双眼，嘴里不住地念叨，你瞅这娃儿，你瞅这娃儿……自魁也眼睛红红的心里不是个滋味儿。

耳光响亮

文生娘抹了一把泪，转而笑着说，他叔，甭见笑，人老了，就是爱想个人，见到娃儿的信，听到娃儿说的话，就像见到了人，就像在自己的跟前。唉！不说了，今儿晌午，我给你擀面片儿。文生爹也说，大兄弟，今儿个特高兴，晌午咱弟兄俩好好喝几盅……不了，家里还有点事儿，我得回去。自魁支吾着，起身匆匆离去。

第二天，文生娘就让自魁把钱寄走了。

一连几天，老两口高兴得过年似的，精神头儿十足，两张核桃皮似的脸也分外地有光彩，逢人便说文生是个孝子。

又过了几天，文生娘又去找自魁，想让他把儿子的信再念一遍，儿子那些暖人的话，她听不够。自魁不在家，文生娘刚好碰见在镇上念高中的大顺回来过星期，便拉了大顺念。一句念完，再也没了下文。任凭文生娘咋说，大顺说就这一句话。

文生娘像悟到了什么，呆在那里，觉得心里悠的一下，空了……

生日礼物

男人不容易，夹在父母和妻子中间的男人更不容易。大顺为了调和母亲和妻子的矛盾，给妻子买了件羽绒袄，让母亲送给妻子当生日礼物。母亲如实说出这袄是大顺买的后，小娟两眼一热，一把抱着了娘。

接到小姑子打来的电话，大顺媳妇儿小娟和大顺又吵了起来。

小娟说，看病时想到咱了，咱不管，谁愿管谁管！

大顺说，娘就我这一个儿子，咱不管谁管？

小娟反问道，谁规定父母必须由儿子管，她不是还有个闺女吗？

大顺说，娘病了儿子不管，有这个理吗？外人知道了笑话。

第一辑　生日礼物

小娟反唇相讥，她不领孙子都不怕外人笑话，咱怕啥？

你甭提那事了！

我就提，没见过还有奶奶不领孙子哩！

小娟在这件事上就是一根筋，谁也劝不醒。大顺见小娟的犟劲又上来了，不再争吵，起身出了家门——他不能因为小娟的反对就不给娘看病。他回乡下把娘接到县城，直接住进了医院。经过一个星期的治疗，娘痊愈出院了。

婆媳关系之所以这么紧张，是因为小娟生孩子后，大顺娘没去照看孙子。为这事，小娟和大顺狠狠地吵了一架，声言以后不许大顺回乡下看她。大顺对小娟好言相劝，可小娟就是不听。每次回去看娘，大顺只得瞒着小娟，弄得他跟做贼似的，夹在中间两头儿受气，身心疲惫极了。他想了许多办法调和婆媳矛盾，可都不奏效。

不久，小娟的生日到了，大顺不经意间想到了一个办法——让娘在小娟生日那天给小娟送个礼物，或许能缓和婆媳矛盾。刚好小娟想买一件羽绒袄，就让娘给小娟买一件。娘性格刚强，让她给小娟低头不太容易，让她花钱给小娟买袄更不容易。干脆自己把袄买了，再做做娘的工作，让娘送给小娟。大顺就买了件小娟喜欢的天蓝色羽绒袄，回到乡下。一看到袄，娘就数落大顺，你娘都六十多岁了，这袄我能穿得出去？

大顺歉意地笑笑，娘，这袄不是给您买的，是您给小娟买的。

娘听糊涂了，我给小娟买的？我啥时给她买的？我凭啥给她买？

大顺就把自己的想法说了。

娘说，就因为没领孙子，我就得给她低头，凭啥呀？！我把你们兄妹俩领大容易吗，咋还得替她领孩子？

大顺耐着性子说，娘，哪个父母不想让自己的儿女往好处过呀！其实，您是刀子嘴豆腐心。您虽然没领孙子，但不等于您不亲孙子，几天听不到孙子的声音，您跟少点儿啥似的，就打电话和孙子拉呱儿。有人进城，您就让人给孙子捎来花生、红枣，还有自己喂的土

7

鸡。您这不是心里装着孙子吗？大顺从娘的脸上看到娘的心似有所动，便趁热打铁，小娟是个直脾气，好说，其实她也知道您亲孙子，从内心里已经不生您的气了。您作为长辈，姿态高点儿，不要跟小娟计较。您若给她送件生日礼物，她能不知好歹？

大顺一番入情入理的话，把娘的心说动了，把娘的心说软了，顺子，听你这么一说，想想娘也有不对的地方。娘知道该咋做了。

小娟生日那天，娘风尘仆仆地进了城。一进门，大顺装作大吃一惊的样子：娘，您咋来了？小娟也一脸茫然。

娘放下手中提着的鸡和米面，拿出那件天蓝色羽绒袄说，娟儿，不，闺女，娘记得今天是你的生日，娘来给你过生日哩。娘老了，糊涂了，有对不住你的地方，你能原谅娘吗？说着，两行泪就流了下来。

小娟有点儿不知所措，看看婆婆，又看看丈夫，见丈夫给她使眼色，这才上前拉着婆婆的手坐下，娘，我也有不对的地方，是我对不住您！

娘说，闺女，咱不说这个了。这件袄你喜欢吗？

小娟有点儿结巴，喜……喜欢！

娘说，这件袄是大顺给你买的，他让我给你送来，就说是我给你买的生日礼物。大顺是变着法子让咱娘俩和好哩！你甭埋怨他。做个男人不容易，咱俩不能让他夹在中间受气。娘从衣袋里掏出六张大钞塞到小娟手里，大顺对我说买这件袄花了五百块，给俺闺女过生日，娘不花钱会中？这是娘的一点儿心意，取意六六大顺，愿你们往后啥事都顺顺利利。

小娟十分感动，把钱又塞回婆婆手里，娘，您的心意我领了，可这钱我不能要。

娘又把钱塞回给小娟，闺女，这钱你若不要，说明你还没原谅娘。

大顺不失时机地说，娟儿，拿着吧，娘是真心实意给你的。

小娟两眼一热，一把抱着了娘。

第一辑　生日礼物

一块手表

　　这件事已过去了三十多年，妈妈也于二十年前去世了，可我一直珍藏着这块手表。它依旧走得很准，那"嘀答嘀答"的声响，像是母亲那声声殷切的叮咛。

　　二十世纪七十年代，手表还是稀罕物。那时我正上初中。一天，同学马鸣买了一块手表，戴在手腕上，挽着衣袖，神气十足，惹得全班同学眼都绿了，恨不得把马鸣的手表摘下戴在自己手上。一时间，攀比之风像传染病一样，很快在班上传开了。不几日，又有几个同学买了手表。他们得意的神态，手表那晶亮的外壳、精致的表带和悦耳的"嘀答"声，对我产生了极大的诱惑。

　　我做梦都想得到一块手表。一天早饭时，我终于鼓起勇气对母亲说："妈，我想买一块手表。"

　　母亲说："你爸去世时欠的外债还没还清，这个月的房费、买面的钱、你妹妹的学费都是向人借的，哪儿有钱给你买手表？"

　　我赌气地说："我不管，反正得给我买！同学们都有，就我没有。"

　　母亲哄我说："听话，等家里有了钱，一定给你买。快上学去吧！"

　　我像一头倔驴，戳在地上一动不动，说："不买，我就不去！"

　　母亲对我一直寄予很大期望，一听我说不去上学，她的火立马上来了，"啪"，一巴掌打在我的屁股上，她哽咽着说："你这不听话的孩子！"我哭着跑出了家门⋯⋯

　　外面正下着雨，噼里啪啦的雨点像豆子般砸在地上。我一头冲进雨幕，霎时，便淋得水洗一般。我漫无目的地在大街上游荡，满腹的委屈使我忘记了冷，忘记了饿。闲逛了一上午后，我来到了江边，

9

耳光响亮

蜷缩着呆呆地坐在那儿……等慢慢冷静下来后，心里暗暗后悔自责起来。是啊，一家人的大小开支全靠母亲的几十元工资，不得不经常借钱过日子，我怎么能跟同学们攀比呢？怎么能为买块表和母亲赌气呢？我真是太对不起她了。可我想要块表的欲望实在太强烈了，怎么办呢？

我的脑子里倏地冒出个想法——自己挣钱买。我起身朝码头走去，在那儿很容易就能找到活儿。虽说装卸、搬运货物这些重活儿我干不动，可码头附近有一个斜坡，搬运工拉着装满货物的平板车上坡时，时常需要人帮忙推车，推一次两角钱。我看准了这个活儿，就在斜坡下的避雨处等。

谁知等到天都快黑了，连一个拉车的也没有。雨仍不停地下，看样子一时半会儿也停不了。我想，完了，今天别想揽到活儿了，谁会在这样的鬼天气里出来拉货。正想离开，忽然看到远处过来一辆平板车，车上装满了货物，拉车人正抻脖子蹬腿向斜坡走来，上身俯得几乎与路面平行了。雨点打在那人的破斗笠上，身上的塑料布像面破旗般在风中飘动，雨水顺着裤管儿流到鞋面上，灌满了水的旧解放鞋像两只蛤蟆，走一步便"咕哇"叫一声。路面很滑，那人不时地打着趔趄。由于那人上身俯得太低，看不清他的面容。

车刚到坡下，我便迫不及待地窜到车前，大声问："需要帮忙吗？"在风雨声中，我隐约听到"嗯"了一声，便高兴地绕到车后，开始推车。想着马上就能挣到有生一来的第一笔钱，我推起车来格外卖力。由于又冷又饿，不一会儿，便感到双腿像绑了两块石头，怎么也迈不动，推车的劲儿也小了许多。我稍一松劲儿，车子不但停了下来，还直想往后退。我赶紧使出吃奶的力气，用力顶着车身，感觉到那人也在拼命地使劲儿拉。僵持了一会儿后，车轮又缓缓地向前移动了。我俩一鼓作气，密切配合，终于到了坡顶。

车子一停下，那人就一屁股坐在地上，像个刚跑过终点的马拉松运动员，不停地喘着粗气。我犹豫了一下，上前讨要工钱。那人慢慢抬起头。四目相望，我俩都愣住了。那人是我妈。

"妈，我再也不要手表了！"我不顾一切地扑在妈妈怀里，泪水拌着雨水在脸上肆意流淌。

几天后，妈妈花了二十九元钱，托人给我买了一块"钟山"牌手表。我没舍得戴，而是用一块干净的红布把它仔细地包起来，藏在了抽屉里。

这件事已过去了三十多年，妈妈也于二十年前去世了，可我一直珍藏着这块手表。它依旧走得很准，那"嘀答嘀答"的声响，像是母亲那声声殷切的叮咛。

上　坟

为了遵循家乡的风俗，翠花只好一次次打消给娘上坟的念头。后来，她冲破禁忌给娘上了坟，可并没有出现对娘家不利的事。翠花说，嫂子，老祖宗传下来的风俗，教人向善的得遵循，迷信害人的得摒弃，就像锄草一样，把庄稼留住，把野草锄掉，你说对不对？

翠花打小没了爹，是娘屎一把尿一把地把她和哥拉扯大，为哥娶了媳妇，为她嫁了人。娘本该享享福了，可嫂子爱梅太懒，家务活全落在娘一人身上。娘本来身体就不好，一天下来，身子骨累得像散了架一样。翠花疼娘，经常回去帮娘洗洗涮涮，心想自己要是有孙悟空的分身术，分一个自己帮娘该多好啊！

正月十六那天，娘没缘由地一头栽倒在地，永远地走了。翠花想到娘一生的艰辛，哭昏了过去……送走娘，她整整睡了三天，做了许多梦，每次都梦到娘还活着，可等梦醒了，才感到娘确确实实地不在了，泪就像小河里的水一样哗哗流淌。

耳光响亮

日子在煎熬中到了清明节，翠花想回去给娘上坟，可一想到那个该死的风俗，又犹豫了。在黄土洼，每年的大年初一、清明节、十月一日和父母去世周年那天，有给去世父母上坟的风俗，烧些纸钱，燃挂鞭炮，寄托对逝去亲人的哀思。但已出嫁的闺女，却只能在父母周年那天才能上坟，如果在大年初一、清明节和十月一日这三天回娘家上坟，据说会给娘家带来灾祸。翠花那年考上了大学，家里供不起，只好嫁了人。对于这个风俗，她这个差点儿踏入大学校门的农村女人也是半信半疑。她和丈夫商量，丈夫劝道，宁可信其对，不能信其错，咱可甭坏了祖先传下来的规矩。她只好怏怏作罢。

十月一日这天，翠花还想回去给娘上坟。她给丈夫一说，丈夫还是摇头反对，我知道你心里一直装着娘，可娘毕竟不在了，说句不中听的话，为了给死人烧纸，真给哥家带来灾祸，你会后悔一辈子的。翠花想了想，只好打消上坟的念头。

大年初一到了，翠花没再想给娘上坟的事，因为距娘去世一周年只剩半个月时间，那天她可以理直气壮地给娘上坟，给娘烧好多好多纸钱。

距娘周年越来越近，翠花简直有些迫不及待了，提前几天买回了供品、纸钱和鞭炮。谁知正月十六那天早上，丈夫下红薯窖拾红薯时，缺氧的红薯窖一下子把丈夫熏倒了，在医院住了三天才痊愈出院。这个周年翠花自然没给娘上成坟。

日子像老牛拉破车一样，哐当哐当走过了一年，娘的周年又到了。可老天仿佛捉弄翠花似的，那天她公爹去世了。可怜翠花空有一片孝心，又没能给娘上成坟。

两次都没能成行，这让翠花为娘上坟的愿望更加强烈。给公爹守完孝，距清明节也不远了。翠花想，啥风俗啊？那都是老祖宗传下来的一种禁忌，我就不信上回坟真能给娘家带来灾祸！

清明节那天，翠花悄无声息地来到娘坟上，烧了纸钱，燃了鞭炮，然后虔诚地跪在娘的坟前磕了四个响头，再也抑制不住自己的情绪，泪像决堤的洪水，喷涌而出……

翠花给娘上坟的事，像风一样很快传到了爱梅耳朵里。她气呼呼地跑到坟上，大声质问翠花，在咱黄土洼，我还没见过一个出了嫁的闺女像你这样回来上坟的。你嫌俺家穷的轻？！

翠花赔着笑，嫂子，我巴不得你和我哥过得比城里人还好哩！

爱梅撇着嘴，既然这样想，为啥还回来上坟？难道你忘了咱家乡的风俗？

翠花哽咽了，娘在世时为我们吃尽了苦，她死了两年多，我连张纸儿都没能为她烧，我心里有愧啊！

你心里有愧，就该让我们过不好？

嫂子，现在都啥年代了，咱该对那个风俗的对错有个分辨了。

分辨个啥？人老几辈都是这样做的。你甭不信，我家要是出了啥不好事，到时候再给你算账……

可一个月过去了，爱梅家里鸡鸣狗吠，六畜兴旺，并没有发生啥不好的事，倒是喂的一头母牛下了双胞胎牛犊。这可是件大喜事，爱梅高兴，就演了一场电影。

俩月过去了，爱梅家里炊烟袅袅，一派祥和，还没有发生啥不好的事，倒是种的十亩麦子获得了好收成，每亩合一千二百斤。爱梅高兴，就给丈夫买了一瓶酒。

又过了俩月，爱梅家里莺歌燕舞，欢声笑语，仍没有发生啥不好的事，倒是儿子小涛被省里的一所大学录取了。爱梅这次更高兴，请了县里的剧团，美美地唱了三天。

接二连三的好事让爱梅也对那个古老的风俗产生了怀疑——如果是对的，那咋没在我家应验？她感到真的对不住翠花了。

小涛上大学走的前夕，翠花回娘家给小涛送学费。爱梅说，翠花，都怪嫂子不好，让你受委屈了。翠花说，嫂子，不怪你，要怪只能怪封建迷信。我想了多天，老祖宗传下来的风俗，教人向善的得遵循，迷信害人的得摒弃，就像锄草一样，把庄稼留住，把野草锄掉，你说对不对？

还　钱

儿子歉意地说，娘，我说我把钱拿走是骗您的，我不想让您和姑奶为三百元钱闹生分。您能原谅儿子吗？凤改一把搂过儿子，娃儿，你长大了！

不久前，堂侄女凤改向姑姑春桃借了三百元钱，说是为儿子大壮交学费，还说等猪崽儿卖了就还。

半年过去了，凤改没有还钱。春桃家也不急用钱，就没吭声。又过了一个月，村上集资修路，春桃一时拿不出恁多钱，就去找凤改。凤改和春桃嫁的是同一个村，凤改只所以也嫁到黄土洼，还是春桃说的媒，用春桃的话说，就是姑姑亲，辈辈亲，在一个村上相互也有个照应。见到凤改，春桃直说道，改，村上叫集资，这会儿姑姑手里没恁多钱，要不你紧紧手先把那三百元钱还我？等我手里宽裕了，我再借给你。

凤改一愣，姑，那钱我早还您了。

春桃也一愣，还了？啥时还的，我咋没印象？

凤改有点儿气，姑，您是不是老糊涂了？那钱我还您至少半年了。

春桃更气，心说这妮子借钱时说得恁好听，咋一到还钱时就变脸了？改，你姑不是那一头钻到钱眼里的人，不是手头紧，打死我也不会张这个嘴。咱俩啥关系？你要是还了，姑会为三百块钱再问你要？

凤改说，姑，我再穷也不会昧人家钱的，况且你是我亲姑哩。

春桃说，改，咱俩不能为几百元钱失了姑侄女的情分。你再想想，你是啥时间，在啥地方还我的？

凤改想了想，大约是半年前的一天下午，大壮过星期也在家，您来我家串门。我说猪崽儿已经卖了，就找出三百元钱，是三张一百的，您接了钱后就走了。

春桃也想了想，改，是有这事，可那天下午大婶喊我急着去看戏，我答应了一声，把那三百元钱放到饭桌上就走了。你再想想是不是这样？

凤改说，我去厨房给您倒水，没听清您说的啥，回来时您已经走了。您说把钱放饭桌上了，可我一直没见呢！

春桃说，改，我要没放说放了，那你姑成啥人了？

凤改说，照你这样说，是我把钱昧起来了？

春桃说，我没说你昧钱，可我真没拿那三百元钱。

话说到这个份上，再说还与没还已没任何意义，因为没有第三个人在场。为了证明自己没昧那钱，凤改一气，赌起咒来，我要昧那钱，叫我出门腿摔折！

春桃也不再要长辈的面子，跟着赌咒说，我要拿走那钱，叫我出门车轧死！

两人脸皮撕破了，也不再顾及姑侄女的情分，啥话难听说啥，最后连祖宗都骂了。从此，两人不再往来，见了面躲着走，成了不共戴天的仇人。

不久，春桃家盖房子。这天刚好是星期天，大壮要去姑奶家帮忙。凤改拦着大壮，甭说盖房了，她家就是死人咱也不去！

见娘说出这样难听的话，大壮问娘咋回事。凤改就一五一十地把那天春桃要钱的事说了，把大壮听得一愣一愣的。大壮说，娘，我还当是因为啥哩，原来是这事？

凤改说，这么说你知道？

大壮说，那天下午我回学校，看到饭桌上有三百元钱，我当是您给我准备的生活费，就拿走了。

耳光响亮

凤改一拍大腿，哎呀，我的小祖宗！你拿走咋不给娘说一声，弄得我和你姑奶成了仇人！

大壮说，娘，对不起，怨我太粗心！走，咱去找我姑奶，当着她老人家的面，把那天的事说清楚，消除您俩的误会。

凤改推脱道，我……我不去吧，见了你姑奶，怪不好意思的！

大壮拉着娘的手，你甭怕，有我哩。

见到春桃，大壮把刚才对娘说的话也对姑奶说了一遍，然后说，姑奶，这事都怨我，让我娘您俩闹了误会。今天咱把事情说清楚了，往后您俩还是好姑侄女，两家还是好亲戚。听儿子说完，凤改不失时机地把三百元钱捧给了春桃。

春桃两眼一潮，一把一个，把凤改和大壮搂在了怀里……

过了几天，民警小郑突然让凤改去乡派出所一趟。凤改说，我也没犯法，让我去弄啥？小郑说，我们抓了一个小偷，他在供词中说偷了你家三百元钱，你来做个笔录。凤改说，我家从没丢过钱呀。小郑说，小偷供认半年前去你家找水喝，看到饭桌上放着三百元钱，就顺手装进了口袋……

凤改没想到事情会是这样，在派出所做完笔录，赶紧去乡高中找到大壮，把去派出所的事说了，问儿子这到底是咋回事。儿子歉意地说，娘，我说我把钱拿走是骗您的，我不想让您和姑奶为三百元钱闹生分。您能原谅儿子吗？

凤改一把搂过儿子，娃儿，你长大了！

仇　人

张大婶紧紧地盯着栓成的眼，又说，你知道你的眼角膜是谁捐献的吗？是你娘。她是在得知你急需眼角膜后，去的医院……栓成愣了一下，"扑通"跪倒在地，便泣不成声了。

第一辑 生日礼物

栓成六岁那年，爹去煤窑挖煤。时间久了，娘在家耐不住寂寞，偷养了汉子。爹回家过年时发现了这事，一怒之下，把娘捆了个"老头看瓜"，狠狠地打了一顿。过罢年，爹也不下煤窑了，在家三天两头打娘，把娘打得皮开肉绽。娘受不了这样的拷打，便和那汉子私奔了。

娘像从世上蒸发了一样，杳无音信。邻居张大婶和娘很合得来，估计知道娘的踪迹，爹便去问她，可她也不知娘的去向。爹又多方寻找，还是没有娘的下落。为了生计，爹把栓成撇给奶奶，重回煤窑。不久，煤窑冒顶，爹死在了井下。栓成开始恨娘，在他幼小的心里，执拗地认为爹的死都是因为娘造成的，娘成了他不共戴天的仇人。

从此以后，栓成只要听到谁说娘好，他就跟谁急。一次，铁蛋手举冰棍儿向栓成炫耀，看，俺娘买的，俺娘对俺才好哩。栓成二话没说，上去就撕打铁蛋，把铁蛋的鼻子打出了血。听到铁蛋的哭叫声，铁蛋爹责问栓成，你为啥打铁蛋？栓成说，谁叫他在我跟前说他娘好哩？铁蛋爹数落栓成，你鳖儿还怪有理哩，要不是你娘，你龟孙还在你爹的大腿根儿上长着哩！栓成一拧脖颈，说，他要敢再说他娘好，我还打他。铁蛋爹知道这是栓成忌恨他娘才这样做的，不再和他计较，拉着铁蛋悻悻地走了。

栓成在奶奶的抚养下，说话间到了入学年龄。一天，一个中年妇女给栓成送来一个崭新的书包和一个文具盒，说是他娘让送给他上学用的。栓成噘起小嘴，对中年妇女说，我没娘，那女人早死了。中年妇女说，你这孩子咋这样说话？你娘再有不对的地方，可她毕竟是你娘啊！栓成咬咬牙，说，她要是我娘，就不会跟别人跑了。快把这些脏东西拿走。无奈，中年妇女只好收拾东西，摇摇头，走了。晚上栓成回家，看到门前放着那个书包，怒气冲冲地找来剪刀，喀嚓喀嚓，把书包剪了个稀巴烂，又在文具盒上狠狠地踩了两脚。

过了几年，奶奶也撒手人寰。邻居们看栓成可怜，都争着喊他

17

来家里吃饭，慢慢地长大了。栓成很争气，考上了初中、高中，之后又考上了大学。大学毕业后，栓成被分配到县里的一个部门当秘书。由于工作出色，三年后就升任了办公室主任。

就在栓成的仕途一帆风顺的时候，他患了眼疾，两只眼肿得像灯泡。起初他并没在意，只滴了点眼药水，几天后仍不见好转，就住进了医院。医生说，必须换眼角膜，否则，两只眼睛都要失明。

这不啻是晴天霹雳，把栓成惊呆了——不说换眼角膜需要多高的医疗费，眼角膜从哪里找？要是在做手术的最佳时机没人捐献眼角膜，自己就会变成瞎子。他感到自己像掉进了万丈深渊，什么前途、家庭……一切都完了。他诅咒上天对自己的不公，脾气变得异常暴躁，拒绝配合医生治疗。医院让他通知其家属来医院，他说他没有家属，他的家属都死了。无奈，医院让其单位领导出面做工作，他的情绪才慢慢稳定下来，在医院等待眼角膜捐献者。

这天，医院来了一名农村妇女，她说她听到有患者急需眼角膜，便来了。她还说她儿子患病住院，急需大笔医疗费。为给儿子治病，她情愿把自己的眼角膜卖掉。

医生对她说，你的爱子之心令人敬佩，可你要想好了，做完手术，你的双目就什么也看不见了。

农村妇女说，儿女是爹娘的心头肉。别说为儿女眼瞎了，就是命丧了，爹娘的眼也不会眨一下。

医生很感动。

手术很成功。

不久，栓成就出院了，重新回到了工作岗位。

在一个秋高气爽的上午，栓成正在单位工作。突然，张大婶来单位找他。张大婶对他说，你娘昨晚央人找我，说她得了乳腺癌，活不多久了，想在死之前见见你。你娘说她这么多年来心里一直念挂着你，时常在梦里见到你，梦到你就哭。她说她太对不住你和你爹了。

张大婶说着说着就抹起了眼泪。

栓成听着，脸上冷冰冰的，像罩着一层霜，心说这是上天对她的应有惩罚。

张大婶紧紧地盯着栓成的眼，又说，你知道你的眼角膜是谁捐献的吗？是你娘。她是在得知你急需眼角膜后，去的医院……

栓成愣了一下，"扑通"跪倒在地，便泣不成声了。

爹重要，狗重要

我家三天前丢失"撒摩耶"纯种狗一只，我们叫它"儿子"。"儿子"嘴馋，不吃素食，每顿必须有鸡鸭鱼肉方才进食。爹却没人管，得了半身不遂，最后竟走失了。到底是爹重要？还是狗重要？

黄土洼正中有一条横贯东西的村街，东边几个村庄的人去镇上赶集，都要经过这里，所以这里经常车来人往，一些有经济头脑的人时常在村街口的墙上张贴广告，发布信息。村街口俨然成了一个信息发布栏。

这天上午，村街口忽然围了许多人，在那里指指点点，品头论足，原来那里贴了一则寻狗启事。启事写道：

我家三天前丢失"撒摩耶"纯种狗一只，我们叫它"儿子"。"儿子"身高七十公分，身长八十公分，黑眼睛、黑鼻子、红舌头，通身雪白，没一根杂毛。"儿子"气质高贵，步姿优雅，活泼可爱。"儿子"嘴馋，不吃素食，每顿必须有鸡鸭鱼肉方才进食。"儿子"很通人性，它能听懂人话，会给人作揖磕头，还会撵鼠捉鸡，虽是一只狗，却是我们家中的一员。自从"儿子"丢失后，我们两口子吃不下饭，睡不着觉，都瘦了几圈儿，精神面临崩溃。亲帮亲，邻帮邻。下面这张照片是我"儿子"的照片。好心的父老乡亲们，请你们伸出援

耳光响亮

助之手，救救我们两口子吧！有提供确切线索者，酬谢现金五千元；有亲自送到家者，酬谢现金一万元。

寻狗人：孙三　尚秋香

2011年×月×日

这只狗真有福气，顿顿鸡鸭鱼肉，比人都强。俺家一个月也吃不了几顿肉！二赖羡慕地说。

孙三开着"三粉"厂，真是财大气粗，为找一只狗竟舍得花恁多钱！这狗要是叫咱见着了，送个信儿都比上咱一家全年的收入了！马大狗感慨道。

孙三往"三粉"里掺滑石粉，赚的是昧心钱，良心早叫狗吃了。他爹都丢失半年了，也没见他找过，更没见他贴过寻人启事，这样的人还配做人？！山爷愤愤地说。

人们议论完了，愤愤地朝那则寻狗启事上吐口唾沫，该下地的下地，该赶集的赶集，村街口暂时恢复了平静。

孙三的大叔孙老耿也看到了那则启事，看完后"刺拉"把启事撕下来，骂道，日你娘，你这个混账东西，丢只狗就这样破费，你爹丢了，你们却鳖气不吭！边骂边找到了孙三家。

狗比你爹还重要？狗比你爹还金贵？你鳖儿还是人吗？孙老耿一到孙三家就骂上了。

叔，我爹走丢后，我也找了，可没找到呀！孙三辩解道。

放你娘的屁。你们要是管你爹，对你爹好，他会得半身不遂？他能走丢？你巴不得他死在外头呢！

我和爹虽然分家另过，可每月给他二十块钱呢！

二十块钱好弄啥？还不够你吸盒烟哩！羊还有跪哺之心哩，你们连畜牲都不如！孙老耿猛拍一下桌子，向孙三下了最后通牒，你既然能贴寻狗启事，也能贴寻人启事。限你午饭后，写一张寻爹启事，贴到村街口。你要不贴，我打断你的狗腿！

　　午饭后，真有一则寻人启事贴在了村街口，也引来许多人观看。启事写道：

　　我爹孙付祥，大约七十多岁，身高一米六左右，黑瘦脸，尖下巴，右腿有点儿瘸，嘴有点儿歪，吐字不清，于半年前走失。走时好像穿灰色上衣，蓝裤子，脚穿凉拖鞋。有知其下落者，请电话告知。

　　　　　　　　　　　寻爹人：孙三　尚秋香
　　　　　　　　　　　　2011年×月×日

　　人们看后，有的摇头叹气，有的跺脚骂娘。

吃饺子

　　老两口已经仨月没有吃饺子了，就掏出二十元钱让儿子买肉。当看到儿子买回的东西时，老两口像被孙悟空使了定身法，怔怔地站在那里半天没动地方。

　　有福老俩口晌午想吃饺子。也难怪，老俩口已经仨月没吃饺子了。他们腿脚不利索，不能去集上割肉。刚好儿子儿媳去赶集，有福老汉就让儿子给捎十块钱肉。

　　儿子说，爹，不年不节的吃啥饺子，就恁馋？

　　有福老汉一听那个气呀，心说臭小子说的这叫啥话？我是你老子哩！深秋的风吹进屋里，有福老汉肩膀一抖，心里感到一阵寒凉。

耳光响亮

有福老汉说，人一老就不主贵了，想吃啥就得吃啥，跟个孩子一样，要不为啥人们说老变小呢？

儿子说，您看院子里的苞谷棒子都掰回来几天了，我们赶完集得赶紧剥苞谷哩，一割肉就把活儿耽误了。

有福老汉说，耽搁不了，我和你娘给你们剥。

儿子这才转怨为喜。儿子说，爹，您放心，我保准给您割块肉。说完并没走开，两眼直直地望着爹。

有福老汉说，还有事？

儿子搓搓手，显得有点不好意思，也没……啥事。

有福老汉一想，忽然明白过来——儿子这是等着让自己掏钱哩！

有福老汉从兜里掏出一个皱巴巴的手绢，慢慢展开，取出一张二十元面额的钞票给了儿子。儿子这才喜滋滋地走了。

儿子刚走，有福老两口便开始给儿子家剥苞谷。

有福老汉已经六十八岁，患有关节炎病，老伴儿比他大两岁，也是个"药篓子"，可老两口为儿子干起活儿来，早把身上的病痛忘到九霄云外了，好像有使不完的劲儿。两人还像孩子一样，搞起了比赛，看谁剥的快，看谁剥的多。两人剥着笑着，笑着剥着，很快就剥了两大堆。可毕竟岁数不饶人，慢慢地，两人都感到脚麻了，腰酸了，胳膊也疼了，剥苞谷的速度明显慢了下来。

一只吃饱了的红公鸡在和煦的阳光下打盹，翅膀左一撑右一撑，栽不倒，撑不醒。

有福老汉看着红公鸡说，看看鸡多自在，吃饱就睡，哪像咱们。

老伴儿笑着说，下辈子你托成鸡算了。

说笑中，两人很自然地扯到了吃饺子这事上。有福老汉说，他娘，等肉割回来，我来剁馅儿，让你尝尝我的手艺。

老伴儿说，甭喷了，你那手艺有几两几钱我还不知道，炒的菜不是淡了就是咸了；熬的苞谷糁不是稀了就是糊了……就这臭手艺，逞啥能？

第一辑 生日礼物

有福老汉说，你甭不信，我在电视里学了好多手艺，就说拌饺子馅儿吧，都是那些原料，拌入的先后顺序不一样，搅动的方向不一样，那馅儿的味道就不一样。拌馅儿时要是再加点糖，打个鸡蛋清儿，味道就更鲜，味道就更美。

老伴儿说，咦！没想到你学能了。中，今儿个叫你好好露一手。

有福老汉说，让儿子一家也过来吃。

老伴儿说，让孙子吃我没意见，可儿子儿媳对咱俩那样，我看还是省了吧。

有福老汉说，你这老东西咋还和儿子儿媳计较哩，他们对咱再不中，可毕竟是咱的孩子，咱当父母的不能跟他们一般见识，你说是不是？

老伴儿说，这理儿我懂，可他们有时做的实在不像话。就说早几天儿媳包饺子，人家三口吃得满嘴喷香，也没让咱一下。说句话你甭笑话，当时我馋得直流涎水。

有福老汉笑着说，是不是跟你当年害娃儿一样？不害赖。说完，又安慰老伴儿，过日子就是过的下辈人，咱俩都是土埋脖子的人了，争竞那有啥意思？只要孩子们过得好，咱俩啥都甭说。

老伴儿只好说，中，听你的。

日头上了屋脊，红公鸡的影子在腹下浓缩成巴掌大的黑团。儿子还没回来。

老伴儿埋怨道，咱黄土洼距镇上也就二十多里地，还骑着摩托，看赶个集有多慢，再不回来，今儿晌午这饺子恐怕吃不成了。

有福老汉劝道，乡村饭，两点半。再等等。

老伴儿说，我饿了，不想剥了。

有福老汉说，那就歇歇吧。两人这才站起身活动活动麻木的双腿。

红公鸡的影子已经转到了身子的东边。两堆苞谷棒子小山似的，静静地躺在地上，在阳光下闪着金光。这时，摩托的轰鸣声由远而近，"吱"的一声停在当院里。

有福老两口赶紧迎上去，儿子支好摩托，从车上摘下一个木板样的东西，对有福老汉说，这是给您孙子买的滑板。又取下一个盒子，这是我买的皮鞋。再从塑料袋里拿出一件衣服，这是给您儿媳妇买的鸭绒袄。有福老汉说，好，都该买。

有福老汉等着儿子继续往外拿东西，可儿子迟迟不拿。他提醒儿子，还有东西没拿出来呢。儿子说，啥东西？都拿出来了啊。有福老汉说，我叫你捎的肉呢？儿子尴尬地说，爹，是这样，买鸭绒袄时缺二十块钱，我们咋砍价，店家就是不卖，您儿媳妇太喜欢这件袄了，没办法，只好把您给我那二十块顶上了。

有福老两口像被孙悟空使了定身法，怔怔地站在那里半天没动地方。

扛幡儿

兄妹一家亲，打断骨头连着筋。二柱看看八爷，又看看停放在床上的春桃娘，断然把钱推了回去：妹子，这钱留着办丧事用吧！记住，你娘，是俺亲姊哩！

娘在破庙里还没咽气，春桃已为谁给娘扛幡儿的事愁得长吁短叹了。

春桃发愁是有原因的：春桃是独生女。她有心尽孝，可风俗像一道无形的篱笆阻拦她不能为娘扛幡儿。在黄土洼一带，父母死了，由长子扛幡儿；长子没了，次子扛。绝户人家（村里人称没有男孩的家庭）的两口子百年之后，闺女是不兴扛幡儿的，都由侄子扛，其家业由侄子继承，闺女是不能继承家业的。尽管闺女是直系亲属。如果谁家父母死了，没有人为其扛幡儿，只能说明这家不会来事、老鳖一,村里人会永远看不起他们的。

眼下,娘就像熬干了油的灯芯,随时都会熄灭,春桃能不发愁吗?

按说扛幡儿的人是现成的,那就是春桃娘的侄子二柱。当年春桃爹不在时,就是二柱扛的幡儿。从情理上说,到春桃娘百年以后,家业全归二柱。可春桃在爹死后竟卖了娘家的房产,把钱揣到自己兜里,接娘到自己家住。春桃丈夫也没说啥。不久,春桃娘的身体好似老旧的机器,成天出毛病,最后竟卧床不起。当医生说让准备后事时,丈夫怕岳母死在他家里,坚决要把岳母送走。在黄土洼一带,人是不能死在没有继承权的人家里的。春桃不同意。丈夫说不同意就离婚。

其实,卖了娘家的房产不久,春桃就后悔了,可她一直没有勇气向二柱赔不是,二柱一家也没再和春桃家来往。

事已至此,春桃左右为难——不把娘送走,自己的家就要零散;把娘送走,该送到哪儿?送回老家,娘在那里已没有半块砖瓦;送到二柱家,二柱会同意?无奈,春桃只好把娘安顿在村头的破庙里。

看到春桃整天流泪,娘后悔当年没有阻拦春桃的举动,一再央求春桃,去挖个坑,把我活埋算了,省得死后你还得为谁给我扛幡儿的事作难。

春桃的心都碎了,伏在娘身上,哭得天昏地暗……

住进庙里不几天,春桃娘就昏厥过去几次。如果不在娘离世前把扛幡儿的人定下来,等娘双眼一闭就晚了。

为了娘,走投无路的春桃只好抹下脸,硬着头皮去找二柱,谁知二柱在省城打工不在家。春桃就和嫂子商量。嫂子鼻子一哼,你拿俺和二柱当傻子呀!说罢摔门而出,把春桃晾在了那儿。

春桃自知理亏,没再说什么,泪却在眼里打转。

嫂子在饭场里说了这事,村里人纷纷说春桃的不是:

让扛幡儿哩才来找二柱,亏她春桃张得开嘴!

春桃?了家业,却让二柱扛幡儿,天底下哪儿有这样的理?!

耳光响亮

这些话传到春桃耳朵里，她知道这是自己作的，也没怨恨哥嫂，擦了把泪，去找德高望重的八爷。十里八乡谁家有个红白喜事，都是由八爷操办的。一进门，春桃扑通跪下，八爷，我财迷心窍，做了遭人唾骂的事。你给俺二柱哥说说，他要愿意给俺娘扛幡儿，我情愿把卖俺娘家业的钱还给他。

八爷捋了捋花白胡子，数说春桃：闺女，咱黄土洼自古以来就这风俗，你竟敢违抗，这是对祖先的不敬啊！好在你知道错了，还可能有挽回的余地。

春桃一激灵，眼里立时燃起希望之火。

八爷说，二柱听说你找了他，昨天就给我打来电话，说他两口子虽然生你娘儿俩的气，可他一辈子也忘不了你爹你娘对他家的帮衬。

都怨我，是我对不住哥嫂！

二柱还说，为了报答，他要回来为你娘尽孝。

春桃悔恨不已，一巴掌掴在自己的脸上。

八爷劝春桃，你也不要过于自责。等二柱回来后，你当着乡邻的面把钱还给他，他会原谅你的，这样乡邻们也会理解你。

这时，一直阴沉的天空露出一抹霞光。春桃的心里也像这天一样亮堂起来。

二柱给八爷打完电话就往家赶，谁知还没到家，春桃娘就咽了气。二柱奔到庙里，咚咚咚给春桃娘磕了三个响头。

春桃拉起二柱，掏出一沓钱，双手捧给他，哥，妹子对不住你，该打该骂都由你！

帮忙的人一齐把目光投向二柱。不等二柱反应，人称"快嘴莲"的莲花说：不是我说你春桃，别看你把钱还给二柱，你做那事，村人都小看你！

结实说，你小小年纪，咋一头钻到钱眼里了啊？！

……

春桃脸臊得红一阵白一阵。

这时八爷发话了：大伙儿都别说了，兄妹一家亲，打断骨头还连着筋哩！二柱，你就收下吧！

二柱看看八爷，又看看停放在床上的春桃娘，断然把钱推了回去：妹子，这钱留着办丧事用吧！记住，你娘，是俺亲姊哩！

村人纷纷翘起大拇指，齐夸二柱是个男人。

花喜鹊，叫喳喳

福善老两口住进了机井房。机井房前有棵大杨树，大杨树上有个喜鹊窝，每天喜鹊都在枝头"喳喳"地叫。听到这喳喳地叫声，福善对婆娘说："这是喜鹊给咱报喜哩！它说咱的仨儿子过得都好，让咱放心！"说完，福善的泪流了下来。

福善两口子三年生了三个儿子，分别取名大驴、二驴、小驴。

大驴十八岁那年，刘媒婆给他说了个媒，两个年轻人见面后，彼此都比较中意，双方父母也没啥意见，福善便备了一桌酒席，两家人聚到一块儿，算定了亲。

黄土洼人从老辈起，有早结婚，早生子的习惯，定亲后，大多是男方催女方，说这样可以四世同堂。第二年，福善便备了礼物，托刘媒婆去女方家催婚。亲家母说："闺女大了不可留，留来留去结怨仇。闺女早晚是大驴的人，只是亲家必须给俺闺女盖四间大瓦屋，房子盖好了，啥时候想接媳妇儿俺啥时候送闺女。"

刘媒婆把亲家母的话捎给了福善，福善心说有房子住，还盖啥房子？但又一想，就是盖了房子，媳妇家又带不走，便答应了亲家母的要求。

耳光响亮

福善在自家老宅的西边盖了四间瓦屋,把大驴媳妇儿娶进了门。

大驴媳妇儿进门不到仨月,就提出分家。福善不想分,怎奈大驴媳妇儿铁了心要分,大驴也没说不分,福善只好分了,大驴小两口如愿地得到了那四间大瓦屋。

自从大驴小两口分开另过后,福善老两口心里就没畅快过。这天,老两口坐在院外的大槐树下乘凉,几个孩童在不远处玩耍,边玩边唱着歌谣:花喜鹊,叫喳喳,娶了媳妇不要妈;花喜鹊,尾巴长,娶了媳妇忘了娘……福善心里一震,就有点不是滋味了,婆娘的眼睛也有点潮。福善毕竟是个男人,心肠硬些,就劝婆娘:"小喜鹊长大后也要另立门户,何况人呢。别往心里去,只要孩子们过得好,分开就分开。"婆娘抹了一把眼说:"这俺懂,可猛的一分开,俺这心里真有点拐不过弯儿。"福善又劝:"没有过不去的坎儿,慢慢就中了。"

光阴在日升日落间流淌,二驴也到了谈婚论嫁的年龄,刘媒婆也给二驴说了一门亲,很快便定了下来。一年后,福善又备了礼物,托刘媒婆到女方家催婚。亲家母说:"闺女也老大不小了,早晚都得出嫁,早出嫁,早生子,早得济。只是亲家已为大儿媳妇儿盖了房子,也得为俺闺女盖四间大瓦屋。"刘媒婆把亲家母的话捎给了福善,福善尽管不愿意,可想想大驴是自己的儿子,二驴也是自己的儿子,不能偏一个向一个,便求村支书赵贵给划了一处宅基地,又盖了四间大瓦屋,也把二驴媳妇儿娶进了门。

福善老两口的高兴劲儿还没过,二驴媳妇儿也说要分家。老两口不愿分,可二驴媳妇儿非要分,二驴也没说不分。老两口无奈,还是分了,四间大瓦屋顺理成章地归了二驴小两口。

福善老两口没明没黑的劳作,暂时忘掉了两个儿子分家的不快。这天,两人锄完地回家时,又碰到那几个孩童在村街上玩游戏,边玩边唱:花喜鹊,叫喳喳,娶了媳妇不要妈;花喜鹊,尾巴长,娶了媳妇忘了娘……婆娘的脸立时由晴转阴,回家后倒头便睡。福善劝道："小锅饭，吃着香，放点葱花儿闹嚷嚷。有小锅饭吃着，谁家的孩子还想和父母一起过？再说咱累死累活挣钱为了啥？还不是为了儿子们。他们过好了，咱做父母的才算尽到了责任。"婆娘想想也是，气慢慢地消了。

晨风暮雨，春去秋来。不知不觉又过了一年，小驴也该娶媳妇儿了。刘媒婆给福善捎信说："亲家母知道你给大儿媳妇儿、二儿媳妇儿都盖了房，说也得给小儿媳妇儿盖，只要盖四间大瓦屋，就送闺女出门。"

福善清楚地知道自己为儿子盖房、娶媳妇儿已拉下万把块钱饥荒，可为了小驴能娶回媳妇儿，自己就是累断脊梁也得盖房。

福善又去找支书，让支书再给批块宅基地，可支书说现在乡里明文规定禁止在耕地上建房。福善像霜打的茄子，低着头往家走，忽然想到自己不是有老宅吗，何不在老宅建房？福善又借了钱，扒了老屋，又盖了四间大瓦屋。

福善费劲巴力地把小驴媳妇儿娶进家门，可不出仨月，小驴媳妇儿也闹着要分家，还要像大嫂二嫂一样独住一个院子，小驴也没说不分。这下让福善犯愁了：这家一分，俺老两口往哪儿住？婆娘承受不住这一打击，呜呜地哭起来。这一哭把福善激怒了："你个臭娘儿们，当初有了大驴、二驴后，你非想生个闺女，结果可好，没要到闺女，又生了个儿子。自己作的孽自己受吧。"

婆娘被福善一骂，哭得更伤心了。福善低着头吸闷烟。过了好大一会儿，他才对婆娘说："三个儿子都是咱亲生的，不偏不向，都住四间瓦屋。我想好了，咱俩住村里的机井房。"

福善老两口住进了机井房。机井房前有棵大杨树，大杨树上有个喜鹊窝，每天喜鹊都在枝头"喳喳"地叫。听到这喳喳地叫声，福善对婆娘说："这是喜鹊给咱报喜哩！它说咱的仨儿子过得都好，让咱放心！"说完，福善的泪流了下来。

父亲卖瓜

母亲把猪草倒进猪圈:"我说我打电话叫你回来,你爹说啥也不让打,说你这阵子正谈朋友哩。我这是瞒着他给你打的电话。"

大学毕业后,我考入老家县城的一个单位工作。不久,我谈了一个朋友,我很钟情于她。女友父母都是国家干部,家庭条件优越。而我的父母是地地道道的农民,且母亲经常患病,家庭条件自然很差。女友几次问我的家庭情况,我都把话题岔开了,我怕女友知道我家的情况后弃我而去,只好先瞒着,等我们的关系成熟后再告诉她。

星期天,我陪女友上街购物,从上午九点逛到十一点,我们又热又渴,便来到广场边上的售货亭,准备买两瓶绿茶。突然,女友指着不远处的一辆瓜车,兴奋地喊:"西瓜,我要吃西瓜。"我循声望去,见一辆架子车上装满西瓜,上边摆放着两块切开的瓜,鲜红的瓜瓤让人一见就不由得想流口水。卖瓜的老汉正在为顾客称瓜。我陪女友来到瓜车旁,女友孩子似的叫道:"你看,还是沙瓤哩!"为讨女友的欢心,我让卖瓜老汉给挑一个。当四目相对时,我惊呆了——老汉竟是我的父亲!他的头发完全花白,像染了一层霜;瘦削的脸颊被太阳晒成了黑紫色;背有点佝偻,以至于隆起了一个疙瘩;老蓝布褂子已被汗水溻湿,四周浸出白色的盐渍,像一张地图;一条脏兮兮的蓝布包挂在胸前,那里面装的是卖瓜钱,是给我结婚用的。

父亲眼里尽是惊喜之色,就要和我打招呼。我赶忙把目光移开,拉着女友便走。我不想在这种场合让女友和父亲相认。

女友正在兴头上,冷不丁被我拉走,恼怒地甩开我的手:"你干什么呀?""咱不买这瓜了。"

第一辑 生日礼物

"为什么？"

"这瓜不太好。"

"不嘛，我就要买这瓜，你看这瓜瓤多沙、多红。"女友说着赌气返回到瓜车前。我也只好返回，两眼望着父亲，满是乞求。

父亲读懂了我的眼神，装作和我不认识一样，谄笑着向女友推销西瓜："闺女，挑个瓜吧。我这瓜是自个儿种的，施的全是芝麻饼肥，又沙又甜，吃了保准叫你满意。"

父亲的热情并没有给女友带来什么好感，她不冷不热地问："多少钱一斤？"

父亲说："不贵，八毛。"

女友撇撇嘴，不屑地说："还不贵？五毛钱一斤还差不多。"

父亲说："五毛就五毛，我看你是真相中这瓜了。"

父亲为女友挑了一个又大又圆的西瓜。我替女友付了钱。我看到父亲接钱的手在微微颤抖……

我不敢与父亲的目光对视，大脑里一片混乱——等再见到父亲时，该怎么向他解释？

正在这时，旁边一个小贩忽然冲父亲喊："快跑，城管来了！"

父亲慌了，将钱往布包里一塞，扫了我一眼，拉起架子车就往小巷里跑。父亲的敏捷着实让我吃惊，以至于我愣在那里回不过神儿来。

见父亲跑了，女友便大叫起来："老头，别跑，我的瓜还在车子上呢。"说着就去拿瓜。

我不愿看到父亲被城管抓着，忙拉着女友的胳膊："算了，你看那老头多不容易，要让城管逮着了，不罚他钱才怪哩。"

女友说："才不呢，那瓜是咱买的，为什么便宜他？"

我只好劝女友："别急，等城管过去了，他肯定会给咱们送回来的。"

女友撅着嘴，一副不高兴的样子。

耳光响亮

就在女友等得不耐烦时，父亲回来了，目不转睛地看着女友。见女友面有愠色，父亲自知失态，忙收回目光，讷讷地说："闺女，对……对不住啊！"说着将瓜塞到女友手里，又看了我一眼，转身蹒跚而去。

送回女友，我急忙返回广场，想给父亲一个解释，可父亲已不在那里。

第二天，我突然接到母亲的电话，说让我回去一趟。我知道肯定是父亲对母亲说了卖瓜的事。我怀着忐忑不安的心情回到家，见母亲正在院子里剁猪草。我问母亲啥事。母亲说："你爹昨天去县城卖瓜中暑了，要不是遇着好心人，命早没了。"

我的头嗡地猛响起来，急切地说："我爹呢？"

"在里屋睡着呢。"母亲把猪草倒进猪圈，"我说我打电话叫你回来，你爹说啥也不让打，说你这阵子正谈朋友哩。我这是瞒着他给你打的电话。"

我再也听不下去了，跑进里屋，"扑通"跪倒在父亲床前："爹……"便泣不成声了。

幡杆儿

栓娃爹死了，栓娃不哭。黄土洼人都说栓娃不孝。老话说，不孝子插的幡杆儿活不了。可栓娃插的幡杆儿竟然活了。

栓娃在黄土洼名声不好。

黄土洼人都说，栓娃不孝。

那年，栓娃爹得脑血栓，落下了半身不遂，吃喝拉撒都在床上。久了，脾气变得异常暴躁，动不动就骂人，有时，手一横就把栓娃熬好的中药掀翻在地。

这天，栓娃爹又冲栓娃发脾气，栓娃忍不住饿道："爹，俺没黑没明地伺候你，不缺你吃不缺你喝，到处给你寻医问药，你还有啥不顺心哩？"

栓娃爹受到顶撞，骂得更凶了："你个王八羔子！俺把你养这么大，说你几句就不中？"

"你病恁长时间，俺姐她们谁都不看你一眼，你咋不骂她们？"

"她们是嫁出去的闺女，泼出去的水，能指望她们弄啥？你是儿子呀！"

"知道我是你儿子，就得听我的。"

栓娃爹接着嚷嚷："听你的，听你的，吃了恁些药，也不见效，俺不想再喝那苦水了，俺想吃肉。"

"不吃药咋能治好病，要不公家开医院弄啥哩？不吃药甭想吃肉。"

村里人就在背地里戳栓娃的脊梁骨，说栓娃舍不得让他爹吃肉。

村里德高望重的八爷数落栓娃："栓娃呀！栓娃！你咋恁不孝顺呢！啥叫孝顺？就是既孝又顺！你爹要弄啥，你就顺着他呗。"

栓娃说："顺着他，就害了他，俺可不想这么早就没爹！"

八爷无可奈何地摇了摇头。

栓娃爹的腿动不了，栓娃偏要搀着他每天在地上走几趟。开始，栓娃爹每挪一步，都十分艰难，没少受罪摔跟头儿，栓娃就把爹架起来继续走。栓娃爹喊疼，栓娃说："知道疼就好，知道疼就有救了。"

村里人都说栓娃嫌他爹是累赘，故意摆治他爹，想让他爹早点儿死。栓娃听了全当没听见。

慢慢地栓娃爹就不感到腿疼了。后来，也不让栓娃搀了，自己走。

栓娃爹一直活到八十四岁，最后"瓜熟蒂落"，撒手西去。

出殡那天，栓娃的三个姐姐披麻戴孝、扯腔拉调在地上打滚哭，拍着棺材哭。去坟地的路上，姐妹三人竭嘶底里，疯了一般，依次"拦棺"，每次都伴着唢呐声哭得浑身瘫软。唢呐班边吹边围着棺材跳"花步"，呜呜咽咽、如泣如诉的唢呐声和着悲戚的哭声把旁观者都催得潸然泪下。可栓娃背着幡杆儿，表情木然地走在送葬队伍前面，两眼焦干没掉一滴泪。

事后，八爷骂栓娃："我在村里操持了几十年丧事，还没见过一个像你心肠恁硬的人，难道你鳖娃儿是从石头缝儿里蹦出来的？！"

栓娃说："人死如灯灭，玩恁些花样弄啥，还不如活着时给端碗凉水喝哩。"

八爷说："就不说玩啥花样，可你爹养活了你几十年，死了咋着也得哭一声。"

"有啥哭哩？人死了要是能哭活，我就是把自己哭死都中。"栓娃撂出的话硬梆梆的。

村里人都骂栓娃是不孝之子，全世界都少见。

按照黄土洼的习俗，送葬时，孝子要背根幡杆儿，就相当于现在的花圈。幡杆儿是用活柳树上的树枝做的。坟添好后，孝子要把幡杆儿插在坟上。老辈人说幡杆儿能测试出儿子孝不孝，孝子插的能活，逆子插的就活不了。

可奇怪的是，栓娃插的幡杆儿居然活了。

村里人想的头疼，也没想出这是为啥？！

三婶走闺女

三婶俯身用额头贴三叔的额头，试试三叔发不发烧。三叔趁势抱着三婶。三婶挣脱三叔，死老头子，你到底啥病？快把人吓死了。三叔笑着指指胸口。三婶猛醒过来，双手捶着三叔的胸脯，都多大年纪了，还没个正经……

第一辑　生日礼物

三婶，你这是去哪儿？走闺女呗！走闺女是黄土洼人的说法，意即去闺女家。今天下午，三婶和三叔拌了嘴，一气之下才去了闺女家。

事情是这样的。三婶让三叔在家喂牛，自己去麦田套种苞谷。种完一垄，三婶口渴了。刚好结实回家，就让结实捎个话，让三叔给她送壶水。三叔给牛拌上草，正准备去送水，不巧有福来串门，两人就闲扯起来……等有福走了，三叔却把送水的事忘了。三婶左等右等不见三叔，便赶回家，见三叔正坐在院里吸烟哩。三婶气得大声吵嚷，我顶着日头在地里干活儿，你连壶水都不送，你就这样对我？

三叔这才想起忘了送水，就把有福来串门的事说了。

三婶流着泪说，忘了？你心里分明没我！

三叔见三婶胡搅蛮缠，也生气了，你甭上纲上线，没送水心里就没你？

三婶说，就是。看看人家的男人，待自家女人多好。看看你是咋对我的！

三叔说，我不好，人家好。你去找好的呀！

三婶说，你当我找不着？离了你那夜壶照样尿尿。我这就去找！

三叔揶揄道，去吧，找个知冷知热的人，好好待你。

三婶真的收拾了一个小包袱，抬脚出了门。三叔也不拦挡，看着女人的背影，笑。

三叔三婶在一个锅里吃稀稠已经二十多年了，就这点儿小事，要是有人说说劝劝，也不会到这一步。可后半晌邻居们都下地了，儿子和他们分家另过又住得远，所以二人吵架也没人听见。三婶心里骂道，死老头子，你一个人在家好好过吧！便朝闺女家走去。

三叔孤雁似的坐在院子里，清静了一会儿，背着手去了自家田里。他看着滚滚的麦浪，闻着浓浓的麦香，使劲儿吸溜了一下鼻子，麦香便像小河流水一样在体内潆绕，整个毛孔都舒展开来。

耳光响亮

他又连着吸溜了几下，刚才的郁闷慢慢消散，心情顿时舒畅起来，心里对三婶说，你走了我倒清静自在，没人跟我吵架了。这样想着，脚就下到田里，一边薅草一边哼小曲。薅累了，就坐在田头吸烟。等日头快落下时，才背起草往家走。到了家，才发觉肚子饿了。三叔从未做过饭，去儿子家吃吧，儿子儿媳问起他娘来，咋说？干脆自己学做吧。他娘擀面条时，自己也见过。三叔开始和面。一和，稀了。放面再和，又干了。再兑水，又稀了……这样来回和了几次，最后也没和好，倒把三叔弄出一身汗。三叔很气，抓起面块扔到猪食槽里，和衣躺在床上。躺在床上的三叔睡不着，心想，这女人不在家，看来还真不中哩！得把他娘叫回来，她八成是走闺女家了，往常生了气她都去闺女家。找个啥理由呢？他想呀想呀，忽然有了主意。

　　第二天早上，他让一个小孩去叫儿子，说他病了。儿子慌忙赶过来，问爹咋啦？三叔说，头疼。那我去请医生。不用。我娘呢？你娘去你姐家了。爹，你是不是想我娘了？谁说我想她了？她走十年我也不想！儿子一听，知道爹是啥病了。

　　在闺女家，三婶刚来时欢声笑语，第二天就两眼呆滞，一副魂不守舍的样子，帮闺女剥花生时，老出错——剥了一手窝花生，把花生米放在了花生壳上，却把花生壳放进了盛花生米的篮子里。闺女问，娘，咋啦？三婶没回闺女的话，问，闺女，我来几天了？闺女说，两天了。三婶说，我咋觉得有两年了。闺女摸了摸娘的额头，娘，你不发烧呀，咋说起糊话来了？！三婶说，我右眼光跳，老话不是说"左眼跳财，右眼跳灾"吗？我咋觉得家里有事？闺女说，娘，爹身子骨棒棒的，麦子也没熟，家里能有啥事？三婶说，不在家，我总觉得心里空落落的。闺女说，娘，你是不是想爹了？三婶脸一红，想他？一百年不见他我也不想！闺女说，不想就在这儿住呗……晚上，娘躺在床上睡不着，翻来翻去像烙烧饼。

　　早上，娘烧火，闺女做饭。忽然，电话响了。三婶"腾"地跳起来，一溜小跑去接电话。电话是儿子打来的。儿子说，娘，我爹病了，你赶紧回来吧。你爹要紧不要紧？三婶声音直打战。反正不吃不喝，光睡觉。三婶一听，饭也不做了，背起小包袱就走。

三婶赶到家，来到床前，拉着三叔的手，他爹，咋样？

三叔说，不咋样。

三婶俯身用额头贴三叔的额头，试试三叔发不发烧。三叔趁势抱着三婶。三婶挣脱三叔，死老头子，你到底啥病？快把人吓死了。三叔笑着指指胸口。三婶猛醒过来，双手捶着三叔的胸脯，都多大年纪了，还没个正经……

挑剔的父亲

你们得养孩子，还贷款，不节省着点咋中？我要不挑剔点，你们一回来就买东西，那得花多少钱呀？居家过日子，该省就得省。今儿个咱爷儿们说清了，往后再回来，啥东西也不能买了。

不知从何时起，我忽然发现父亲变得挑剔了——给他买条烟，他说纸烟没有自己种的叶子烟劲儿大，吸着不过瘾；买瓶酒，他说没有自己酿的米酒好喝……总之，每次买的东西没有他中意的，让我回老家看他时再也没法买东西了。

大学毕业后我在县城参加了工作，两年后买了房子，娶了媳妇，去年又生了个儿子。我和妻子都是工薪阶层，要养孩子，要还房贷，日子过得紧紧巴巴。母亲去世早，父亲含辛茹苦把我拉扯大，供我上了大学，娶了媳妇，尽管经济困难，我也应对父亲尽孝，便隔三差五地回乡下老家看望父亲。我原打算让父亲到县城和我们一起生活，让他享受天伦之乐，可父亲说他在城里住不惯，无论如何不到

耳光响亮

县城住。只要父亲高兴，想住哪里都行，我就没再坚持。

星期天，我回家看父亲时给他带了一串香蕉。父亲一生从没吃过香蕉，我要让他尝尝香蕉的味道。我给他剥了一瓣儿，他吃了一口，皱了一下眉头，"噗"的吐了出来，一副很难吃的样子。父亲说，这香蕉一股儿甜腻味儿，不好吃，往后千万甭买这些稀奇古怪的东西了，太不值了。我尴尬地站在一边，说以后再不买了。

在回城的路上，我反复想，父亲一生省吃俭用，勤俭持家，现在怎么变挑剔了？兴许这就是人们常说的"老变小"的缘故吧。

有了这次教训，我再回去看父亲时，什么东西也不买了，父亲显得很高兴。

季节转眼间到了冬季，我知道父亲怕冷，就给他买了一件羽绒袄。我让父亲穿上试试，父亲抻开羽绒袄，左瞧瞧，右瞅瞅，又用长满老茧的手轻轻地摩挲，然后穿上，但马上又小心地脱下来，对我说，娃儿，这衣裳又软又光，又轻又暖和，不赖，可它不是咱庄稼人穿的。穿上它干活儿吧，怕把它弄脏了，弄皱了，使不上劲儿；出门穿吧，太招眼，别人会说你一个土包子、庄稼佬烧包个啥？穿着它不自在，没咱乡下的老棉布头袄穿着贴身、得劲儿。这袄放着也没用，还挺贵，你走时把它带回去，退了。

我说，爹，已经给您买回来了，您也别那么多讲究，凑和着穿吧。再说，卖出去的商品，商家不退。

父亲说，商家如今都讲诚信经营，你给人家说说好话，会退的。

耐不住父亲的软缠硬磨，我只好把这件羽绒袄带回去退了。

这次"风波"后，我又回家了几次，因怕买的东西仍不合父亲的意，就没敢买。一次，我试探着问父亲，爹，平时我买的东西没有一样是您喜欢的，您到底喜欢什么？

父亲说，娃儿，爹虽说老了，但身子骨还硬朗。爹啥东西都不需要，只要你们一家三口回来看爹，爹就高兴。我想父亲说的也有道理，就依了他。

▶ 第一辑　生日礼物

再过几天就是父亲六十五岁生日了。生日不同于平时，无论如何得给父亲买件礼物，但买什么真让人头疼，我就把这个艰巨的任务交给了妻子。儿媳妇买的东西，父亲总不会再挑剔了吧？

父亲生日那天，妻子给他买了一个大蛋糕，还买了一双运动鞋，带了两瓶好酒，我们一家三口就上路了。到了家，父亲看着大堆小堆的礼物，脸立时就阴了。我忙解释，爹，这都是您儿媳妇买的，您不会不喜欢吧？父亲听了，脸上这才有了喜色。妻子让父亲试试鞋，父亲穿上鞋，在屋里来回踱，踩踩右脚，又踩踩左脚，脸上挂着笑，一副心满意足的样子。妻子说，爹，您上了年纪，腿脚不灵便了，运动鞋穿着舒服，您不会不喜欢吧？父亲听后眼睛有点潮，缓缓地说，孩子们，不是爹挑剔，我是不想让你们多花钱。城里不同咱乡下，花钱的地方多，连水都得掏钱买。你们得养孩子，还贷款，不节省着点咋中？我要不挑剔点，你们一回来就买东西，那得花多少钱呀？居家过日子，该省就得省。今儿个咱爷儿们说清了，往后再回来，啥东西也不能买了。

听着父亲的话，我泪流满面。

赛被子

改花啥都明白了，流着泪赶到村部，正好听到小耿宣布评比结果。她激动的拉着二叔的手，甜甜地喊了声：爹！然后一把抱着二婶，大声叫道：娘！便泣不成声了。

各家各户注意啦，为了加强精神文明建设，村里最近要评选"好媳妇"，现在请各家的老人把自己盖的被子携到村部来，村里要进行评比。如若不携，将在喇叭上通报批评。

听着村支书小耿在高音喇叭里的喊话声，二婶看了看自己床上又破又旧的被子，心里一阵寒凉。

儿子和村里其他男劳力一样外出打工了，二婶二叔就跟儿媳妇改花一块过日子，改花成天阴沉着脸，仿佛谁欠了她两斗黑豆钱，处处给他们脸色看，让他们干又脏又累的活儿，盖又破又旧的被子……为这，二婶没少伤心落泪，但她忍气吞声，从来没跟儿子说过此事，也不让二叔给儿子说。她不想让儿子和媳妇生气，更不想让外人看到她家是一个不和睦的家。

二叔正坐在床前扎笤帚，听到喇叭声就停下了手中的活儿，赛被子评好媳妇在咱黄土洼可是开天辟地头一回，咱今天就把被子携去比赛，让左邻右舍都看看她改花是咋对咱的，看她够不够好媳妇的料！

我看也是，通过赛被子，让改花明白不孝敬长辈是不对的。二婶附和道。但想了想，又犹豫了，盯着床上的被子发呆。

二叔说，人活脸，树活皮，揭揭她的疮疤，让她长点儿记性，往后兴许会对咱好些。

二婶回过神儿，心里像汹涌的波涛，翻江倒海：如果去赛被子，自己是能出口气，可改花要是厚着脸皮不认错，往后家里哪儿还有安宁日子？如果她一气之下不和儿子过了，咋对得住儿子？

二叔催道，甭磨蹭了，早点儿去能抢个显眼地方。

二婶说，非去不可？

二叔说，赛被子就是晒媳妇对公婆的心，恁好的机会，咋不去？

二婶说，凭改花对咱俩那味儿，该去，可你想过没有，改花毕竟是咱媳妇，一窝老鼠不嫌臊哩。如果去了，显得咱俩不像做长辈的，你说是不是？

二叔说，我又不是二百五，这理儿我懂，可你想想，自打她进了咱家，啥时喊过你"娘"，啥时叫过我"爹"？成天摔碟子摔碗，打鸡骂狗，鸡跟她有仇？狗和她有恨？这不明摆着嫌弃咱吗？

停了一下，又愤愤地说，早几天你的高血压病犯了，我向她要钱买药，她一分没给……

想想二叔说的句句都是实情，二婶的泪止不住流了下来。

二叔再说，那天我想吃饺子，她去赶集时，我让她割块肉，她不但没割，连家也没回，你想想我心里啥滋味儿？

二婶撩起衣襟擦了擦泪，叹了口气，甭说了，改花做事是绝了点儿，可咱也得为娃儿想想，去赛被子不等于说咱娃儿也不孝顺吗？

二叔一愣，咦，对呀！我咋没想到这一层？！

二婶嗔怪道，刚才还说自己不是二百五，你这样做不是二百五是啥？

二叔嘿嘿笑了，问二婶，那咱还去不？

二婶也笑了，话都挑明了，再去就是自己拿屎往自己脸上抹，还去弄啥？想通报就让他通报去。

二人说话间，喇叭里又传来了小耿的喊话声：被子没携来的赶紧携来，如果哪家不携来，村里将取消这家各项荣誉的评比资格。

二叔一听急了，这咋弄？

二婶皱了一下眉，嘴里迸出一个字：去！

二叔更急了，你不是说去了就是往自己脸上抹屎吗？咋还去？

二婶轻轻点着二叔的头，你就是榆木疙瘩脑袋，咱不会把媳妇的新被子携去？

二叔一愣，朝二婶伸出了大拇指。

村部大院里拉了几道绳子，等二婶二叔赶到时，每道绳子上都搭满了花花绿绿的被子。春天的阳光照在被子上，把人们的心也照得暖融融的。二婶二叔一人携一床被子，见没地方搭，只好搭在最里边的绳子上。

二婶，俺们都是一床被子，你却是两床，你儿媳妇真孝顺呀！刘嫂感慨道。

咦,真的！两床还都是新的，又厚又暄，二嫂二哥真是好福气呀！

耳光响亮

兰花婶羡慕地说。

小耿带着"两委"班子成员到各家各户的被子前评比打分，最后走到二婶的被子前，摸摸这床，摸摸那床，又围着被子看了一圈儿，然后问班子成员，你们说给二婶的被子打多少分？

满分。班子成员异口同声。

好，现在我宣布，二婶的被子获得最高分，评好媳妇时加一颗星。小耿举起双手拍了起来，引来了满院掌声。

改花气喘吁吁地赶到家，准备携床新被子去村部。她怕公婆把那床旧被子携去。她回娘家了，是她的好姐妹小青打电话让她赶回来的。小青知道她对公婆不好，怕她在赛被子时出丑。改花看到公婆那床旧被子还在床上，而自己床上的两床新被子却不见了。她啥都明白了，流着泪赶到村部，正好听到小耿宣布评比结果。她激动的拉着二叔的手，甜甜地喊了声：爹！然后一把抱着二婶，大声叫道：娘！便泣不成声了。

叫媳妇

"六月六，叫媳妇"。顺德对妹妹说，你要把你嫂嫂叫来，我给你买条花纱巾。

"六月六，叫媳妇"是黄土洼流传多年的习俗。每年的农历六月，地已锄三遍，正值农闲。在六月初六那天，婆家都要叫没过门的媳妇来家住上几天，让儿子及未来的儿媳妇多见见面，增加了解，增进感情。

去叫媳妇时，男方要给女方家族近门叔伯每家带份礼品，以示诚意。礼大的，媳妇会高高兴兴地来；礼小的，媳妇就有可能拒绝。

第一辑 生日礼物

媳妇叫到家后，婆家要以宾客相待，临走还要送上几十块甚至上百块零花钱，这样才算圆满。

村东有个叫顺德的小伙子，长相不错，人又憨实，可家里太穷，媳妇家门份又大，拿不出像样的礼品叫媳妇。六月六还没到，顺德娘就愁得寝食难安，眼看六月六一天近一天，可娘还没借到足够的钱。六月初五那天，顺德对娘说，你啥也别管了，把钱给我就中。顺德把娘借到的一百块钱，拿出五十准备给媳妇小芹，揣着剩下的五十去了供销社，买了十份礼。第二天，顺德让十八岁的妹妹小芳去叫未来的嫂嫂，小芳说啥也不去，说拿恁些东西咋去？丢死人了。嫂嫂看见这些东西，不扔出门才怪呢！顺德说，咱拿的礼是太小，可咱得占理儿，如果咱不去是咱的不对，她嫌东西少不来，那是她的过错，你只管去。小芳赌气说，不去就不去，要去你自己去。顺德一看小妹生气了，马上赔着笑说，好妹妹，你要把你嫂嫂叫来，咱家的重活儿我全干了，让你光歇着。小芳的脸仍绷住。顺德又哄道，你要把你嫂嫂叫来，我给你买条花纱巾。小芳立时露出笑脸说，君子一言，驷马难追。顺德说，男子汉大丈夫，吐口唾沫是颗钉。我决不诓你。

小芳高高兴兴地去了嫂嫂家，午饭后，小芳果真把嫂嫂叫了过来。

小芹来后，全家人都借故出去了，只剩下顺德和小芹。四目相对，顺德流露出的是歉意，小芹则满眼柔情。顺德说，俺家穷，让你娘难看了，让你受委屈了。小芹说，你这叫只啥话，我看中的是你的人，又不是钱。说着，一头钻入顺德的怀里，顺德趁势抱紧小芹。也不知过去了多长时间，顺德说，俺家拿的礼你娘就没说啥？小芹抬头剜了顺德一眼说，娘能说啥？我知道你家拿不出多少礼品，为了让娘在近门叔伯面前有面子，我又去供销社买了十份，在路上截着小芳添上了。顺德眼里流露出感激之情，激动得说不出一句话，一口咬着小芹的嘴唇，四片嘴唇顺势绞在了一起……忽然，"咚"的一声，一只竹篮从条几上掉了下来。两

43

耳光响亮

人一惊,身子赶紧分开了,一看,是家里的大花猫把竹篮扒掉了,让两人虚惊了一场。

小芹在顺德家住了三天,两人是说不尽的情话,道不完的思念。在临走的前一天,小芹用顺德送她的五十块钱,到供销社给小芳买了一条花纱巾,剩下的全给了婆婆。小芹亲手把花纱巾围在小芳的脖子上,小芳的脸蛋笑成了一朵花。

第二辑　最香的面条

在这个世界上，总有一些东西让我们感动，总有一种情感让我们情不自禁。

爱，是人世间最纯、最美之情。只有爱才能改变世界。

你播下花种，便能得到春天；你播下友情，便能得到温暖；你播下微笑，便能得到阳光；你播下深情，便能得到温馨的眷恋。

爱是一个回音壁，你付出才能得到回报。

爱是一粒火种，你撒出去一粒，你就能够得到比世界还大的温暖。

羊　缘

第二天，刘二婶来到栓柱家，进门就对栓柱妈嚷嚷："嫂子啊，你真是积了大德了，这不花一分钱，媳妇就送上门了。"然后一五一十地对栓柱娘说了栓柱卖羊的来龙去脉。

栓柱实诚，穷，快三十的人了，还没寻到媳妇儿。

栓柱五岁时，爹生病死了，娘一把屎一把尿将他拉扯成人。

俗话说，穷人的孩子早当家。初中没毕业，栓柱就辍学回到家乡黄土洼，挑起了家庭重担。

耳光响亮

栓柱二十岁那年，娘病了，病得很重，栓柱带娘四处求医，欠了一万多元外债，可娘还是落下了半身不遂的毛病。为伺候娘，栓柱打消了外出打工念头，一边种地，一边养羊。

在这当儿，媒人刘二婶给栓柱说过几次媳妇，可人家一听栓柱的情况，头摇得像拨浪鼓。刘二婶是个热心肠，她知道栓柱是个好小伙儿，便又给栓柱说了一个闺女，这闺女的爹听了刘二婶的介绍，就对刘二婶伸出一只手："只要他能拿出彩礼，我就把闺女嫁给他。"刘二婶一看，明白了闺女她爹是委婉的回绝她，她也知道栓柱家是无论如何也拿不出五千块彩礼的。

这天，栓柱打听到邻乡一个老中医能治娘的病，但一剂药要二百多块，要吃十剂才能见效。栓柱实在没有钱，最后决定卖羊。

栓柱留下几只小羊羔，牵着五只大羊去赶集。

栓柱的羊一到牲口市，就立刻吸引了众人的眼球。这五只羊个个毛色发亮，膘肥体壮，所有人看了都发出"啧啧"赞叹。这时，一个头戴"鸭舌帽"的人围上前来，拿眼打量了一下羊，又一只一只地捏捏，对栓柱说："这五只羊啥价？"

栓柱想到娘治病急用钱，说多了怕吓跑买主，就犹犹豫豫报了价："一千七。"

"鸭舌帽"说："太贵了，不值。"

栓柱怕生意黄了，忙说："你给啥价？"

"鸭舌帽"说："诚心卖，一千五，多一分我也不掏。"说着做出了要走的姿势。

栓柱心里疼了一下，但还是忙不迭地说："中，就一千五。"

收了钱，栓柱把羊绳递给"鸭舌帽"。"鸭舌帽"接过羊绳，从旁边的摩托车上取下一根绳子，就要捆羊。栓柱一见，猛然想到这可能就是人们说的"小刀手"，他一把拽过羊绳："我不卖了。"

"鸭舌帽"一愣："咋，嫌价低？"

栓柱说："不是，我舍不得卖了。"

"鸭舌帽"见栓柱很坚决的样子，只好悻悻地走了。

栓柱摸着那只大肚子母羊，自言自语：我咋忍心把你卖给"小刀手"呢？你都快下小羊羔了。

天已过晌午，仍没遇见第二个买主，栓柱不免有点着急——卖不了羊，咋给娘治病呢？

正当他发愁的时候，一个黑脸老汉凑过来看羊。他围着五只羊看了又看，摸了又摸，问栓柱："这几只羊咋卖？"

栓柱盯了老汉一会儿说："你觉得值多少钱？"

老汉摸了摸那只母羊的肚子，说："这只羊恐怕还怀着羔哩！养不了几天就赚钱。我给你一千六，卖不？"

栓柱不敢相信，老汉竟愿掏一千六。栓柱说："大伯，我看你看羊的样子不像'小刀手'，买羊是养的。羊卖给你，我放心。"栓柱为能遇到一个真心养羊、爱羊的人而兴奋。"刚才一个'小刀手'给我一千五，我没卖，给你还算一千五。"

老汉见这个小伙子怪重感情，便说："中。"

老汉牵着羊快出牲口市了，栓柱忽然撵上来。

老汉问："嫌亏了？"

栓柱忙摆手："不是，不是。这几只羊夏天时长过癞，我怕再犯了，想给你说说咋治。"

老汉没想到小伙子恁仁义，便说："算了，就冲你这诚实劲儿，我认了。"

栓柱说："上次羊长癞时，我用烟梗子泡水，再加点'六六粉'，抹在长癞的地方，抹几回就好了。往后再犯了，你就用这个法子，保准中。"

老汉很感动。突然，他问栓柱："小伙子，定亲没有？"

栓柱脸一红："还没哩。"

老汉兴奋得脸放红光："好，大伯我让媒人给你说个媒，你这小伙子是打着灯笼也难找啊！你是哪村的，叫啥名儿？"

栓柱如实地对老汉说了。

老汉一听，愣了，拍着自己的脑袋说："你看我差点办个昏事。"

第二天，刘二婶来到栓柱家，进门就对栓柱妈嚷嚷："嫂子啊，你真是积了大德了，这不花一分钱，媳妇就送上门了。"然后一五一十地对栓柱娘说了事情的来龙去脉。

原来，黑脸老汉就是上次要五千块彩礼的那个老汉。

最香的面条

记者一提到瘦小的男人，乞丐的眼里立时溢出光彩："因为他把我当人看，给了我一碗面条。那碗面条真香，那是我吃到的最香的面条。"

正是中午用餐高峰。蓬头垢面的乞丐端着一只豁牙瓷碗，趁饭馆老板不注意，偷偷溜了进去。看到众多食客大口嚼着美味佳肴，喝着香醇美酒，口水便不争气地在口中涌动——他早上就没讨到食物，现在肚子里像钻入无数只蛤蟆，呱呱地叫个不停。他太饿了。

他趋着脚步来到一个戴拇指般粗的项链、身穿花格子衬衫的男子面前，伸出了那只豁牙瓷碗，眼里满是乞求的神色。"花格子"两只金鱼眼朝上翻了翻，脸上立时现出十分厌烦的表情，厉声呵斥道："去，去，臭要饭的，别在这儿影响了爷们的食欲。"乞丐眼里期望的神色瞬间没了踪影，无奈地从"花格子"面前走开了。对于这样的呵斥，乞丐早就习以为常了，所以也不生气。

乞丐又来到一张饭桌前。坐在这张桌前的人看上去像一对情侣，男的正夹起一块鱼送入女的口中，女的有滋有味地嚼着，一副陶醉的样子，旁若无人地朝男的脸上啃了一口。她无意间一扭脸，看到了站在面前的乞丐，立马花容失色，用手不住地朝鼻前扇风，一双杏眼瞪着乞丐吼道："远点儿去，熏死人了。"

乞丐面无表情地挪到另一个食客跟前，那食客连看都不看他一眼，只顾埋头吃菜，仿佛他是一条寻觅骨头的狗。

最后，乞丐朝饭馆里边紧靠窗户的一张桌子走去，那里坐着一胖一瘦两个男人。胖男人看到乞丐，大手一挥，说："走开，不要扫了老子的兴。"瘦男人看不下去了，让胖男人不要这样对待乞丐，然后，端起刚上桌的一碗面条，就要递给乞丐。这时，恰巧饭馆老板走了过来，大声制止道："不行，不行，你没看他脏的。他用了碗，客人还怎么用？"转脸又对乞丐吼，"快滚出去。"瘦男人瞥了饭馆老板一眼，让乞丐端过自己的豁牙瓷碗，把面条倒了进去。乞丐失神的眼里倏地现出感激的神情。

乞丐走出饭馆，蹲在路边吃面条。这时，一辆载重汽车为躲避行人，突然撞上了这家饭馆。饭馆的前墙被撞倒，屋顶哗啦一声落了下来，屋里的人全被埋在了砖块瓦砾下。

"汽车要爆炸啦！"乞丐的一声喊，无疑于晴天惊雷，把正在接近事故现场的人惊得四散逃开。原来，乞丐发现车上有火苗跳跃，而汽车的油箱正在哗哗地漏油。

乞丐扔下饭碗，毫不犹豫地从落下的屋顶的缝隙中钻入饭馆，在围观群众的惊叹声中，拖出了一个瘦小的男人。他们刚出饭馆，汽车轰的一声爆炸了。其他人全部被大火吞没了。

闻讯赶到的记者在现场采访。当他得知有人冒着生命危险冲进饭馆救人时，忙问在场的一名妇女："那位冒死救人的英雄是谁？"那名妇女不屑地说："一个要饭的。"记者两眼射出惊异的光："不可能吧。你有没有搞错，一个要饭的怎么可能那样做呢？"旁边的一个老头儿插话说："真的是一个要饭的。"老头儿用手指着就要离去的乞丐，"就是他。"

记者将信将疑地走到乞丐面前："请问，刚才是你冲进去救的人吗？"

乞丐用愚钝的目光盯着记者，没有说话。

"你为什么要进去救人？"

乞丐仍没说话。

"你救人的动机是什么？"记者再次追问。

"啥……是……动机？"乞丐终于说话了。

"就是你救人的目的。"

"我一个要饭的能有啥目的？"乞丐反问道。

"既然没有目的，你为什么要救那个瘦小的男人，而没救其他的人？"

记者一提到瘦小的男人，乞丐的眼里立时溢出光彩："因为他把我当人看，给了我一碗面条。那碗面条真香，那是我吃到的最香的面条。"

送煤老汉

大爷看我们夫妻俩和好了，脸上露出了欣慰的笑容，说，这居家过日子，谁家没遇上过闹心事？遇到了，要想法扛过去，你们说是不？说完，一瘸一拐地下了楼。

我和妻子都下岗了，靠打零工过日子。因烧不起液化气，只好买煤烧。

我来到煤球场，和老板说买六百块煤球，送到付钱。老板抱歉地说，三个壮点儿的劳力这会儿都外出送煤了，场子里只剩下一个脚有点跛的老汉，你是等那三个人回来，还是让他送？我还未答话，那老汉便一瘸一拐地来到我们面前，对老板说，让我送吧，肯定不让耽误事的。我愣了一下，心想，六百块煤球他怎么搬上楼？我摇摇头说，大爷，不行啊。我不是不让你送，我家住五楼，你搬不上去。他向我乞求道，两天了，我还没送出一块煤球，你就让我送吧，保证不让你伸手，我会把煤球摆整齐的。看我还是有点儿犹豫，老板无奈地苦笑了一下，唉，他人老实，来了生意，其他三人又争又抢的，他脚跛，也不和他们抢，生意自然就少。他老伴得了高血压还等着钱买药……可能都是"经济困难户"，我没等老板说完，摆了下手，说，就让大爷送吧。那老汉感激万分，二话没说，就往板车上装煤球。

煤球场距我住的地方有三里多路。我推着自行车在前面引路，大爷拉着满满一板车的煤球跟在后面。煤车就像一座黑色的小山在大街上缓缓移动。趁下坡的时候，我问他送一块煤球老板给多少钱？他说，一分。我说，你一个月能挣多少钱？他说，那可说不准，多时三五百，少时只有两百来块。我轻叹一声，心想，自己和妻子虽然都下了岗，但收入比大爷要高出许多。

煤球终于拉到楼下。我让大爷歇会儿再往楼上搬。大爷却说，不累，早点搬完你也好忙别的事。大爷在板车上抽出一块木板，把煤球整齐地摞在木板上，一次三十块儿。大爷十分吃力地往返于一楼和五楼之间，没几趟，他本已湿漉的上衣便淌下水来。我给大爷倒了杯开水，便忙别的事了。

这时，妻子买菜回来了。每次买菜，妻子总是货比三家，拣最便宜的买。有时干脆捡些烂菜叶。妻子把买回的一小捆空心菜和捡到的一捆菜叶放到厨房，顺手将菜贩找的一张十元、一张五元的钱放到菜上面，便急匆匆去了卫生间。

我忙完事情来到厨房，大爷正坐在门前的台阶上喘粗气。看我过来，大爷忙双手撑地，想站起来。我说，大爷，不急，你多歇会儿吧。大爷说，歇好了，再有几趟就搬完了。他吃力地站起来，我发现他刚坐过的地方是一片水渍。我看大爷累得实在不轻，便夺过

耳光响亮

木板，说，你歇着，我来搬。不容大爷说话，我便来到一楼，摆好煤球，托起木板向五楼走去。爬到三楼时，两脚便像灌铅一样沉重，到了五楼，浑身冒汗，气也喘不匀了，煤球差点没摔在地上。大爷看到我的狼狈相，要过木板，说，你们城里人没出过大力，还是我搬吧。

煤球终于搬完了。我拿出一沓零钱，让大爷点。这时，妻子来到厨房准备做饭。一进门，就大声嚷嚷．钱呢？我问，什么钱？妻子说，就是我刚才放在菜上的钱。我没好气地说，没看见。妻子急了，你没看见，厨房里又没别的人，钱难道飞了！大爷闻声，脸上现出不自然的表情，说，大妹子，你好好找找。妻子边翻菜堆边说，看，哪儿有？我一听来了气，近来憋在心里的怨气瞬间爆发了，呵斥道，你个臭娘儿们，钱不装到口袋里，随处乱放，丢了不亏。我一骂，妻子不依了，号啕起来，王大力，你有本事给我挣大钱回来。自己挣不来钱，还朝老娘撒气。我再也忍不住了，上前就要打妻子，妻子抓起一把椅子应战……在这紧急关头，大爷拿着两张十五元的钞票，兴奋地说，大妹子，钱找到了，就在桌子底下，可能是穿堂风刮下去的。妻子接过钱，转怒为喜，谢谢大爷，你不知道，我家快揭不开锅了。我谢过大爷，责怪妻子道，以后小心点，别把自己也丢了。

大爷看我们夫妻俩和好了，脸上露出了欣慰的笑容，说，这居家过日子，谁家没遇上过闹心事？遇到了，要想法扛过去，你们说是不？说完，一瘸一拐地下了楼。

我择菜时，突然从菜叶里掉出两张钱来。我正纳闷，妻子也看见了，拿起一看，确认就是菜贩找给她的那两张……

我愣愣地看着这两张钱，心中泛出一种说不出的涩味儿。

盲人和少年

盲人把少年搂入怀中，孩子，坚强点，没有过不去的坎，无论如何不能荒废了学业。盲人从口袋里掏出一把零钱，塞给少年，孩子，这点钱你拿着，饿了就买点儿吃的，千万别再饿肚子。赶紧回学校吧。

"锣鼓喧天齐把道喊，青哪青纱轿啊，青纱轿坐的我七品官……"盲人在一家商店门口起劲地唱着豫剧《七品芝麻官》唱段。

盲人是个唱门儿的。所谓唱门儿，就是站在人家的门口唱一段，人家给上一角两角钱，实际上是巧要饭。盲人经常在这条街上唱门儿，他使一根竹马，探到一个门口，就站在那儿唱。等人家给了钱，再到下一家唱。

这天，盲人在一家门口唱过，来到下一家时，这家没人，但盲人并不知道，也站在门口唱。唱了一段《七品芝麻官》，自然没人给钱。盲人犹豫了一会儿，挪动竹马，准备往下一家去。这时，附近一些无聊的商贩便凑上去，有意戏弄他，都鼓起掌来。盲人当是鼓励他唱得好，又唱了一段《南阳关》，还是没人给钱，这些人又一次鼓起了掌，于是，盲人又唱……

一个十二三岁的少年看不下去了，他走出人群，拉起竹马，把盲人领到下一家。这些人觉得无趣，便四散开去。

盲人似乎悟出了什么，感激地说，好心人，谢谢您！

少年说，爷爷，不用谢！在学校时，老师经常教育我们要有爱心，帮助那些需要帮助的人。

盲人从少年的话音里判断出他是个娃娃，还有一丝淡淡的忧愁，便说，孩子，这个时间你不去上学，在街上逛啥？

少年支吾道,我……我们学校放假了。

盲人说,今天不是星期天,也不是什么节日,怎么会放假?

少年说,老……老师让我们上街学雷锋。爷爷,您怎么知道今天不放假?

盲人没有直接回答少年的问题,却说,你在说谎,老师不可能在上课时间让你们上街学雷锋吧。

少年不说话了。

盲人说,你是不是在逃学?

少年一惊,不知道盲人爷爷是怎么看出来的,结结巴巴地说了实话,我……我也不想这样,可我真的学不进去了。

盲人说,为什么学不进去?你小小年纪,家里有父母宠着,比我家小霞强多了。

少年一惊,小霞是谁?小霞怎么了?

盲人说,小霞是我孙女。她爸,就是我儿子,三年前在煤窑里被砸死了,小霞她妈卷起所有赔偿款跑了。从此,我们爷孙俩相依为命,过不过星期天,放不放假我都知道。

少年鼻子一酸,小霞姐怪可怜的!

盲人说,可不是嘛。一些同学看她没爹没娘,时常欺负她。可小霞很要强,她要活出个样子来,所以学习很用功,年年都被评为"三好学生"哩!

少年脸上现出羡慕之色。

盲人说,比比我家小霞,你是不是幸福多了?

少年欲言又止。

见少年不说话,盲人说,孩子,你帮助我,说明你是个有爱心又懂事的孩子。今天见面,咱俩算有缘分,有什么不顺心的事,给爷爷说说。

少年迟疑了一下,还是敞开了心扉,爷爷,其实我的境况也不比小霞姐好多少。我爸在外边有了人,我妈知道后,两人经常打架闹离婚，家里的家具都砸了。他俩谁也不管我，我时常饿着肚子去上学，我成了多余的人。整天生活在他们的吵闹中，我对学习失去了兴趣，学习成绩越来越差，就开始逃学……少年说着，竟呜呜地大哭起来。

盲人把少年搂入怀中，孩子，坚强点，没有过不去的坎，无论如何不能荒废了学业。盲人从口袋里掏出一把零钱，塞给少年，孩子，这点钱你拿着，饿了就买点儿吃的，千万别再饿肚子。赶紧回学校吧。

少年把钱塞回给盲人，爷爷，我不能要您的钱。

盲人说，你不要，说明你没听爷爷的话。说着又把钱塞给了少年。

少年怕爷爷伤心，只好接过钱，然后又轻轻地放入爷爷的口袋里，这才说，爷爷，您放心，我知道自己该怎么做了。

盲人说，孩子，你的家在哪儿？过后我好去"看"你上没上学。

少年说，爷爷，我不会让您失望的。说着就跑远了。

送　水

人们仍去泉眼里挑水，但挑回的水没往自己家倒，都送到了天旺家，把天旺家的水窖装得满满当当。

大地喊渴，禾苗喊渴，人畜喊渴……所有的生命都在喊渴。

几个月来，大地没有得到一滴雨水的滋润，禾苗枯死，沾火就着；河湖干涸，能塞下拳头的裂口像一张张吃人的嘴。整个黄土洼别说浇灌禾苗，连人畜吃水都得到五里外的泉眼里挑。这个现在村里唯一有水的地方，整天排着挑水的长龙，长龙前边的人还能挑点清水，后边的只能舀点浑浊的泥水，最后边的根本舀不到水。

天旺挑着水桶一瘸一拐地来到泉眼边，见前边已排了长长一队

耳光响亮

人，也跟着排上。他满脸堆笑，主动和旁边的人打招呼，可人们都寒着脸，没一个人答理他。他尴尬极了，恨不得找个地缝儿钻进去。

唉，都怪自己一时糊涂，做了那桩见不得人的事。

那天下午，天旺去秀家串门，见秀正撅着屁股在压井边洗衣服。天旺说，就你一个人在家？秀"嗯"了一声算作回答。天旺便走到秀身旁，跟她扯闲话儿。

秀没注意到自己上身只穿了件低领汗衫，仍撅着屁股洗，天旺从领口处看见秀的两只如兔子样活蹦乱跳的奶子。天旺立时感到身子里有一股火，像头猛兽一样蹿来蹿去。

秀见天旺没吭声，感觉有点不对劲儿，抬头一看，见天旺的两只眼睛正死死盯着自己的胸脯，样子十分吓人，赶紧站起来，颤颤地说，你想干啥？天旺口喘粗气，仍盯着她的胸脯。秀意识到天旺的动机，便吓唬他，你快走，我男人回来了。这时，天旺的头已大得要炸了，哪顾上秀说的话，抱着秀就来到屋里。秀说，我喊人了。天旺说，你大声喊，让全村人都听见，看你往后还咋往人前站。

秀不停地捶打天旺，天旺却不顾这些，猛地扯开了秀的裤腰……

秀嘤嘤地哭。最后咬牙切齿地说，我要告你。

傍晚，天旺就被警车拉走了。天旺被判了五年。

从监狱出来，天旺才知道女人已经改嫁，独生子栓子因为没脸在村里呆下去，只好去广州打工了。

天旺一气一急，便中了风，最后落下了拐胳膊瘸腿的后遗症。

轮到天旺舀水时，他只舀了两半捅泥水。

看到天旺趔趔趄趄地走着，桶不时地碰到地面，泥水从桶里溅出来，人们没有一点同情，反倒都投以冷漠的目光，撇着嘴议论开了——

谁叫他作恶哩，这是老天爷对他的惩罚！香花愤愤地说。

老不要脸，活该。翠英随声附和。

一个小男孩更是朝天旺吐了一口唾沫，骂道，强奸犯，不要脸。

第二辑　最香的面条

山爷身背一塑料壶水蹒跚地走来，听到人们的议论，他劝大伙儿：大人不计小人过。天旺已遭了报应，大伙儿就别计较了。你们看他现在这个样子，怪可怜的。

旁边有几个人顺着山爷的话说，可不是嘛。

山爷又说，咱不能痛打落水狗，这样显得咱不仗义。

有人接道，就是。

人们不再议论，四散而去。

过了几天，天旺突然怀抱一个骨灰盒进了村。刚一进村，便嚎啕大哭起来。原来他那个去广州打工的儿子在抓小偷时，被小偷用刀子刺死了。

人们知道真相后，纷纷来到山爷家，却闷头不语。山爷说，天旺就栓子这一个亲人，可老天爷不长眼，让栓子去了。栓子是为了保护公司财产被小偷害死的，栓子是个英雄，我们得去看看天旺。

是啊，天旺生了一个英雄儿子，与此相比，天旺从前的所作所为，又算得了啥呢？

众人来到天旺家，见他怀抱儿子的骨灰，两眼呆滞地望着屋外，人仿佛一下子苍老了十岁。

山爷劝道，天旺，人死不能复生，你要好好活下去。

众人齐声附和，就是哩。

天旺收回目光，喃喃地说，我对不住秀，对不住女人和儿子，也对不住大伙儿。

山爷又劝，天旺，过去的事就叫它过去吧，大家伙儿看你往后的表现哩。

天旺的目光柔和了一些。他猛地把儿子的骨灰放下，左一掌右一掌地打在自己的脸上。

山爷阻止着天旺，招呼大伙儿，把栓子的骨灰安葬了……

天仍滴雨未下，大地仍在喊渴。

人们仍去泉眼里挑水，但挑回的水没往自己家倒，都送到了天

耳光响亮

旺家，把天旺家的水窖装得满满当当。

天旺用感激的目光迎送着众人，嘴里不住地念叨，这……这叫我咋说呢！

借我一块钱

赵老汉转过身，准备离开派出所。旋即，他又转回身，不好意思地对警察说："同志，您可以借我一块钱吗？"

拾荒老汉拉着架子车，步履蹒跚地走在大街上，看到垃圾桶，就把车子停下来，翻找可以换钱的废品。每当找到废品时，他都兴奋地对老伴儿说：咱又捡到宝贝啦！

老汉姓赵，无儿无女，五年前从老家黄土洼来到这座城市，靠拾荒为生。赵老汉的老伴儿双腿残疾，不能行走，整天躺在架子车上的"房子"里。说起这座房子，那还是赵老汉自己发明的——把用钢筋焊成的屋架固定在架子车上，上面蒙上塑料布，侧面开一个门，门上挂条布帘子，就成了一座流动的房子，宛如过去黄土洼娶媳妇时用的花车。花车里只有简单的铺盖和做饭用具，花车就是赵老汉的家。花车走到哪里，他就把家安到哪里。花车走在大街上，曾经吸引了行人好奇的目光，可当看到是一对拾荒的老夫妻时，都耸耸鼻子，急忙走开了。

赵老汉继续翻找废品。突然，一个小女孩儿跑到赵老汉跟前，将一只易拉罐捧给赵老汉："爷爷，给您。"小女孩儿的妈妈急忙追过来，拉起小女孩儿就走，边走边呵斥小女孩儿："谁让你给他送的？你没看到他那邋遢样，要是你沾到了他身上的病菌，你会生病的！"小女孩儿撅着嘴，硬被妈妈拉走了。

第二辑 最香的面条

赵老汉并不生气，知道自己只是个捡废品的，和乞丐没什么两样。相反，他很感激这个小女孩儿。

赵老汉朝下一个垃圾桶走去。正走着，他看到马路上跪着一个少年，面前的路上写着几行字。赵老汉不识字，但从围观人们的议论声中，知道这个少年的母亲得了重病，急需用钱治疗。赵老汉卖废品刚卖了十几块钱，全掏给少年说："孩子，拿住，别嫌少。"然后对老伴儿说，"恁小个孩子就为家里分担忧愁，怪不容易哩！"

赵老汉拾荒的城市要搞文明城市创建，他的花车就成了清理对象。一个蓄络缌胡子的城管人员对赵老汉说："你的车子有损城市形象，从今天起，不允许再到大街上来。快把废品收拾走。"

赵老汉年愈七旬，手脚不灵便了，堆在地上的废品迟迟收不起来。"络缌胡子"不耐烦了："快点快点，再不收起来，就让垃圾车拉走。"赵老汉硬被赶到了郊区。

花车不让进城，赵老汉就把车停在一处烂尾楼里，把老伴儿安顿好，起早进了城。那是个深冬的清晨，大街上行人稀少。他拎着一条蛇皮袋，朝不远处的一个垃圾箱走去。

突然，路边一个鼓囊囊的皮包吸引了他的目光。他捡起那个皮包，感觉沉甸甸的。借着昏黄的路灯光亮，他拉开皮包拉链，一下子惊呆了——里面有一沓钱。他一生从未见过恁多的钱。

他四下看了看，见没一个人，心说这钱是自己捡的，又不是偷的抢的，便将皮包塞进蛇皮袋，想据为己有，甚至马上盘算出了该咋花这笔钱：架子车的两只外胎磨破了，该换了；"房子"上的塑料布经过日晒雨淋，已经裂开了许多口子。"房顶"漏雨，"墙壁"进风，该买块新塑料布了；"床上"的那条破棉被已经七、八年了，该换床新的了……钱快"花完"时，他又犹豫了：谁丢恁多钱不急？打颠倒想想，要是自己丢恁多钱，早把人急死了。不能自己贪便宜，让丢钱人着急。他决定把钱送到辖区派出所，让警察帮忙寻找失主。他一路打听着找到派出所时，已是两个小时以后。值班民警认真清

59

点钱数，共有一万元。为了寻找失主的线索，警察决定前往捡钱现场勘察。他领着警察来到现场，讲了捡钱经过，然后又跟警察一起回到派出所，按照规定进行了询问笔录。

办完一切手续，已是上午九点多钟。临走，他对警察说："同志，拜托您一定找到失主，这会儿失主肯定急得不轻。"警察保证道："大爷，您放心，我们一定尽快找到失主。"他转过身，准备离开派出所。旋即，他又转回身，不好意思地说："同志，您可以借我一块钱吗？"

警察一愣，不解地看着赵老汉。赵老汉说："是这样的，我还没吃早饭，想买两个馒头吃。"往日这个时候，他已将废品交到收购站，和老伴儿一起吃过早饭了。

警察们震惊了——他们不相信身无分文的他会将捡到的一万元钱交给他们。

见警察们没吭声，他不好意思地笑了笑："要是不中就算了。"

直到这时，警察们才猛醒过来，纷纷掏钱往他手里塞。他看着手里厚厚的一沓钱，只拿出一块钱纸币，把其余的钱全部退还给警察："一个馒头五毛钱，一块钱就可以买两个馒头。"

在场的所有警察都不约而同地抬起手，向赵老汉敬了个礼。

踹年货

尽管大火烧了大柱家的全部家当，但有了乡亲们踹的年货，这个年过得一点儿也不比往年差。

随着年的临近，大柱愁得心里像压了一块坯，沉甸甸的。

八岁的女儿却体会不到大人的心情，看到别人家的女孩穿着新衣裳，闹着也让大柱买。大柱气不打一处来，一巴掌打在女儿屁股上，呵斥道，拿啥买，钱呢？女儿大哭起来，大柱的心就像被刀子剜了似的疼。

看到女儿被打，同样一脸愁容的媳妇儿冲大柱吼，你鳖孙对妮子撒啥气？有本事打你儿子！要不是他这个丧门星，咱家咋能落到这步田地？

他就是被你这娘儿们惯坏的，一句话都不听！

你咋有脸说我？要不是你给他买鞭炮，咱家也不会失火！

腊月二十四，大柱的儿子放炮时，不小心燃着了屋檐下的柴火。霎时，屋子被大火吞没了。

大柱两口子像打铁一样，叮叮当当吵个没完。这时，村东头的自魁掂着一块猪肉来到大柱借住的家，陪着笑说，兄弟，俺老表杀了年猪，自个儿吃不完，剩下的只好麻烦大家伙儿帮个忙了。

大柱愣了一下，明白自魁是来"踹"年货的。

踹年货是黄土洼的风俗。"踹"相当于"塞"，你不愿买但对方一定要卖给你的意思。每到年关，村里有经济头脑的人，或把家里吃用不完，或批发一些销量大的年货踹给乡邻，赚个吸烟喝酒钱；还有一些人纯粹是为亲戚朋友帮忙踹年货，所踹年货都在过罢后正月付钱。没置办的，年货送来了，省却了赶集购买的麻烦；已经置办过的，碍于面子，就再留下一些。张嘴容易合嘴难嘛。所以，踹年货的不论到谁家，主人一般不会让来者丢面子，或多或少都会留下一些。

瞅着自魁手里的猪肉，大柱接也不是，不接也不是，好像那块肉是一个刚出锅的红薯，接了烫手，不接又违了人家的心意。自魁看在眼里，赶忙说，送到门上了，不多，就五斤！

原打算这个春节不买肉了，以此惩罚一下惹祸的儿子。见自魁把话说到这个份儿上，大柱只好接过肉，不好意思地说，自魁哥，你看我家这摊子，一时半会儿可给不了你钱。

你接了肉，就是帮了我的忙。钱的事不急。

自魁刚走，书文拿着一卷红纸来到大柱家。他是来踹对联的。大柱想不明白，文化人面子薄，书文这个文化人咋也干上这舍面子踹年货的事了？

见大柱发愣，书文陪着笑说，娃儿他姑家进了几百副对联，让我帮他卖一些，这不给你选了六幅送过来，省得你再去集上买了。

想想这大过年的，哪家不贴对联？不贴的，说明家里死了老人，多晦气。所以就是不吃肉不喝酒，这对联也得贴。大柱没有推辞，爽快地收下了。

一天时间，大柱家先后来过踹肉的，踹对联的，踹鞭炮的……光踹肉的就来了三起。碍于情面，大柱都留下了。

第二天，结实也来到大柱家，他是来踹面的。他放下一袋面说，表叔开了一个面粉厂，面磨得多，只好让乡亲们帮忙销一些。

自己活了三十多岁，还从未见过踹面的。过去都缺吃，根本不会有人踹面，而现在乡下最不缺的就是白面，谁会接受踹面？可眼下自家没有一粒粮食了，这大过年的，总不能不吃白面馍吧。想到这里，大柱开玩笑说，结实哥，我正愁瞌睡没枕头哩，你就把面送来了。

我也想到你没"枕头"，就给你送个"枕头"过来。结实也开起了玩笑。

尽管大柱家烧了全部家当，但有了乡亲们踹的年货，这个年过得一点儿也不比往年差。

正月很快过去了，大柱先来到自魁家，把五斤肉钱捧给自魁。自魁一本正经地说，啥肉钱？兄弟你过年过迷了吧！

大柱不解地看着自魁，那五斤猪肉不是你老表踹给我的？

自魁笑着将钱推回去，兄弟，跟你开玩笑哩。实话给你说吧，那肉根本不是老表让踹的，是俺家杀的年猪。假如我不扯个谎，以你的脾气，你会接？

大柱十分惊讶，继而感激地说，不管是谁家杀的猪，买肉付钱，天经地义，这钱你得收下。

自魁再次将钱推回去，兄弟，你家遭了恁大的灾，得盖房，得置办锅碗瓢盆，花钱的地方多着哩。就五斤肉，值当要钱？

大柱捏着那五斤肉钱，结结巴巴地说，这……这让我说啥好呀！

啥也别说，谁叫咱是乡亲呢！

从自魁家出来，大柱去找书文付钱。书文说，对联是我自己写的，根本没花钱。

这……

啥这那的！一家有难大家帮。区区小事，何足挂齿。

大柱激动得跟啥似的，又去还结实面钱。结实说，那面根本不是表叔的，是我家磨的年面……

咋会是这样呢？大柱又去付炮钱、菜钱、粉条钱……可没一家要。

尽管初春的天还有点儿冷，但大柱的心里却像燃着一团火，暖融融的。

狗獾

狗獾感觉自己快要死去的时候，会悄悄离开原先栖身的洞穴，选择一个干净而又隐蔽的洞穴作为长眠之地，然后像冬眠一样死去。

童年的一个雪天，我们被饥饿困扰，家里委实找不到一点儿可以吃的东西。我已两天没吃一点食物了，胃先是疼痛，接着似火燎一般，然后就麻木了，身上一阵接一阵地渗出冷汗。夜里，我朦胧中觉得娘不止一次到我床边，伸手摸摸我的额头，然后就长叹一声。

天刚亮，娘摇醒我，说，娃儿，快起来，咱俩熏狗獾去。

我揉着惺忪的眼睛，问，熏狗獾弄啥？

娘爱怜地摸着我的头，说，你不是饿吗，熏了狗獾给你炖肉吃。

我不知道娘咋会想到这个主意，异常激动，像一根弹簧从床上弹了起来，急忙问，娘，咱去哪儿熏狗獾？

九头岗。

娘挎着装了麦糠、辣椒柴的荆条篮子，拉着我朝九头岗走去。

外面皑皑一片，积雪已有半尺厚，鹅毛雪片仍在纷纷扬扬，似要把天地之间的空隙填满。娘和我在雪地里蹒跚，她好几次跌倒在地。也不知过了多长时间，我们终于到达九头岗，并在一个隐蔽处找到了獾洞。

娘顾不上歇息，忙把麦糠和辣椒柴堆放在洞口，用洋火点燃，霎时，刺鼻的烟味便弥漫开来。娘不停地用芭蕉扇朝洞里扇烟，我则扯着一条麻袋，将麻袋口朝向洞口，单等狗獾被熏出来时，套着狗獾。不多时，从洞里传出阵阵咳嗽声。娘兴奋地对我说，扯好麻袋，狗獾快坚持不住了。我赶紧将麻袋又向洞口拉了拉。过了一会儿，狗獾果真坚持不住了，"嗖"地从洞里蹿了出来，刚好蹿入麻袋里，娘赶紧攥紧袋口，用麻绳扎牢，背着麻袋高高兴兴地朝家走去。

娘怕狗獾撕烂麻袋逃跑，就把它关进笼子里，然后去拿菜刀。我第一次见到狗獾，好奇地趴在笼子旁观看。这是一只母狗獾，长着灰色的毛皮，肚子和四肢是黑色的，头部有三条白色纵纹。可能是饥饿的缘故，母獾很瘦，杀了也出不了多少肉。这时，娘手提菜刀走过来，看着母狗獾，显得很犹豫。娘信佛，从不杀生。看到地上的蚂蚁，也要绕着走，生怕踩死。

娘像下了很大决心似的放下菜刀，对我说，娃儿，你喜欢狗獾吗？

喜欢。

娘说，娃儿，你看狗獾多可怜，它流泪了，肯定想它的孩子了。咱不杀狗獾了，中不？

娘，我饿。我有气无力地对娘说。

娘再想想办法，看能不能先借点红薯面。等救济粮发下来，咱就有吃的了。

娘将狗獾重装回麻袋，背回九头岗，把它放生了。

第二天雪停了，我家领回了三十斤救济粮，是二十斤红薯干，十斤高粱。我家也暂时度过了饥荒。

几天后的一个晚上，娘发现几只动物在院子里转来转去，仔细一看，竟是被自己放生的那只狗獾，还有四只小狗獾，毫无疑问就是它的孩子。看来，那次熏獾时，母獾是为了保护它的孩子，自己才冒死蹿出来，引开了我和娘。看到母狗獾像在寻找着什么，又看见四只小狗獾瘦瘦的肚子，娘猛然意识到狗獾们是饿得走投无路了，才冒死来寻找食物的。这年月，人都有被饿死的危险，一只老母獾拖着四个小狗獾也不容易啊！母亲对老母獾动了恻隐之心，她把锅里的红薯面窝头拿出一个，凝神看了一会儿，像看一件宝贝，然后恋恋不舍地抛向母獾。得到食物的母獾好像感激地望了望母亲，衔着窝头一步三回头地走了。

隔了几天，那只母獾又领着四个孩子来到我家院里。娘从锅里拿出一个高粱面饼子，抛给了母獾，母獾又是感激地望了望娘，衔起饼子走出院门。在以后的一个多月里，老母獾隔三差五就来我家一次。每一次，娘都从少量的口粮中匀出一点儿，给母獾和它的孩子吃。就这样，它的孩子一天天长大了。

过罢年，家中的粮食更为短缺，地里的野菜还没长出来，村里的老榆树也被剥光了皮，熬汤喝了。我们一家还时常挨饿。

一天晚上，娘坐在床上做针线活，我趴在娘面前听她讲古今。忽然，"咚"的一声，像有重物撞击门板。我和娘赶紧下床，打开房门，拿煤油灯一照，竟是那只老母獾。母獾瘫卧在地，嘴里、鼻子里在不停地向外流血。娘用手在母獾鼻子上试了试，已经没气了。

娘将这个稀奇事说给村里德高望重的八爷听，八爷对我们说，狗獾感觉自己快要死去的时候，悄悄离开原先栖身的洞穴，选择一个干净而又隐蔽的洞穴作为长眠之地，然后像冬眠一样死去。八爷分明被老母獾的义举感动了，深陷的眼窝里也雾蒙蒙的。他接着说，像这只母獾的死法我还是第一次听说，它可能是为了报答你家的不杀和养育之恩，用自己的身子让你家度荒春哩。

八爷的话，让在场的所有人唏嘘不已。

瓜　匠

临终前，瓜匠再三叮嘱上大学的儿子大顺，一定要买最好的绿豆给小区那位阿姨送去，人家是信任咱，才让咱捎绿豆的。人要讲诚信，答应了的事一定得办。

瓜匠四十多岁，粗壮身材，黑红脸膛，一看就是个老实厚道的人。

瓜匠是跟着爷爷学会种瓜的。那时爷爷给生产队种瓜，瓜匠就跟着爷爷吃在瓜园，住在瓜园。耳濡目染，瓜匠学会了一手种瓜绝活儿。瓜匠种瓜全部用农家肥做底肥，用研碎的小磨香油饼做追肥，再选用上好的西瓜品种，精耕细管。他种出的瓜，个儿匀、皮儿薄、瓤儿沙，吃到嘴里满口流蜜。

瓜匠不但瓜种得好，还有一手识瓜的绝活儿。他只要看一眼西瓜，然后左手托瓜，右手在瓜皮上轻拍两下，就能断定瓜的生熟，从未失过手。

今年，瓜匠种了二亩西瓜。西瓜成熟后，瓜匠每天天刚亮就起床卸瓜，卸满一毛驴车，就拉到县城卖。别人卖瓜，一天卖不完一车，瓜匠中午刚过，一毛驴车瓜就卖得一个不剩。瓜匠卖瓜不去农贸市场，去居民小区，边走边吆喝：黄土洼的西瓜，又沙又甜还赊账，不沙不甜不要钱。现在城里人越来越挑剔，左挑右捡，生怕买到孬瓜，无论卖瓜的咋夸瓜好，就是不肯相信。瓜匠知道自己的瓜好，就想了个高招儿————赊账，瓜吃完后再付钱。媳妇儿坚决反对瓜匠这样做:"咱城里没一个熟人,你把瓜赊出去,钱收不回来咋整?"瓜匠说:"几个瓜值多少钱?人家城里人素质高着哩,只要咱的瓜好,不信他们不给钱。"媳妇儿拗不过他,便依了。开始几次收钱时,确实有个别人赖账,但瓜匠也不计较,心说瓜是自己种的,全当过路的到瓜园吃了。慢慢地,瓜匠和小区的人大都熟了,再也没人赖账了。有时,小区的人还让瓜匠到院子里洗脸、喝茶、拉家常呢。

一天中午,小区里的马老师听见瓜匠的吆喝声,便去买瓜。马老师是瓜匠的老主顾。买完瓜,马老师对瓜匠说:"师傅,我想麻烦你给捎点儿东西。"

瓜匠说:"大妹子甭客气,捎啥尽管说。"

马老师说:"你看这夏天得喝绿豆汤败火,超市里卖的绿豆都是大农场里生产出来的,又贵还有污染。乡下种的绿豆大都不上化肥,麻烦你给捎点儿吧。"

瓜匠说:"你算找对人了,黄土洼不只出产西瓜,也出产绿豆,回家我就给你买。"

马老师高兴地给了瓜匠二百块钱。

第二天,马老师和同事们闲聊时,说起了买绿豆的事,他们听后都埋怨马老师,说她这事做得欠考虑,万一瓜匠不来卖瓜了,你上哪里找他去?马老师说:"瓜匠是黄土洼的,年年来我们小区卖瓜,那人看上去挺厚道,不会为区区二百元钱断了卖瓜的路。"同事们又说:"那只是他的一面之词,谁知道他是不是编的?现在什么样的人都有,还是小心点好。"马老师想想也是,瓜匠姓甚名谁自己都不知道,这件事办得是不是真的有点欠妥?

接下来似乎真的应验了同事们的顾虑——一连几天,小区里再也听不到瓜匠的吆喝声了。马老师猜测,可能是瓜匠家里出了什么事,抑或是还没买到绿豆,但马老师坚信瓜匠应该还会来的。她耐心等待着。然而半个月过去了,还没见瓜匠露面。马老师心说这下完了,便自我安慰道：二百元钱全当买个教训！

一个月后的一天，小区里突然来了一位二十岁左右的小伙儿，见到女人就问："阿姨，您让人买绿豆了吗？"

被问的人摇摇头："没有。"

小伙儿一连问了几个人，都说没有让人买绿豆。问得多了，有人就问："这个小伙儿是不是脑子有问题？"有人就答："可能是吧，要不怎么会问些不着边际的话？"

不管别人怎么议论，小伙儿还是一个接一个地问，但都摇头说没有。

许是小伙儿的韧劲感动了上天，就在他问到第几十个人时，刚好问到马老师："阿姨，您让人买绿豆了吗？"

马老师一激灵："你是……"

小伙儿说："我是黄土洼的，我爹是瓜匠，他让我来找买绿豆的那位阿姨。"

马老师说："是我让你爹买的。"

"阿姨，您让我爹买多少钱的绿豆？"

"二百元，我给了你爹四张五十元面额的钞票。"

小伙儿一听和爹说的不差分毫，便把绿豆给了马老师，马老师这才想起问问小伙儿这是怎么回事。

原来，瓜匠那天卖完瓜，在回去的路上被一辆汽车撞了，伤了脾脏，住了二十多天医院，最终没能留住性命。临终前，他再三叮嘱上大学的儿子大顺，一定要买最好的绿豆给小区那位阿姨送去，人家是信任咱，才让咱捎绿豆的。人要讲诚信，答应了的事一定得办。

刹那间，马老师热泪盈眶。

父亲养猪

爹把我从单位叫回家,趁着夜色,把死猪拉到野外,挖个深坑,埋了。回家的路上,爹一直没有说话,在进屋的那一刻,我看见灯光下的爹有泪在眼眶里打转!

过罢年,爹买回砖,拉回土,请来泥瓦匠,仅用两天时间,一溜儿三间猪舍便建成了。爹圪蹴在猪舍前,吧嗒吧嗒抽着叶子烟。抽着,心里盘算着:先买一头母猪,等母猪下了猪崽儿,全养着。养到年底,猪正好出栏,准能卖个好价钱。这样想着,爹核桃皮般的脸上写满了笑意。

爹上了年记,重活儿干不动了,把地租给了别人,决定养猪。他说,咱乡下养猪,饲料好解决,什么麸皮谷糠、剩饭剩菜、薯块青草,都能喂,只要让猪们吃饱,准长膘。投入小,赚的是打趸儿钱。再说活儿也不太重。起初,全家人都不同意,一来养猪没技术。二来爹的身体也不太好,怕他吃不消。可爹就是这样的脾气——他认定的事,谁也阻拦不了。最后,全家人只好妥协了。

母猪买回来了。爹每天天不亮就起床煮猪食,剁猪草,扫猪圈,生怕委曲了母猪。很快,母猪产下了六头猪崽儿。爹像照看自己的孩子一样精心,除了去地里打猪草,整天不离猪舍半步。晚上就睡在猪舍前,一有动静,赶忙起来察看。俗话说,功没白搭的。六头猪崽儿在爹的精心喂养下,像吹气球一样一天一个样。

我星期天回老家黄土洼,见爹养的小猪一个个胖得跟充气皮球似的,打心眼儿里敬佩爹。爹扳着手指给我算了一笔账:六头小猪,喂到春节,每头最少能长到二百斤,每斤毛猪卖四块钱,每头能卖

耳光响亮

八百块，六头就是四千八啊！照这样下去，不出三年，就能把旧账还清，还能给你小妹攒点儿上大学的费用。爹展望着他的"三年计划"，削瘦的脸竟渐渐地涨红了，每道皱纹里都流淌着兴奋。我也被爹的情绪所感染，仿佛一下子过上了不再举债的生活。

可天有不测风云。一场突如其来的变故让爹的脱贫计划在第一年就夭折了。起初，有两头百十斤重的架子猪精神不振，不吃不喝。爹赶忙请来兽医诊治。兽医看了症状，量了体温，无奈地对爹说，猪瘟，得赶紧隔离。尽管兽医采取了紧急治疗措施，那两头猪还是死了。而剩下的也未能幸免，在几天内相继死去。

爹傻眼了。他圪蹴在猪舍前，两眼失神的盯着死猪。这时，屠夫侯四来了。

老王，把死猪卖给我吧。侯四递给父亲一支烟。

你要死猪弄啥？爹没好气地问。

这你就别管了，反正我给你个好价钱。

你以为啥都能卖钱？

啥不能卖钱？实话给你说吧，这些猪在你手里不值啥钱，我把它们宰杀了，就能卖到城里的宾馆饭店去。

你想坑人？

话别说得恁难听。

不卖！

咋？我一斤给你两块，这样你也少亏点儿，你扔了不是扔了？！

说过了不卖。我再缺钱，也不能卖良心！

不卖拉倒！侯四气呼呼地朝司机一挥手，说，走，犯不着跟他这个死脑瓜闲磨牙！

爹把我从单位叫回家，趁着夜色，把死猪拉到野外，挖个深坑，埋了。

回家的路上，爹一直没有说话，在进屋的那一刻，我看见灯光下的爹有泪在眼眶里打转！

红管家

组长、会计当着孙老实的面，对着几任会计的账本，一笔一笔的清算。票、款不符——多出一毛钱。孙老实一怔，大叫一声，我的娘啊！挤出几滴儿混浊的泪，闭上了眼。

1970年，孙老实被社员推举当上了黄土洼村十队的现金保管。让他当现金保管，原因很简单，一是他办事公道，二是账头儿清，社员们都信任他。承蒙乡亲们抬举，孙老实果真把账目、现金管得汤是汤、水是水，被乡亲们称为"红管家"。

那年冬天，队长把生产队里的一台榨油机卖给了他小舅子。说是卖，其实就是象征性地收几个钱。队长的小舅子知道在孙老实那儿不好过关，就拿了两条"白河桥"，找到孙老实，说，老实叔，这是我买榨油机的钱。说着把二十块钱和烟递给孙老实。孙老实什么也没接，对队长的小舅子说，一台八成新的榨油机只值二十块钱？这不是损公肥私吗？队长的小舅子碰了一鼻子灰，回去给队长说了。队长找到孙老实，说，老实啊老实，当初我要不同意，你能当上现金保管？咋连我的情面也不看？老实说，正因为你让我当现金保管，我得对得住你，对得住全队社员。一句话把队长说得没词了。

队里人知道这事后，纷纷翘起大拇指，齐夸孙老实是个红管家。

孙老实在村里是孤户，在队里也只有一门远房亲戚。那天，队长让孙老实领着社员去乱石岗锄地。在那"大呼隆"年代，社员磨洋工、出工不出力是常事，人们习惯叫"混工分"。他的那家亲戚是个女劳力，地没有挨着锄，而是跳着锄，后面就留下了没锄到的光板地。孙老实看到后，悄悄对亲戚说，你把地锄好，我正人先得正己。自己的

耳光响亮

人不带头干好,叫我咋管别人?亲戚心想至于恁认真吗,还是亲戚呢。就没按孙老实说的去锄。孙老实见状,十分生气,就大声对社员们说,大伙儿都过来瞧瞧,这活儿是咋干的?连猫盖屎都不如!说清了,扣两分工。那时,生产队实行工分制,男劳力一天十分,女劳力八分。收工记分时,他当着社员们的面儿扣了亲戚的工分。这个亲戚感到丢了面子,就与孙老实断绝了亲戚关系。

后来,公社变成了乡,大队变成了村,生产队改叫村民小组。组长换了一任又一任,可不识字的孙老实依然当现金保管。

这天早上,孙老实的老娘在自家院子里拾到一毛钱,又惊又喜,忍不住叫道,财气!够十天盐钱了。怪不得开门时喜鹊叫呢!话音刚落,孙老实从西间蹿出来,伸手去夺那一毛钱。娘忙护着钱往后退,说,咋?这是我卖鸡蛋的钱,掉在院子里了,该不破财嘛。孙老实反问,自己的钱,还喊什么财气?肯定是我丢的——队里的钱!娘说,队里的钱你看得比命还金贵,命丢了也不会丢钱!孙老实看说服不了娘,伸手去夺。娘的力气小,孙老实把钱夺走了。娘气得浑身打颤,哭着数落,你龟孙心里就只有公家,难道公家是你祖宗?如今你翅膀硬了,不要娘了。早知道你这样,还不如当年把你摁尿盆里浸死,省得我一把屎一把尿的把你拉扯大。你这个没良心的东西……孙老实劝娘,可越劝,娘越骂,孙老实只好下地干活儿了。娘越想越气,一时想不开,抓根绳子上了吊。孙老实是个孝子,他哭得几次昏死过去,倾其所有,厚葬了娘。可说起一毛钱的事儿,他心中并不觉得有愧。

2010年秋天,孙老实病危,他的三间瓦屋里挤满了人。孙老实很感激,用枯柴般的手抹了抹眼,说,我大字不识一个,大伙儿抬举我当了三十年现金保管。趁我还有口气,你们清清账,缺了少了,我拿粮食、家具抵。

没有人动手——人人心里都有一本账。

孙老实哀求道,要是大伙儿还抬举我,就让我早点合眼吧!

组长、会计只好拿来算盘，在孙老实床前，当着大伙儿的面清账。孙老实让会计把小木箱里的两个瓦罐子取出来，打开，一个装着票据，一个装着现金，对着几任会计的账本，一笔一笔的清算。清算结果出来后，票、款不符——多出一毛钱。

孙老实一怔，张大嘴叫了一声，我的娘啊！挤出几滴儿混浊的泪，闭上了眼。

递 礼

驴套又一次喝高了。可奇怪的是，自此他的病竟奇迹般地好了，能吃能睡，还整天哼着梆子下地。

驴套酒醒来时，已是第二天上午。不禁一愣，自己咋躺在床上？驴套使劲想了想，懊恼地扬起手，想抽自己两耳刮子，但终究没抽，无力地将手放下，把夜儿个吃喜酒的经过像放电影一样在大脑中过了一遍，"呼"地坐起来，一摸衣兜，顿时傻了眼。

驴套有个很要好的朋友叫国旺，家住十五里外的小张庄。夜儿个是国旺儿子青山的大喜日子，驴套自然要去祝贺。在黄土洼一带，朋友之间谁家有个红白喜事，都要递个礼，表一下心意。驴套是个"妻管严"，平时兜里没有一分钱，比自己的脸还干净。去国旺家时，媳妇儿亲手往驴套的上衣兜里装了两张"老人头"。到国旺家后，驴套只和国旺打了个照面，看到国旺跑前跑后的接待客人，没有机会递礼，心想等国旺忙完了，再把礼递上也不迟。便也找了个活计，帮助干起来，干着干着酒席就开始了。驴套没机会把礼递出去，就先入了席。驴套酒量不大，不知不觉就喝高了，醉得像一滩泥，自己连咋回的家都不知道。酒醒后一摸，那二百块钱还原封不动地躺在衣兜里，分明是忘了给人家国旺。这咋不叫他羞愧、懊悔呢？

驴套想找国旺将礼金送上，再赔个礼道个歉，这事就算完了，怎奈他是个死要面子的人，总觉得无脸面对朋友。他想对媳妇儿说说，找个补救办法，可怕媳妇儿和他吵闹，影响家庭和睦。就这样，他将心事埋在心底，郁郁寡欢，寝食不安，整天受着悔恨的煎熬。

不久，驴套就病倒了。媳妇儿让他去医院，他死活不肯，媳妇儿只好把医生请进家中。媳妇儿问医生驴套得的啥病，医生没说，只开了张药方，让连吃几副中药。可一连吃了十副，病始终没见好转。

媳妇儿想，驴套从国旺家回来后，就一直阴着脸，会不会在朋友家和谁拌了嘴，生了气？媳妇儿不再多想，拔腿朝小张庄走去。

国旺听驴套媳妇儿一说，大度地说，弟妹，驴套兄弟是没把礼金给我，可我们两家的关系就值那二百块钱？眼下当紧的是让驴套兄弟赶快好起来。

驴套媳妇儿哭丧着脸，说，啥法子能让他好起来？

国旺想了想说，驴套兄弟的病我能治好，可你得替我保密。

得到驴套媳妇儿的保证后，国旺说出了治病方法。驴套媳妇儿半信半疑地说，铁柱是快结婚了，可这个法子中吗？

国旺有把握地说，保准中。

国旺来到驴套家，看到驴套深陷的眼窝，憔悴地面容，心里也不是滋味：没想到驴套为了这件小事，背了恁大的思想包袱，以至于落到这个地步，便抱歉道，兄弟，我实在对不住你呀！

驴套有气无力地说，国旺哥，该说这话的是我呀。你看我一高兴就喝高了，竟把礼金……唉！

国旺说，我对不住你的地方就在这儿。那天我只顾招待客人，没空儿关照你，让你多喝了。

驴套说，国旺哥，啥也甭说了，都怪你兄弟我不会办事。驴套摸索着掏出那二百块钱，今儿个你无论如何得收下礼金，要不我会后悔一辈子。

国旺把驴套的手挡回去，大笑道，看来兄弟那天真的喝高了，你明明把礼金给我了，咋能说没给呢？

驴套说，国旺哥，你就甭诓我了，我的衣兜里从来不装钱，这事你早就知道，你说我兜里的钱是哪儿来的？

国旺忍着笑说，兄弟，你忘了，那天我让咱青山送你回去时，亲手把二百块钱装进你兜里。那是我给咱铁柱递的礼呀。

驴套摇摇头，说，我咋不记得？

国旺又笑道，要不咋说你喝高了呢。

驴套仍摇头，失神的眼睛又慢慢闭上了。

无论咋说驴套也不相信，国旺一时也想不出更好的办法，无奈地走了。

几天后，铁柱的喜日子到了，这是女方早在半年前就择好的日子。驴套只好强打精神迎娶媳妇。

国旺早早地来到驴套家，帮着干这干那，一刻也没闲着。很快就开席了。因为是喜酒，国旺也喝高了，回家是铁柱送的。

送完客人，驴套才有空坐下来歇歇发麻的双腿。忽然，驴套问媳妇儿，国旺哥今儿个递礼没有？

媳妇儿没好气地说，你老东西是不是忙迷了，国旺哥不是在青山结婚时就将礼金给你了，你打算让人家再递一次？

这样说那天国旺哥说的话是真的？

媳妇儿拧着驴套的耳朵说，看看几盅猫尿把你喝的，差点叫我下半辈子守寡。

驴套怔了一下，猛的站起身，顺势在媳妇儿的脸上啃了一口，说，当家的，给我弄俩菜，我要好好喝两盅。

驴套又一次喝高了。可奇怪的是，自此驴套的病竟奇迹般地好了，能吃能睡，还整天哼着梆子下地。

回门客待罢，驴套媳妇儿便备了重礼，专门来到国旺家道谢。

闹洞房

闹洞房有个规矩,就是三天之内没老少。不论辈份大小,在结婚的三天里都可以闹房。可驴嫂大儿子结婚时却没人闹腾,气得坐在一旁掉起泪来。

黄土洼人娶媳妇兴闹洞房。送走客人,街坊邻居便一窝蜂涌入洞房,或把新郎新娘推来搡去,或让新郎新娘啃苹果、点香烟……不管怎么闹,闹多久,东家都不会说二话。因为大家都相信,闹一闹,今后的日子才会兴旺,才会红火。如果谁家娶媳妇没人闹房,或闹房的人太少,说明这一家在交朋结友、为人处世上不沾弦,在人们面前就抬不起头。

闹洞房有个规矩,就是三天之内没老少。不论辈份大小,在结婚的三天里都可以闹房。那个喜庆劲儿,跟过年没什么两样。

驴嫂生了两个儿子。老大春合结婚时,街坊邻居递礼的少,只有几桌客。到了晚上,本应热热闹闹的洞房里,只有几个不懂事的娃娃。驴嫂本来就为递礼的人少憋气,一看闹房的连个大人也没有,心里一时气恼,坐在一旁掉起泪来。谁知刚好让一个小孩儿看见了,回家对他娘一说,没几天,全村人都知道了。大家都觉得奇怪,这么多年来,谁曾见驴嫂掉过一星半点儿眼泪,又何曾听到驴嫂哭过一声半声?驴嫂能为一件鸡毛蒜皮的小事,扯腔拉调地将邻居骂得狗血淋头,甚至将邻居抓得满脸血印。村里的女人大多不愿和她搭话。她在村里成了臭狗屎,人们都离她远远的。现在大家听说她因为娶儿媳妇没人闹房,气得哭天抹泪,都觉得出了一口恶气。

谁家的新媳妇不是让人闹得死去活来?还没见过没人闹房的。

真是活该！曾被驴嫂扯掉一绺儿头发的"快嘴"桂兰逢人便说。

就是就是，等她老二娶亲时还不去闹，看她的驴脸往哪儿搁。被驴嫂骂过的秋香随声附和。

兰花是个菩萨心肠，她劝大家：大人不计小人过，咱甭跟她一般见识。她男人死得早，孤儿寡母的，也不容易。

你是好了伤疤忘了疼。还没见过你这号人哩，挨了打还说对方是好人。她的一只鸡丢了，硬说是你偷的，骂了你三天，难道你的记性叫狗吃了？桂兰讥讽道。

兰花的脸一红，苦笑一声，叹了口气。

这年夏天，一场洪水淹没了整个村子，春合为救村民被洪水卷走了，连个尸首也没找到。驴嫂中年丧子，哭得死去活来，人一下子老了十岁。

女人们又聚到一块儿，都好像有话要说，可都欲言又止。最后，还是兰花先开了腔：人心都是肉长的。春合是为救人淹死的，不管怎样，咱得去看看她。众人齐点头。

驴嫂躺在炕上，已经一天水米不沾牙了，眼睛像死鱼的眼睛一样没了往日的光泽，见大家来看她，不说话，光流泪。众人也不说话，陪着驴嫂流泪。

村里人送来了正下蛋的母鸡，送来了鸡蛋、红糖……礼品堆成了小山。女人们也隔三差五地来陪她说话。慢慢地，驴嫂走出了丧子的悲痛阴影，人也变得和善起来。

这年的腊月二十，驴嫂的二儿子春有娶亲，整个黄土洼都沉浸在喜庆的气氛中。就像是商量好了似的，全村家家户户都送去了贺礼，连孤寡老人李大爷也凑了份子。洞房里挤满了闹房的人，挤不进去的，就趴在窗子外起哄。人们用最原始的方式——压鼓堆、炒铁蛋，把新郎新娘闹得直求饶。人们还不依，让他们讲恋爱经过，逼他们当众亲嘴，吵闹声、哄笑声简直要把房顶掀翻。

驴嫂长满皱纹的脸笑成了一朵花，她手捧香烟挨个儿敬。一直闹到半夜，人们才恋恋不舍地离去。

新郎新娘被折腾得身子像散了架，待人们一走，便迫不及待地钻入被窝。正当两人准备下面的节目时，忽然从床下钻出两个年轻后生，死死地压在了新郎新娘的身上……

盘　账

过了一会儿，香春像想起了啥似的，拿过账本仔细看。这是她打从杂货店开业来以来，第一次仔细地看账本。倏地，香春明白了一切，泪在眼眶里不停地打转。

灾难是突然间降临到香春头上的，突然得令她猝不及防。

那天，丈夫根生开着农用三轮车去县城买麦种，回来时天已经黑了，一辆轿车亮着强光冲过去。根生躲闪不及，连人带车翻进深沟。轿车逃逸，根生头部受了重伤，虽经全力抢救，但还是没能保住性命……

乡亲们帮忙安葬了根生，香春的眉头却皱成了疙瘩——三万块钱外债用啥还？往后的日子该咋过？

正当她愁得茶饭不思时，村里的自魁来了。自魁是个热心肠，看见谁家有了难处就想帮一把。他掏出三千块钱，大妹子，这是大伙凑的，让我和结实送过来，不多，你拿着先应个急。

一同来的结实忙着附和，嫂子，拿着吧，这是大伙的一点心意。

香春忙摆手，不中，不中，我咋能要大伙的钱呢！

都是乡里乡亲的，你家遇到了难处，大伙帮帮应该的。自魁劝道。

大伙已经帮我把根生埋了，又要帮钱，这钱我不能要。

自魁见香春不接钱，只好说出凑钱的用意，根生兄弟去买麦种，我们都让他捎带了……我们也有责任。这钱你要不收下，我们心不安哪！

捎麦种是应该的，只怪根生命短。这钱我坚决不要。

自魁没辙了，无奈地走出香春家。

日头迈着蹒跚的脚步，从东到西走了几圈，自魁又来到香春家，大妹子，大伙合计了一下，想叫你开个杂货店。你看咱黄土洼几十户人家，连个买东西的地方都没有，买个盐呀油呀都得往镇上跑。

香春眼睛一亮，但迅即又暗了下去，说话也有点吞吞吐吐，这……可……

自魁早就料到香春要说啥，忙从兜里掏出钱，本钱我已经带来了，算大伙借给你的。

这……叫我咋感谢大伙呢！

谢啥呀！赶紧准备吧。

杂货店在大伙的帮助下，很快开业了。香春整天在店里忙活，慢慢从丧夫的悲痛中走了出来。

杂货店刚开业时，大伙买东西都付现钱，剩个三毛五毛、块儿八角的零头，也不让找，拎上东西就走。香春知道大伙都在帮自己，就记下，等他们再来买东西时，把上次剩的钱兑了。大伙对香春说，不就点零钱吗，值当记恁清？香春就笑笑，该咋办还咋办。

这天，自魁去香春的店里买烟，把口袋翻了个遍，竟没翻出一分钱。他有点不好意思，红着脸说，大妹子，忘带钱了，要不我回去拿了钱再来买。

香春忙说，自魁哥，你帮了我恁大忙，我还没谢你哩。这盒烟算我先谢你的，拿去吸吧。

那不行。要不，我先给你记账，等再来买东西时还上？自魁和香春商量道。

香春拗不过自魁，只好找来儿子用过的作业本，让自魁记账。

耳光响亮

香春瞅都没瞅,顺手把账本撂在了柜台角上。

结实去买酒,见了柜台上的账本,也把账记在了本子上。

接下来,又有乡亲们没掏现钱,都记了账。

这不由得让香春暗自思量:自己这店是小本生意,要都这样赊账,店还咋开得下去?可反过来又一想,这店本来就是大伙兑钱帮自己开的,人家先赊着,还会赖账不成?香春自责道,香春呀香春,你咋能这样想啊?

等大伙再来买东西时,要是有人记账,香春就让记。慢慢地,记账的人越来越多,都说月底清账。香春都让他们记了。

这天,母亲来看香春,见买东西的人记了账,拿起东西就走,香春看也不看账本,便让人走了。一字不识的母亲对香春说,春啊,你就这样让记账啊?要是谁少记了,你还不赔个底朝天?

香春笑了笑,妈,您放心。大伙能出钱帮我开店,肯定不会少记的。

杂货店就这样开着。转眼到了月底,大伙都按时把赊的账清了。晚上,香春拿出账本,把一个月的账盘了盘,不由得吃了一惊:咋赚恁多?三千五百多块呀!她估算过,按卖出去的货,赚个两千块就不赖了。这多出的一千五百多块哪儿来的?香春重新算了一遍,又清点了一下存货,还是三千五百多块。再算,还是那个数。香春不禁皱起了眉头。

过了一会儿,香春像想起了啥似的,拿过账本仔细看。这是她打从杂货店开业来以来,第一次仔细地看账本。自魁,红旗渠烟两盒,二十块;结实,赊店老酒两瓶,六十块;翠英,盐两袋,五块……香春暗自琢磨:账肯定记错了!自己店里的红旗渠五块钱一盒,自魁按十块记了;赊店老酒二十块钱一瓶,结实按三十块记了;盐一块五一袋,翠英按两块五记了……

倏地,香春明白了一切,泪在眼眶里不停地打转。

第二辑 最香的面条

九岁红

九岁红说:"我想嫁的人嘛——要心地善良、志向远大……如果你能改邪归正,发愤读书,考取功名,我情愿嫁给你。"

清嘉庆年间,赊店古镇有一个豫剧戏班,戏班里有一个唱花旦的名角,每有她登台演出,场场爆满,掌声阵阵,人们为能一睹其演技、扮相而欣喜若狂。

这个名角姓张,叫张小玉,赊店本地人,打小随父张九令学戏,并拜师学艺。由于受家庭熏陶,加之有名师指点,她六岁登台演出,九岁就凭花旦戏开门,赢得了"九岁红"的名号。有一年,农历九月十三山陕会馆起庙会,会首请了两个戏班唱对台戏,九岁红那韵味十足的唱腔,曼妙柔美的身姿,一下子把对方的观众吸引过来,赢得了满堂彩。从此,九岁红名声大震,九岁红这个艺名迅速红遍南阳府县。

九岁红天生一副让人"嫉妒"的好嗓子,随着年龄的增长,气力的增加,唱功演技更是达到了炉火纯青的地步。她那音域宽广、舒畅洒脱的行腔,上下通畅、真假嗓结合的唱法,控制得当、收放自如的呼吸,四呼准确、五音清晰的声韵,极具穿透力,形成了独特的艺术风格。比如她唱《大祭桩》"恼恨爹爹心不正"这一段,低回处如游丝欲断,高亢处如雷响长空,大开大阖,特别是甩腔处,行家形容是"垒峰叠翠,延绵起伏,乱云翻滚,万壑悲鸣",一下子就把观众给镇住了。

在豫剧行中,素有"吃饺子吃馅儿,看戏看旦儿"的说法。赊店一带就流传着这样一句顺口溜:三天不吃饭,也得把九岁红的戏

81

来看。可见九岁红醉倒了无数戏迷。在这些戏迷中，年轻戏迷不但爱听九岁红的戏，更倾慕于九岁红的美貌。其中有个叫冯少庭的阔少，结交了一帮狐朋狗友，整日寻衅滋事。他看到化妆登台的九岁红面如粉团，双目顾盼生辉，魂一下子就被勾走了，戏班子走到哪里，他就跟到哪里，决心要见卸了妆的九岁红。

戏班班主料定冯少庭见九岁红准没好事，可慑于冯家的权势，只好求九岁红一见，并叮嘱九岁红倍加小心。

九岁红整日在外演出，各种各样的人都见过，对冯少庭也有所了解。她本不愿见他，但想了想，还是决定一见。

当九岁红站在冯少庭面前时，冯少庭立时被其美貌吸引住了，眼神儿如铁块遇到了磁石。卸了妆的九岁红粉面黛眉，乌鬓高挽，一双明亮的丹凤眼慑人心魄。果然是个美人！

看到曾经桀骜不驯的冯少庭愣在那里，九岁红落落大方地说："冯公子找我有事？"

沉醉于九岁红美貌的冯少庭一时语塞："我……我要娶你！"

"娶我？想的倒美，我决不会嫁给一个胸无大志、无所事事的人。"九岁红不卑不亢地说。

冯少庭没想到九岁红竟敢对自己说这样的话，自尊心受到了极大伤害，反问道："那你想嫁给什么样的人？"

"我想嫁的人嘛——要心地善良、志向远大……如果你能改邪归正，发愤读书，考取功名，我情愿嫁给你。"

"爽快！你说的话可算数？"

"君子一言，驷马难追！"说罢，九岁红转身走了。

从此，冯少庭同那帮公子哥们彻底断了来往，潜心读书。

三年后，冯少庭中了举。

这天，冯少庭满怀期待地去见九岁红，九岁红却以忙为由，不见冯少庭。冯少庭说见不到九岁红，就是一万年也要等。无奈，九岁红只好相见。

第二辑　最香的面条

正当冯少庭焦急万分地等候时，一位满脸雀斑、头发稀疏的"丑"女走了过来，冯少庭的目光越过丑女，向其身后张望。丑女嫣然一笑："冯公子找谁？"

"我找恩人九岁红！"说着话，冯少庭也没收回自己找寻的目光。

"小女便是。"丑女抱以微笑。

"不可能！不可能！九岁红怎么会是你这样？"冯少庭有点失态。

"三年前那次相见时，为了让公子痛改前非，求得功名，小女让漂亮聪慧的师妹见你，许下了如若考取功名就嫁给你的诺言。如今公子功成名就，也不枉小女一片苦心。现在一切都结束了，你走吧，我得化妆了。"说罢，丑女扭头就走。

冯少庭愣了一下，抢先一步拦住丑女："且慢，你说的可是实情？"

"冯公子功名在身，小女岂敢骗你。"

"那好，男子汉大丈夫，说话一言九鼎，今生我非你不娶！"

"冯公子，你可想好了，你现在是举人，而我只是一个戏子，还长得这么丑。"

"不要说了！当初要不是你的许诺，哪有我的今天？我不能做忘恩负义的小人！"

"冯公子言重了。当初看你是个可挽救之人，我只是想拉你一把，绝没有非分之想。为了你的前程，现在我只有食言了。"

"恩人，今天你不答应我，我就不让你走！"

丑女见冯少庭是真心要娶自己，又说："冯公子，你可看仔细了，我可是个丑女。你当真不嫌弃？"

冯少庭坚定地说："恩人不分美丑。你心灵美，比脸蛋美的女子更美！"

丑女皱了一下眉头："再容小女想想，两天后见。"

"好吧！"冯少庭忐忑不安地说。

两天后，二人如约见面。冯少庭刚一落座，一位粉面黛眉、乌

83

髻高挽的漂亮女子坐在了他面前。

冯少庭瞥了漂亮女子一眼，焦急地朝远处张望。

漂亮女子抿嘴一笑："冯公子找谁呀？"

冯少庭说："我找九岁红小姐。"

漂亮女子又一笑："小女就是！"

冯少庭望着美若天仙的女子，如坠云里雾中，好大一会儿才说："这……到底是怎么回事？"

"冯公子，事情是这样的。第一次见你的女子就是我，我只是想拉你一把，这不必多说。第二次见你的女子其实是我师妹，让她帮我出面见你，是想让你打消娶我的念头。岂料你言而有信，不嫌'我'丑。师妹给我说了你的决心后，我才决定……还望冯公子见谅。"说罢，九岁红羞涩地低下了头。

冯少庭心花怒放："太好了！我这就回去准备聘礼，早日把你娶回家！"

实　诚

过了几天，老太太又来了，还领着一个闺女。一进门，就对大宝爹说，大宝是俺的救命恩人，俺没啥报答的，这是俺闺女春芝，大宝要不嫌弃，俺就把春芝许给大宝。

张大宝脾气好，心眼实，就是吃亏也从不与人相争。

一次，村里的孬蛋拉着一车粪走过来，对大宝说，你帮我把这车粪送到地里，我给你买盒"白河桥"。大宝咧开大嘴一笑，中。送完粪，孬蛋闭口不提买烟的事。一个小伙子撺掇大宝向孬蛋要。大宝说，要个啥？兴许孬蛋这会儿没钱买。那人说，他是欺负你实诚，你若不要，他一百辈子也不会给你买。大宝说，不买就算了，无非是费点儿力气。再说，力气还会长的。那人一听十分生气，说你实诚是高看你，我看你是个傻蛋！众人哄地笑了。

还有一回，肉联厂来村里收猪，卖猪户都狠着劲喂猪，一头少说也增重十斤。那时，十斤猪食能值多少钱？可十斤毛猪就是三十多块。大宝爹也准备喂猪。大宝对爹说，这不是坑人家肉联厂吗？咱不喂！爹拗不过大宝，就没喂。村里人知道后，都说大宝傻，二菊更是撇着嘴说，还是人家大宝觉悟高！大宝怕钱扎手哩！人们又哄地笑了。

从此，张大宝的实诚便在整个黄土洼出了名，谁家有活儿，想使他就使他，就连有些孩子也唤大宝干这干那，仿佛大宝是一张犁，谁想用就可以搬过去用。

大宝爹看不过眼了，对大宝连呵斥带开导，马善被人骑，人善被人欺。人不能太实诚，实诚了吃亏。往后谁再央你干活儿，你就说忙！

大宝说，张嘴容易合嘴难，都是乡里乡亲的，不去不好。

爹用旱烟袋把地敲得咚咚响，你就没听见村里人咋编派你？说你是"缺心眼儿"、"二百五"！

大宝嘿嘿一笑，他们爱咋说咋说。

爹一听，心里那个气呀，中，不听算了，你等着打一辈子光棍吧！

大宝娘死得早，大宝爹独自把大宝拉扯大。许是吃苦太多的缘故，大宝长得又瘦又黑，都二十八岁了，还没寻到媳妇儿。其实，媒人也给他说过两个闺女。那两个闺女都没嫌他家穷，也没嫌弃他的长相，可一打听他太实诚，都摇头说算了。谁愿跟一个实诚爱吃亏的人过日子？！

爹替他着急，亲戚邻居也替他着急，可他不急，成天乐呵呵的，该干啥干啥，东村放电影，他跑在前头；西村唱戏，他一场不落。一天，他在西村看完夜戏回到家，正是冬天，大宝一路跑一路哈手。

耳光响亮

借着清冷的月光,看见家门口躺着一个人,蹲下一看,是个老太太。他赶紧叫来爹,让爹帮忙把老太太往屋里抬。爹说,她怕是病了,抬进咱屋,要有个三长两短,咱就说不清了。

爹,甭说了,救人要紧。

不听老人言,吃亏在眼前。这闲事不能管!

大宝急了,爹,这可是一条人命啊!

爹见大宝还没明白他的意思,干脆把话挑明了,不是爹不让你救她,她要活不过来,讹咱了咋整?

大宝说,爹,你还记得我娘是咋死的吗?

爹一愣,大宝的娘当年掉塘里没人救淹死的。爹不说话了,赶紧把老太太抬进屋。

大宝让爹点着柴火给老太太取暖,自己端来开水,一勺一勺地给老太太喂……老太太慢慢地睁开眼,一看躺在陌生人家里,问这是哪儿?

大宝爹把大宝救她的事对老太太说了。老太太声音颤颤地说,好人啊!要不是大宝救俺,今晚光冻也把俺冻死了!

大宝爹问老太太咋躺在门口,老太太说,俺从闺女她姥姥家回来,走到半路犯了晕病。俺看天快黑了,就咬牙赶路,谁知走到您家门口,再也走不动了,往地上一出溜,就啥也不知道了。

在这当儿,大宝请来了村医。村医给老太太号过脉说,没大事,打一针,再吃点儿药就好了……

打了针,吃过药,老太太感觉好多了,便要走。大宝说,你身子虚,歇一晚再走吧。老太太就没再坚持。老太太看了看屋里的陈设,又看看大宝,问大宝娶媳妇儿没有。大宝爹接过话头,大妹子,不怕您笑话,俺这穷家,谁家闺女愿嫁过来呀!

老太太说,大宝心恁好,会有闺女喜欢他的!

第二天,老太太高高兴兴地走了。

过了几天,老太太又来了,还领着一个闺女。一进门,就对大宝爹说，大宝是俺的救命恩人，俺没啥报答的，这是俺闺女春芝，大宝要不嫌弃，俺就把春芝许给大宝。大宝这娃俺没看错。

天上突然掉下个大馅饼，喜得大宝爹不知说啥好。大宝脸一热，臊成了一块红布。春芝则抿着嘴低下了头。

过年前，两家择了个好日子，花骨朵似的春芝便进了大宝家的门。谁知这只是好事的开头。过罢年，大宝两口子做媒，把寡居的春芝娘也娶进了家门。两个老人的脸笑成了一朵花。

村里人再说起大宝时都翘起了大拇指，憨人有憨福，好人有好报。

憨　二

好大一会儿，憨二才明白过来，惊得嘴里能塞下个鸡蛋："我说媳妇儿，咱是凭力气吃饭的，不能干昧良心的事。我去把钱退了。"

憨二开着"时风"三轮车，高高兴兴地去粮站卖粮。

黄土洼修通了到乡里的柏油路，路况好，又是新车，憨二把车开得飞一样快。风呼呼地从坐在麦子上面的媳妇儿耳边吹过，吹得脸生疼。媳妇儿紧紧地抓着煞车绳，大叫道："憨二，慢点开，真是个憨子。"

憨二在弟兄们当中排行老二，人又憨实，所以人们干脆叫他憨二。

有一年，余大毛的柳编厂招工人，憨二高高兴兴地去报名。余大毛见憨二也挤在人群中，很是惊讶："你来弄啥？"

憨二说："报名。"

余大毛哈哈大笑："就你那脑子也来报名？那好，我给你出道算术题，你如果答对了，我就收下你；你要答错了，立马走人。"

憨二说："中。"

余大毛摇头晃脑道:"你听着,一加一等于几?"

憨二憨笑道:"恁容易的题,三岁小孩都能答出来。等于二。"

余大毛说:"不对。"

憨二不解:"不对?你说等于几?"

余大毛不屑地说:"等于三。比如你和你媳妇儿加在一起就等于三。你的答案明显不符合我的要求。"

憨二争辩道:"我和我媳妇儿是俩人,加起来刚好等于二,咋等于三?"

余大毛放肆地笑道:"我说你的脑子有问题吧,你还不信,你没看见你媳妇有喜了吗?"

在场的人哄地笑了。

憨二脸胀得通红,吭哧了半天说:"余厂长,账不能这样算,你再给我出一道算算。"

余大毛摆摆手:"回去吧,回去吧,柳编厂里都是技术活,你不行。"

憨二悻悻地走了。见憨二走远,余大毛讥讽道:"这个憨子,跟个木头似的,硬是听不懂我的意思,谁要他呀!"

在场的人又大笑起来。

从此,憨二的憨实劲出了名,真名倒给喊丢了。

村里距粮站也就十几里路,不到半个钟头,憨二就开车到了。等前面的一车麦子过完磅,憨二便把三轮车开到地磅上。过完磅,卸了麦,称了皮,很快就领到了钱。坐在树阴下,媳妇儿数着到手的票子,边数边笑,数完后竟大笑起来。

憨二说:"看把你喜的,像占了光似的。"

媳妇儿止了笑,俯在憨二耳边说:"算你说对了,咱今儿个就是占了光。"

憨二一惊:"占啥光?"

媳妇说:"看把你惊的。先不说占光的事,你说我有多重?"

憨二摸摸媳妇儿的额头:"这也不烧呀,你咋净说些不着边际的话？"

媳妇儿说："我清醒得很。你说，我到底有多重？"

憨二不情愿地说："约莫有一百四十斤吧。"

"那麦子多少钱一斤？"

"八毛八。"

"一百四十斤值多少钱？"

"啥一百四十斤值多少钱，你八毛八一斤呀？"

媳妇儿不再和丈夫绕圈子："粮站称粮食时，是连车带人一块称的，然后把车和人的重量刨掉，就是粮食的重量了。"媳妇儿说着又笑了起来，"你忘了，称粮食时我在车顶的粮食上趴着，过磅员竟没看见我，就把粮食称了。卸完粮食称车和人的重量时，我已经不在车上了，粮食的重量中不就多了我的体重？我一百四十斤，不就多卖一百多块？"

好大一会儿，憨二才明白过来，惊得嘴里能塞下个鸡蛋："我说媳妇儿，咱是凭力气吃饭的，不能干昧良心的事。我去把钱退了。"

媳妇儿赶紧将钱揣进怀里，生怕丈夫抢跑了："这事就咱俩知道，退个啥？"

憨二伸手就去抢钱："拿来，这钱必须退。"

媳妇儿护好钱，生气地说："说你是个憨子一点不假，人家都知道往手里捞钱，你却把到手的钱往外送，你说你傻不傻？"

憨二断然说："不义之财一分也不能要。"

憨二又夺钱。

媳妇儿见状，恼怒地将钱摔在地上，哭着跑出了粮站。

憨二将散落在地的钱捡起来，数出多得的部分，退还给了粮站。

回到家，憨二变戏法似的把一件崭新的裙子捧到媳妇儿面前，憨笑道："还生气吗？"

媳妇儿知道这是丈夫讨好自己，剜了憨二一眼，夺过裙子，抿嘴一笑，去里屋试穿了。

89

耳光响亮

停 电

老强叫强世平，是个市场管理员，人们都习惯叫他老强，还有人叫他"圣人蛋"。等停电了，人们才想到了他。

家住木材公司家属院的张大妈正准备打开电磁炉做饭，忽然头上的电扇停止了转动，原来是家属院这片因线路改造需要停电。当时正值盛夏，又适逢五十年来最热的夏天，停电意味着什么，每个人心里都清楚。张大妈赶忙去问邻居文岚，文岚说她家也没电。张大妈就发起了牢骚：这供电所是干什么吃的？停电也不事先通知一下，这桑拿天还不把人热死呀！

"就是，像这样停电停水的事已出现了多次，每次打电话问，对方都说已在电视台公告了。你说，现在的人整天忙得脚后跟打后脑勺，谁有闲工夫看电视？真他的官僚！"文岚十分气愤。

"我把水泥和沙石倒入搅拌机，刚开始搅拌电就停了，你说这该怎么办呀？！"正在施工盖房的退休职工老李一脸无奈。

听到吵嚷声，家属院里的人们都聚拢到大院里，你一言我一语，把供电所的人骂了个狗血喷头。

一直没有说话的小方这时开口了，停电维修也属正常，关键是得有人提前告知一声。说着，她像想起了什么似的惊叫起来："咦！这两天在大街上怎么没见到老强呢？！要是老强在大街上走一趟，咱不就知道今天停电了嘛。"

人们恍然大悟，都说还真没见到老强。

老强叫强世平，是个市场管理员，人们都习惯叫他老强。

老强整天骑着一辆改制的脚踏三轮车，走街串巷管理市场，为老百姓服务。三轮车上放有公平秤、打气筒、针线包；车前装有一只小喇叭，谁家的钥匙丢了、猫狗找不到了，通过小喇叭一广播，大多能找回来；车边上还挂着一个醒目的小黑板，多数时间上面写的是政策法规，遇到重大纪念日，黑板上就会出现"今天是日"，比如五月一日，黑板上就会写上"今天是劳动节，祝全体劳动者节日愉快！"再比如八月十五日，黑板上就会写上"今天是日本投降日，勿忘国耻，强我中华！"小黑板还有一个特殊功能，就是发布停电、停水信息。县城的哪一片、什么时间停电停水，老强就会提前一天写到小黑板上，在工作的同时，把停电停水的信息传递给老百姓，提醒他们做好应急准备。

老强的便民服务车确实给小城居民的生活带来了不少方便，受到了人们的欢迎，但也有人对老强和他的便民服务车嗤之以鼻，说老强是不务正业，是"圣人蛋"。有人说，小喇叭整天哇哇叫，扰民；有人说，三轮车在大街上走走停停，碍路。就连老强的顶头上司在公开或私下场合都对老强的工作持反对态度，说老强本人是出名了，引来各路记者采访报道，全国各地都来参观学习，没给局里带来什么荣誉，每年倒让局里没少支出招待费。总之一句话，在信息高度发达的今天，人们认为老强的便民服务车显得有点多余。

不管人们怎么议论、怎么评说，老强也不解释，一笑了之，便民服务车每天照样穿行在大街小巷。

这天的突然停电，让人们措手不及，自然就想起了老强。

"我刚把洗衣机抬到院子里准备洗衣服，没电没水。要是老强在，我们看到便民服务车上的停电通知后，也好有个思想准备。"小方说。

"一个市场管理员，车上放的、挂的什么都有，搞得像个货郎似的。过去我一直认为他这是作秀，现在看来我误会老强了，咱老百姓还真离不了这样的人。"文岚心生愧意。

"是呀。有一次我在大街上碰见老强，那小喇叭哇哇的正广播招领启事，好像是说有人捡了一个手提包在他手上。想想自己也没

耳光响亮

丢包,我听了有点烦,赶快离开了。平时总觉得老强这么做是多管闲事,现在想来,还真不是多余的。"张大妈面有愧色。

老强到底干啥去了呢?众人都在关心老强的去向。

下午,小方从一个在城管局工作的朋友那里了解到,老强早几天在大街上执行公务时,被一个在街边卖瓜的小伙子打伤了,现在正在医院治疗。

张大妈知道这一情况后,对几个邻居说:"老强是为工作受伤的,过去我们还误会过他,是不是应该去看看他。"

众人齐点头。

看完老强回来的路上,张大妈几个人感慨道:往后免不了还会停电停水,咱真得关注老强的便民服务车,免得像今天这样措手不及!

秤

妻子说:"其实人人心里都有一杆秤,正是咱家的油馍秤头儿足,人们才愿意上咱家来买油馍,生意才越做越红火的呀!"

"师傅,您就按我说的修,我这生意能不能赚钱全仗您修的秤了!"侯三面对修秤师傅,脸笑成了一朵花,腰弓成了一架桥。

"我修秤三十多年,还从未修过这样的秤,你这不是为难我吗?"修秤师傅显得很无奈。

"师傅,您如果按我说的修,我再给您加十个钱。"侯三乞求道。

修秤师傅犹豫了一下,最后还是答应了。

侯三在赊店古镇的万成街上开了个油馍铺,生意不错,但他还嫌赚的钱少,就动起了歪脑筋:如果修一杆一斤短六钱的秤,卖

第二辑　最香的面条

一百斤油馍能多赚四斤油馍钱，自己一天至少卖二百斤油馍，就能赚八斤油馍钱，一个月就是二百四十斤油馍钱，日积月累，这钱也不是个小数目。于是，他就找到了修秤师傅，乞求师傅给他修杆一斤短六钱的秤。

三天后，侯三喜滋滋地取回新修的秤，瞒着妻子悄悄地试了试，果真一斤短六钱。侯三窃喜，就着猪头肉，抿了二两赊店老酒。

说来也怪，侯三用了一斤短六钱的秤，非但没有吓跑食客，还引来相邻几条街上的居民来买油馍。侯三见状，生意做得越发卖劲，油馍炸得越来越好。一传十，十传百，侯三的油馍铺名声大噪，吸引了镇上三粉、竹木、骡马等市场上的许多客商来吃油条。侯三和妻子见食客太多，就扩大了门面，又雇了三个伙计，生意越做越红火。几年下来，侯三手里攒了一笔数目不小的钱。

许是劳累过度的缘故，妻子染上了重病，侯三虽四处寻医问药，但所到之处，大夫都说他妻子已病入膏肓，无法救治，让他尽早准备后事。妻子从大夫和丈夫的言谈举止中猜到自己将不久于人世，就把侯三叫到床前，缓缓地说："当家的，我这病恐怕是治不好了，我走后，你要好好经营咱的油馍铺。这几年，你知道咱这生意为啥恁好吗？"

侯三见妻子病成这样还惦记着生意，十分感动，紧握妻子的手，愧疚就写在了脸上："老婆，实在对不住，我原来想着你一个妇道人家，头发长，见识短，说了怕你坏事，有件事就一直瞒着你。那年，咱不是修了杆秤吗？我叫修秤师傅给咱修的是一斤短六钱的秤，正是用了这杆秤，咱的生意才越做越红火的。"

妻子听后，并未感到惊讶，相反倒很平静。她摸摸索索地从枕边摸出一个红布包，递给侯三："你看看这是啥？"

侯三倒有点儿惊异，不知道妻子这葫芦里卖的啥药，接过红布包，感觉沉甸甸的，心想莫不是妻子藏的私房钱，这会儿有病快不中了，就拿了出来。侯三急不可待地解开布包，不禁大吃一惊，包里竟是

耳光响亮

一个新秤锤。

看到丈夫愣在那儿,妻子提了提气:"有件事我也一直瞒着你,那时给你说,你也听不进去。这秤锤就是你修的那杆一斤短六钱的秤锤,咱使的那杆秤,是我叫修秤师傅给咱修的一斤涨六钱的秤……"

"你咋能这样?"侯三惊叫道。

妻子一阵咳嗽,等喘匀了气,接着说:"我最了解你的心性,所以当年你修了新秤后,我悄悄嘱托修秤师傅又修了一个一斤涨六钱的秤锤,为这我还给他加了二十个钱。你验秤时,用的是一斤短六钱的秤锤,等你不在时,我悄悄地换上了一斤涨六钱的秤锤。这一换,就换到了现在。其实人人心里都有一杆秤,正是咱家的油馍秤头儿足,人们才愿意上咱家来买油馍,生意才越做越红火的呀!"

侯三惊得说不出话,好久,才抱着妻子的头,泪珠子碎在了妻子憔悴的脸上。

"……顾客是上帝,没有顾客就没有咱的生意,记住,一定要诚心待客呀!"说完,妻子头一歪,闭上了眼……

妻子过世后,侯三把那个秤锤用新布包好,他要把它当成传家宝,世世代代传下去。

对劲儿

长德说,兄弟你傻呀,那回你借钱是赌博,这回我给你钱是救人,哪该给哪不该给,难道这道理你都不懂?

长德和结实对劲儿,全村人都知道。在黄土洼,俩人关系好了叫对劲儿。一对劲儿,就不分你我了,牲口、农具一块儿用,田里、家里活儿一起干……一句话,除了老婆丈夫不能共用外,其它东西都在一起伙着用。

长德和结实打小就对劲儿，俩人从上小学起就是同桌，考上高中后，不但同桌，还同铺，连饭票都放在一起用。他俩的成绩都不咋好，他俩一起逃学，一起打架，闯了祸俩人争着承担责任。最终，俩人都没考上大学，回乡务农。成家后，俩人的关系非但没有疏远，反而更对劲儿了，长德送粪结实拉梢儿，结实耕地长德扶犁，两家搁和得跟一家似的。忽然有一天，村上这两个最对劲儿的人却翻脸了，准确地说是结实跟长德翻脸了。

事情的起因是结实跟长德借钱。

不知从何时起，结实染上了赌博恶习。刚开始时，赌资只有三毛五毛、块儿八角，后来是一块两块、十块八块，再后来，一牌的赌资下到三十五十，甚至更多。长德多次劝结实戒赌，甚至放出了若再赌就不再对劲儿的狠话。就是这样，也没让结实把赌戒掉。

这天，结实又去赌钱了，输了四千多块，还借了别人二千。兜里没了钱，赌友不和他玩了。正所谓赢家不急输家急。结实急得像热锅上的蚂蚁，对赌友说，你们等着，我去借。便心急火燎地找到了老对劲儿长德。

长德是个科技迷，不但庄稼种得好，还是个养鸭专业户，手头比较宽裕。结实来到长德家，气喘吁吁地说，长德哥，赶……紧找……五千块钱。

长德说，慢慢说，要钱弄啥？

有……急用。结实仍喘粗气。

啥急用，娶媳妇？长德笑说。

长德哥，你别开玩笑了，咱娃儿才十五岁，早着哩。

那是买农机？

对……对，买农机。结实就坡下驴。

啥时买？我和你一块儿去。长德言语中肯。

你甭去，你家里有恁多鸭子哩。

家里不是有你嫂子吗？我去了也好有个照应。

哎呀，长德哥，你赶紧把钱拿出来，人家还等着我呢。结实一急说漏了嘴。

谁？长德一惊。

结实只好说实话，几个……几个牌友。

长德顿时火冒三丈，你又赌了？

结实沮丧地说，今儿个手气背，找点儿钱回去捞本。

长德说，我成天劝你不要赌，你就是不听，输了活该！

结实说，长德哥，你帮帮我，要不然我回去没法给你弟媳交待。

长德说，这会儿你知道没法交待了，早点弄啥去了？

结实心里又急又气，可又不好发作，只好乞求道，长德哥，我这回把本儿捞回来，往后再也不赌了。

长德说，这话你说的没遍儿数了，今儿个你就是把公鸡说得能下蛋我也不会借钱给你。

结实压根没想到长德会这样不近人情，气得鼻子都歪了，嘴像机关枪一样朝长德开火，我遇到难处你不拉一把，还尽说那绝情话，有你这样对劲儿的吗？怪不得人们说，"爹有娘有不如自己有，丈夫有还得隔层手"，好，好，你不借拉倒，往后你走你的阳关道，我走我的独木桥，咱俩井水不犯河水。

结实一步跨出屋门，身后响起了重重的摔门声。

借钱吃了闭门羹，结实的自尊心受到了很大伤害，发誓往后再也不赌钱了，并和长德断了一切关系。长德去找他，想劝他跟自己学养鸭，他要么不见，要么关门就走，仇人一样。

日子在日出日落中过了一天又一天，结实再也没和长德说过一句话。突然有一天，结实的儿子得了尿毒症，高额的医疗费让结实愁得一夜之间白了头。想想这些年别人通过劳动都富了，可自己成天泡在赌场里，没赢到钱不说，还落下两万多块外债。这正使钱的时候，自己却没有。去借吧，不对劲儿的没法张口，就是张口了人家也不一定会借；找长德借吧，自己已经和人家断了关系，况且上回借时他就没给，这回他愿意借？唉！都怪自己不争气，落到如今这步田地。结实真想搧自己几耳刮子。

无奈，结实只好卖了囤里的粮食，东拼西凑了五千块钱，但远远不够医疗费。正当结实走投无路时，他做梦都没想到，长德会来找他，还带来了几沓钱。长德对结实说，我刚听说侄子得了病，这三万块先拿着，赶紧给侄子看病。

结实结结巴巴地说，这……这……

长德说，赶紧准备准备，明儿个我陪你去省城医院。

结实有点疑惑，长德哥，那回我借五千你都不给，这回你一家伙拿来三万，你这是……

长德说，兄弟你傻呀，那回你借钱是赌博，这回我给你钱是救人，哪该给哪不该给，难道这道理你都不懂？

结实的泪扑簌簌流了下来，长德哥，你让我咋说呢？

长德说，甭说了，谁叫咱俩对劲儿呢！

绳　结

老根说："咱和金锁家是人老几辈儿的邻居了，啥事都要相互谅解。甭忘了，那年咱家失火，要不是金锁抱了自家的被子在粪坑里浸了水蒙在火上，咱这五间瓦房早成灰了。再说，绳是不是人家昧的也不好说。人呀，得有良心。"

老天晌午，闷热异常。

割了一晌麦子的老根疲惫地回到家，端起一碗捞面条坐在门楼下，边吃边想着后晌的活儿该咋干。倏地，不远处传来了小孩惊恐

耳光响亮

的喊叫声："快来人呀，小明掉塘里了。"老根循声望去，看见小明在不远处的水塘里挣扎。

小明是金锁的儿子，金锁和老根是邻居。在黄土洼，两家关系最好，后因一点儿小事，两家产生了隔阂。

老根迟疑了一下。

小孩的呼救声又倔强地钻入老根的耳朵。他扔下饭碗，几步蹿到塘边，"扑通"跳进丈把深的水中……

老根看着闻声赶来的人们把小明送往乡卫生院，重又坐回到门楼下，裸露的肚皮像风箱的风门似的一凸一凹。很快，板凳下已汪了一大滩水。

老根的老婆递上一条毛巾，冲老根大声嚷嚷："你吃迷魂药了，谁叫你救他的娃儿哩？"

老根擦了一把脸，仍不停地喘着粗气。

"你难道忘了，前年麦天，他金锁家昧了咱的煞车绳，我去他家讨，他女人硬说早还给咱了。我和她争辩，金锁那龟孙就动手打我，可你竟说不跟他一般见识。这号人就不能抬举他。"

一阵沉默。

"年时，因为小明和咱小雨打架，他老婆就堵着门骂了咱多半响，你能咽下这口气？"

老根抬起头："这焦麦炸豆的时候，金锁和他女人都在地里割麦，我总不能眼看着小明淹死吧！"

"淹死了叫他断子绝孙。"

"甭说了，孩子又没错。冤家宜解不宜结。人嘛，就得相互帮衬。上个月，金锁他爹死时，我就想和金锁家和睦和睦，可当时心里还是有点别扭……"老根点支烟，猛吸几口，"柜子里还有多少钱？"

"五百块。弄啥？"

"你快给金锁送去。金锁刚死了爹，手头空。"

老婆眼睛瞪大了一圈儿："你的脑门子准是叫驴踢了。我不去！"

"人在医院正等着使钱,晚了耽误抢救咋整?"

"我就是不去!我有钱扔粪坑里沤粪也不给他使!"

"我你八辈。"老根恼了,一巴掌搠下去,五个血红的指印就印在了老婆的脸上。

老婆吃惊地瞪着老根。

老根后悔自己有点莽撞,用手轻轻地摸了摸老婆的脸,抱歉地说:"当家的,对不起。咱和金锁家是人老几辈儿的邻居了,啥事都要相互谅解。你说金锁昧了咱的煞车绳,打了你,那是你先骂人家。甭忘了,那年咱家失火,要不是金锁抱了自家的被子在粪坑里浸了水蒙在火上,咱这五间瓦房早成灰了。再说,绳是不是人家昧的也不好说。人呀,得有良心。"老根掐灭手中的烟头,"你跟金锁说,让他安心给小明治病,后晌我替他拉麦子。收音机里预报今儿黑有雷阵雨。"

老根看到老婆一直瞪着自己的眼睛温柔了许多。

看着老婆揣着崭新的印有伟人头像的票子,朝乡卫生院去了,老根才拉起架子车朝金锁的麦地走去。

朝地里走去的老根,"咯"的打了个饱嗝儿,心里一阵轻松。

吴老太的丧事

留柱面露愧色,左一巴掌右一巴掌搧自己的脸。八爷不管这些,指挥众人,当天就把吴老太安葬了。

鞭炮的爆炸声撕破夏夜的星空时,劳累了一天的人们正在院外乘凉。八爷想,这半夜三更的放鞭炮,肯定是谁家死人了。不多时,八爷的院外集聚了一群人,纷纷叹息:这五黄六月天,也不知是谁

耳光响亮

家赶上这事了？！

好像是吴留柱家。

留柱家？看准了？

看准了，是留柱六十多岁的老娘死了。唉，死了倒好，死了是享福去了。

要搁别的人家，人们听到鞭炮声，不用喊，一准过去帮忙。但留柱就不一样了——留柱不孝，再者他没把乡亲们当乡亲们看待。所以人们议论了一阵子，就四散回家睡觉了。

人们刚走，留柱就派人来请八爷，让他去当大照。八爷说他这两天身体不好，把来人推走了。八爷才不为留柱这样的人家当大照哩！

第二天一大早，留柱请的大照拿着香烟到各家各户找人过去帮忙。他把村子转了个遍，也没找来几个人。

灵堂里不时有哭声传出。留柱哭丧着脸，望了一眼灵堂，叹了口气，然后对大照小声说着什么。

大照又挨家挨户求人，留柱说了，凡帮忙的，每人一百块钱劳务费。

都啥时候了，娘的还讲钱。八爷骂道。

平时见人头仰着谁都不搭理，装得像个大官似的，这下要人了。

这几年他把钱赚足了，进卡间甩个千二八百不眨眼，可村里人看病吃药借他点儿钱还得磕头作揖。

用上人了来找我哩，老子还不稀罕他那球钱哩。

人们发完牢骚，都各忙各的去了。

吴老太的尸首就这样继续停在灵堂里。第三天头上，吴老太娘家人不依了。吴老太娘家人本来就对留柱不孝顺老娘有成见，这下看到老姑娘死了竟连帮忙埋殡的人也找不到，积聚多年的怨恨暴发了。吴老太娘家二十多个人手持棍棒、钢钎，把留柱家砸了个稀巴烂。听到吵闹，村里人都一齐赶了过去。毕竟是外村人欺负本村人嘛。

第二辑　最香的面条

领头的中年汉子正让留柱跪在老娘灵前，要他连跪三天三夜给老娘谢罪。

八爷挤进人群，声如洪钟，这里是黄土洼，不是你们的家，有事让人起来商量着办嘛。

留柱夫妻俩一愣，感激地望着八爷和乡亲们。

中年汉子恶声恶气地说，今儿个就是要教训教训这个孽子。说着，一棍打在留柱的头上，顿时，鲜血像蚯蚓一样顺着留柱的脸淌了下来。

八爷大吼一声，住手，甭得理不让人。

众乡亲也随声附和。

中年汉子傲慢地说，这是我们亲戚之间的事，你们甭管。

八爷的话像铡刀砍柴一样，不论理的事我就是要管，今儿个我管定了。

中年汉子看再这样闹下去无法收场，手一挥，来人都气哼哼地跟他走了。

留柱面露愧色，左一巴掌右一巴掌搧自己的脸。

八爷不管这些，指挥众人，当天就把吴老太安葬了。

丢鞋子

娘担着水桶出了院子，朝村东的大口井走去。刚到村口，看见小路口聚了许多人，走近一看，兰花婶和大婶大娘、大伯大叔们正在娘丢鞋子的地方，起劲地踩着地上的鞋子……

我们黄土洼人生了病，很少去看医生，也没钱去看医生，实在抗不住了，就用偏方治，有些偏方还真管用，有些效果就不那么理想，可人们实在没钱治病，效果好坏都要试一试。有效果的，人们自然

耳光响亮

高兴；没效果的，人们会期待奇迹出现。

丢鞋子就是治疗老痫（疟疾）的一个偏方，大家都相信，把发老痫的人穿过的鞋子丢在路上，谁若踩到了，这个人就带走了鞋子上的老痫，发老痫的人的病情就会迅速减轻。

童年的每个夏天，我总要发上几场老痫。每次，我仿佛置身于冰窖中，冷得上下牙直打架，伴着寒冷，高烧随之而来。为缓解寒冷，娘给我捂上两双棉被，让我发汗。我被捂在被窝里，昏迷过去，仿佛被一根荡起的绳子拽住，一会儿飞到天空，一会儿又掉在地上……几场老痫过后，我孱弱得像棵秋后的野草，一丝风就能吹倒。我特别害怕发老痫，以至多年后，每当想起发老痫的滋味，还是不寒而栗。

十岁那年，我又一次发老痫了。娘看我烧得直说胡话，坐在床沿上拉着我的手，心疼得直掉眼泪。爹被派去修焦枝铁路了，家里又没钱请医生。娘曾多次想到用那个偏方给我治病，可一想到都是乡里乡亲的，让谁带走老痫也于心不忍，迟迟下不了决心。娘信佛，平素常做善事，她咋能昧着良心做那样的事呢？！

又一阵有气无力的呻吟从被窝里蹿出，娘赶忙弯下腰，用自己的额头"吻"了一下我的额头，感到还是很烫，眼泪又流了下来。之后，我恍惚看到娘像下了很大决心似的，毅然走出了屋子……不知过了多久，娘踉踉跄跄地回来了，额头上有细密的汗珠沁出。娘俯下身子，对我轻声说："娃儿，娘已为你丢了鞋子。"说这话时，娘没有喜悦，相反还有些不安。

丢了鞋子，我的病非但没有减轻，反而又加重了。越来越弱的呻吟声预示着我可能很快就会去另一个世界。

正在这时，邻居大婶大娘们来看我了。兰花婶摸着我的额头，焦急地问娘："给娃儿吃老痫药没有？"

娘眼里掠过一丝无奈："没吃，没钱买。"

兰花婶和同来的大婶大娘们的脸上都露出无助的表情。兰花婶叹了口气："谁叫咱们都恁穷呢，连娃儿的病都没钱治，让娃儿遭恁大的罪，咱是做的哪辈子孽啊？"

娘说："要搁往常，烧几天，发发汗就好了，这次拖了恁久，还不见好，也不知为啥？"

忽然，兰花婶问娘："你给娃儿丢鞋子了吗？"

娘一听，满面通红，像蚊子哼哼似的说："丢……了。"

"那咋还不见好呢？"兰花婶像问娘，又像问自己，"你把鞋子丢哪儿了？"

"丢到村东的那条小路口了。"娘心虚地说。

兰花婶责怪娘道："你看你丢的地方，你不知道那条路走的人少？怪不得娃儿的病不见好，肯定是鞋子没人踩到。"

大婶大娘们随声附和道："就是，就是。"

娘说："丢鞋子毕竟不是啥光彩事啊。"

兰花婶说："这也没啥丢人的。娃儿小，又不像大人一样能扛住。"接着又对娘说："往后有啥事给姊妹们言一声，不要自己一个人扛住。众人拾柴火焰高嘛。"

大婶大娘们又附和道："就是，就是。"

劝了娘，兰花婶和大婶大娘们要走了。兰花婶拍拍我的头，爱怜地说："娃儿，你的病快好了。要挺住。"

送走大婶大娘，娘又来到我的床前。我说："娘，我渴。"娘说："我去给你烧开水。"娘去水缸舀水，可水缸几乎是干的。娘说："娃儿，你等着，我去担水，很快就回来。"

娘担着水桶出了院子，朝村东的大口井走去。刚到村口，看见小路口聚了许多人，走近一看，兰花婶和大婶大娘、大伯大叔们正在娘丢鞋子的地方，起劲地踩着地上的鞋子……

父亲的菜园

父亲只当没听见,整天在他的菜园里施肥、浇水、搭架、松土,像照看自己的孩子似的精心侍弄这片菜地。当地里的蔬菜拱出尖尖的嫩芽时,父亲一改进城后阴郁的心情,满脸的皱纹里都流淌着愉悦的笑。

当那块地里的蔬菜拱出尖尖的嫩芽时,父亲一改进城后阴郁的心情,满脸的皱纹里都流淌着愉悦的笑。

父亲是个农民,和黄土地打了一辈子交道。母去世后,在我和妻子的再三劝说下,才勉强答应进城跟我们一块住。

或许是不习惯城里的生活,刚到我家时,父亲整天闷在屋里,坐卧不宁,长吁短叹的,像离了土的秧苗,恹恹地打不起精神。我怕父亲憋出毛病,劝他下楼到院子里转转。父亲一言不发,跟我下了楼。

大院里有一块空地,一些不太自觉的住户因嫌指定的垃圾堆放点远,为图省劲儿,就把垃圾倒在这片空地上,日积月累,垃圾堆成了小山,散发出呛人的恶臭,蚊蝇乱飞,老鼠乱爬。那天大李他妈打这儿过,踩到了一块西瓜皮,滑倒摔断了腿,气得大李站在那儿破口大骂。我提醒父亲以后出来进去要小心点。父亲点了点头。

第二天,父亲找来一块小木板,做了个牌子,叫我在上面写上字,说是要把牌子插在垃圾堆旁,让大家不要再往那儿倒垃圾了。我劝父亲别管那么多闲事,父亲说:"大家都在一个院里住着,把垃圾堆在自己院里,这不是自己糟践自己吗?"我知道父亲脾气倔,拿定了主意的事谁也劝不回来,就由着他去。可两天过去了,那牌子好像没起什么作用，父亲干脆守在那儿，像看护庄稼一样守护着这片空地，不管是谁都不准往这儿倒，有几次险些和人家争执起来。胖大妈嚷嚷："谁家的老头儿，真是多管闲事，害得我多跑好远的路。"瘦嫂更是出言不逊："这个乡下老头儿，真是吃饱了撑的，没事回家抱孙子去……"不管人们说什么难听的话，父亲也不生气，叼着烟杆，拧着脖颈，蹲在那儿寸土不让。

此后的几天，父亲从附近工地借来一辆手推车，像蚂蚁搬家似的地把垃圾一车车地清理到指定的堆放点，然后把这块空地深深的翻了几遍，敲碎坷垃，把地整平，再打成畦，撒上菜籽儿，还在畦边点上了丝瓜。看着父亲像在老家侍弄田地一样那么精心，看着整得清清爽爽的土地，我再也不忍心说什么了。

菜种上了，没人再往那儿倒垃圾了，可风凉话却灌满了父亲的耳朵：

"生就是趴地墒沟的人，改不了种地命。"

"巴掌大的一片地就看眼里了，真是个土老帽儿。"

父亲只当没听见，整天在他的菜园里施肥、浇水、搭架、松土，像照看自己的孩子似的精心侍弄这片菜地。吃饭时，父亲像在农村老家一样，端着饭碗，蹲在小菜园里看那片空地孕育着那些青菜；夜里，一觉醒来，披衣下床，踅到小菜园边听那些青菜茁壮着那片空地。在父亲的目光中那片嫩黄舒展成了满园翠绿，那一地的空荡分娩出了满目充盈。

收获的季节，父亲把青翠欲滴的黄瓜、芍菜，长长的豆角、丝瓜，水灵灵的萝卜、白菜摘下、择净，这家送一捆儿，那家送一捆儿，几乎分遍了整幢楼。当父亲把蔬菜送到胖大妈家时，胖大妈很尴尬，接也不是，不接也不是，不好意思地说："我……你辛辛苦苦种的，我咋能吃呢！"

父亲说："啥你的我的，这院子是大家的，地是大家的，菜自然也得大家吃嘛。"

胖大妈笑了："你别说，这一园子菜绿莹莹的，是比那堆垃圾入眼。"

"这也入眼了，也入嘴了，大伙满意了，我也算没白忙，你别埋怨我就中。"父亲开玩笑说。

"哪能呀，以后我还帮你种菜呢。"

后来，种菜的队伍逐渐壮大，父亲俨然成了指挥官，像蜜蜂似的整天快乐地忙碌着。

黑　叔

村里为黑叔办了有史以来最体面的葬礼。全村人组成的送葬队伍缓缓从井旁经过，将黑叔葬在了距水井三丈来远的地方，又在墓边树起一块石碑，上边端端正正地刻着四个字：好人老黑！

黑叔已走了三十多年了，尽管村里人一直没问他姓什么，叫什么，可在每年黑叔的祭日那天，村里人照样会三五成群地去他的坟上烧些纸钱，祈祷他在"那边"过得幸福。

我六岁那年，村里来了一个逃荒的汉子。他长得又瘦又矮，一双不大的眼睛白多黑少，一只鼻子又大又扁，与眼睛极不协调。他最突出的特点是黑，黑得就像刚升井的挖煤工人。后来，他就落户到了我们黄土洼，在生产队的机井房里安了家。因为他特黑，村里人都叫他老黑，我们这一辈儿的人都叫他黑叔。

黑叔很勤快，很随和，东家垒房，西家砌灶，只要主人一叫，他立马就到，吃饭时，主人就留他吃顿便饭。那年月柴火特缺，每年家家户户都要到二十多里外的山上去拾。黑叔就每天到山上拾"跑挑"，然后分给村民。

第二辑　最香的面条

　　黑叔是个戏迷，十里八村起戏了，他就领着我们这些娃崽去看，但他并不真正懂戏。除了记住几个戏名，哼些唱段，其余的多半是糊里糊涂。农闲时，黑叔每年都要张罗着为村里唱台戏。大队没有节余，又没有人愿管这闲事，人心哪有恁齐，黑叔便舍着脸面挨家挨户按人收钱，收齐了，选个日子呼喝了村里的牛车，把戏班子拉来，搭个土台子唱上几天。黑叔忙得连饭也顾不上吃，可他乐意。

　　村东头田叔远在百里外的县化肥厂工作，田婶一人在家拉扯五个孩子，还要种自留地，把田婶的脊梁都累弯了。黑叔看到田婶忙了家里忙地里，就主动帮她运粪、锄草。田婶过意不去，时不时帮黑叔浆洗、缝补一下衣裳。一次，黑叔帮田婶收玉米时，不小心把裤子扯了个口子，田婶看这条补丁摞补丁的裤子实在无法再补了，便到代销点扯了几尺蓝洋布，为黑叔缝了一条裤子。田婶怕白天给黑叔送去让外人看见说闲话，便在晚上送了过去。当田婶走出黑叔住的机井房时，刚好碰到本村一个想占田婶便宜而没占到的"二流子"，第二天，风言风语便像瘟疫一样在村里传开了。不久，这话传到了田叔的耳朵里，便喊上小舅子，把黑叔痛打了一顿。黑叔没做任何反抗和辩解。后来，他对人们说："这种事只会越描越黑，我只要对得起自己的良心就中。"

　　因了黑叔的貌像，他一直没有对上亲。后来，家乡闹灾荒，与黑叔相依为命的老娘饿死了，他便只身逃荒到了我们村。也该黑叔有艳福。一天，一个人贩子给黑叔领来一个媳妇，二十几岁，长得水灵灵的，黑叔虽然嘴上说着那岁数、相貌不般配，可手上还是把攒了多年的四百块钱给了人贩子。晚上入洞房时，黑叔盘腿坐在床上，嘴里哼着豫剧《抬花轿》，脸上泛着黑红的光。可该宽衣解带时，姑娘死活不肯。黑叔也生了气，大声对姑娘说："你可是我花四百块钱买来的呀！"姑娘扑通跪在黑叔面前："大伯，你行行好放俺走吧，俺家里有男人，还有个两岁的孩子。人贩子骗你的钱，日后俺一定还你。"黑叔毕竟还是个没碰过女人的人，双眼直勾勾地看着姑娘

107

耳光响亮

俊俏的脸蛋、丰满的胸脯，喉结不停地上下滚动。少顷，黑叔猛地圪蹴在地上，对地重重地擂了一拳，长叹一声，双手插进头发中。好半天，黑叔站起来，走到姑娘面前，平静地说："你走吧。"姑娘迟疑了一下，慢慢朝门口挪动着脚步。"回来！"黑叔猛地大喝一声，"这黑灯瞎火的，这会儿往哪儿走？明天我送你。"黑叔让姑娘插上门栓，睡在自己的床上，他却在门外蹲了一夜。第二天，黑叔把姑娘送到汽车站，临走，掏出口袋里仅有的三十块钱给姑娘做盘缠。那姑娘走后，黑叔把打来的半斤老白干全倒入肚里，呜呜咽咽哭了一晌……

日子就这样一天天过去，黑叔依然爱为村里张罗着唱戏，可每逢唱到《光棍哭妻》，他那青白的眼，总要湿润几回，他又想起了那个姑娘。

就在那一年，村里唯一的土井淤了泥，一桶下去只打少半桶泥水。村里决定淘井，可谁也不敢下，井深不说，井壁还噼哩叭啦往下掉泥。黑叔不怕。他甩掉打着补丁的汗衫，只穿件大裤头，一拍肋骨突出的胸脯："我老黑下。你们都有家有口，我一个人吃饱，全家不饿，怕啥！把辘辘绳给我拴上……"便下到三丈多深的土井。

土井淘出了水，却要了黑叔的性命。那年，他才四十二岁，本来黑叔把井底的活收拾得很干净，铲完最后一铲泥挂好带泥的水桶，擦把汗低头收拾工具准备上井，不想绳索断了，绞到井口的泥水桶一下子掉了下来，正中黑叔的后脑勺，可惜黑叔没喝上一口土井水便去了。

那夜很静，天上挂着一轮清白月，像是黑叔的眼。

村里为黑叔办了有史以来最体面的葬礼。全村人组成的送葬队伍缓缓从井旁经过，将黑叔葬在了距水井三丈来远的地方，又在墓边树起一块石碑，上边端端正正地刻着四个字：好人老黑！

108

中　奖

红姐坐在电脑前，移动鼠标点了几下，惊喜地对小女孩说，你是今天进店的第十位顾客，你中了一等奖，奖品就是一件那个款式的羽绒袄。小姑娘，祝贺你！

我大专毕业后，一时没找到合适工作，就到县城"百衣百顺"服装店卖服装。

这天天气很冷，我裹着厚厚的棉衣去服装店上班，开门不久，店里就来了一位顾客，是个大约十一二岁的小女孩。小女孩穿得很薄很旧，清瘦的小脸冻得通红，一双明亮的大眼睛透着善良。她来到羽绒服专柜前，看看这件，摸摸那件，最后在一件米黄色羽绒袄前停了下来。她取下那件羽绒袄，摸摸布质，看看型号，又在自己身上比来比去，然后挂回原处，脸上现出了兴奋的表情。

小女孩指着那件米黄色羽绒袄，怯怯地问我，姐姐，那件袄多少钱？

我正在整理一堆衣服，边整理边说，三百八十元。

小女孩兴奋的表情瞬间消失了，脸上写满了失望。

我整理完衣服，见小女孩仍站在那件羽绒袄前，一副依依不舍的样子。凭经验，我猜到小女孩看上了这件衣服。

果然，小女孩和我讨价还价了，姐姐，能不能便宜点儿，我兜里只有一百元钱。

我说，小妹妹，不行啊！这店里的衣服不还价。

小女孩仍不死心，央求我，姐姐，一百元卖给我吧！你的大恩大德，我会记一辈子的！

我说，小妹妹，我说的不算。我是个打工的。

小女孩眼里仅存的那点儿希望破灭了，委屈得快要哭了，对我诉说道，姐姐，这袄我是准备给妈妈买的。妈妈是个清洁工，每天凌晨两三点就得起床去扫大街。我爸爸瘫痪在床，妈妈的工资大都为爸爸买药吃了，妈妈没有钱买棉衣，这么冷的天，她就穿着那件几年前做的棉袄，昨天都冻感冒了。小女孩说着说着泪就流下来了，抹了一把，继续说道，这一百元钱是我从妈妈给我的早餐钱中省下来的，指望有事时能派上用场，我就打算给妈妈买件羽绒袄，让她扫大街时不再受冷。谁知羽绒袄这么贵……

我被小女孩对妈妈的爱深深感动了，眼睛也有点儿潮。

过了一会儿，小女孩又说，姐姐，这件袄你能不能先不卖，等我攒够了钱，我就来买。

小妹妹，你放心，这个款式的袄刚到货，存货多着哩。我安慰小女孩说。

姐姐，谢谢你！我会尽快来买的。小女孩脸上露出了笑容。

过了几天，小女孩又来了，在确认那个款式和颜色的羽绒袄还有存货后，急匆匆地走了。

接下来的几天，小女孩一直没来。我开始怀疑小女孩是否真的会来买那件羽绒袄了。

可一个星期后，小女孩却来到店里，脸上挂着笑，兴奋地对我说，姐姐，我捡废品已经攒了二百元钱，加上原来那一百元，我有三百元了，再过几天，我就攒够买袄的钱了。你一定给我留着啊！

我说，小妹妹，我一定给你留着。其实，我已经把她看中的那件米黄色羽绒袄装起来放到了衣柜一角，如果小女孩仍无钱购买，我就用我这个月的工资把不足的钱补出来，了却她的心愿。

这时，店老板红姐外出回到店里，听到我俩的对话，她问我怎么回事。我把小女孩想买羽绒袄送给妈妈和几次来店里的事原原本本给红姐说了。红姐盯了小女孩一会儿，别急，我店正在搞有奖促销活动，让我看看你中奖没有。

红姐坐在电脑前，移动鼠标点了几下，惊喜地对小女孩说，你是今天进店的第十位顾客，你中了一等奖，奖品就是一件那个款式的羽绒袄。小姑娘，祝贺你！

面对突如其来的喜讯，小女孩激动得不知说什么好，眼泪止不住落了下来。

送走小女孩，我问红姐什么时候搞的有奖促销活动？

红姐笑着说，就刚才呀！还没等我反应过来，红姐接着说，小时候，我也有过和小女孩目前相似的经历。那年，我妈已病入膏肓，咽气前对我说，红红，这些天……我一直想吃顿牛肉饺子，可一想到家里为给我治病，穷得快没米下锅了，就忍了……嘿嘿，快入土的人，咋就这么贱……说着，妈妈一口气没上来，永远地走了。一想到妈妈生前竟没能吃上一顿牛肉饺子，我心里就不是滋味。这成了我心里最大的遗憾。

我被红姐的孝心和善举感动了，抹了一下眼睛说，红姐，你心肠真好！

红姐庄重地说，一件羽绒袄现在对大多数人来说不算什么，但却成了小女孩孝敬母亲的一道障碍，我不能让她也留下遗憾！

善待相与

杜和兴说："回报是悄无声息的。在你不经意时，棘手的事会突然如水一般挥发掉，后来才知道，是很久以前一颗情义的种子开花结果了。咱这样做不是为了求得回报，是为了在利益面前不丢弃为商、为人的根本。有了义，还愁没有利吗？"

"履和兴"杂货行掌柜杜和兴对待"相与"的做法，年轻的儿子杜嘉胜十分不解。

"相与"是赊店商家对业务合作商号的称呼。赊店商家在选择相与时都非常谨慎，只有弄清商号的根基与信誉后，才决定是否与其合作，可一旦成为相与，赊店商家就会宽容以待，精诚合作。

杜和兴在选择相与时，更是慎之又慎，一旦选中，就结成利益共同体，用杜和兴的话说，就是"有银子大家一起赚"。

在经营中，杜和兴会根据相与的不同情况，采取不同的优惠措施：凡买大宗货物，合价三百银两以下的，不驳价，现银交易；如果对方的商品价高质次，永远不再与其有商务往来；对于手工业品订货，凡选中的手工业户，世代相传，不随便更换。当他们资金短缺、周转困难时，借垫银两，予以扶持。另外，每逢账期，履和兴都要宴请相与商号……

杜嘉胜对此想不通："爹，您这样做，咱一年得贴进去多少银子呀？！"

杜和兴说："你说得没错，这样咱是少赚了。但做生意要学会让利，假如你拿七分合理，八分也说得过去，那咱拿六分就可以了。"

杜嘉胜还是不解："爹，你干嘛把咱该得的让给别人呢？"

杜和兴淡淡一笑："做生意只懂追逐利润，是常人所为；更懂分享利润，是超人所作。我们不求做超人，只愿和相与互利共赢。"

"那咱为什么借垫银两给相与？如果把这些钱存入钱庄，不是能以钱生钱吗？"

"这叫蓄水养鱼。你想呀，如果相与因资金短缺而歇业，咱去哪儿进货？退一万步说，就是能从其它渠道进来货，能保证质量吗？"

"既然和相与是互利共赢，利咱也让了，为什么还宴请他们呢？"

"这叫感情投资。俗话说：你敬我一尺，我敬你一丈。咱这样对待他们，让他们知道咱是以心待人，他们也会真心地对待咱，会长期给咱供货，供好货。只有货源充足了，咱才有银子赚嘛！"

杜嘉胜似懂非懂地点点头。

杜和兴继续开导儿子："利益同盟是商家长盛不衰的法宝，但凡成功的商人，都非常注意培养利益同盟的。假如赚到十两银子，就要拿出几两来培养利益同盟。如果十两都想装到自己的口袋里，只怕今后一两银子也赚不到了。"

杜嘉胜如梦初醒，终于理解了父亲的良苦用心，暗暗佩服父亲的智慧。

可后来发生的一件事，使杜嘉胜又一次陷入不解的漩涡中。

履和兴所进的食盐、桐油、纸张等，都是经水路由长江到汉水，再到唐河运抵赊店的。如杜和兴从湖北老河口的合作商号"展氏商行"购进的桐油，采取先付款，后交货的办法，由展氏商行从农民手中收购。这一做法深深地感动了商行掌柜展海潮。所以，展氏商行收购的桐油数量大，质量好，速度快，而且给履和兴的价格低。当别的商家着手收购时，他家的桐油已装船起运了，提前了十多天。单凭这个时间差，履和兴就赚足了银子。

这年，展氏商行又为履和兴收购了八船桐油，准备装船起运时，不料发生了火灾，一下子烧掉了展海潮的全部家业。展海潮欲哭无泪，一夜之间苍老了许多。家业尽毁，拿什么还债？无奈，展海潮只好亲自到赊店谢罪。

杜和兴对展海潮一家的遭遇深表同情，不但不予怪罪，反而竭立安抚："展兄不要伤感，你欠杜家的银两不要再提了，还望老兄重振旗鼓、东山再起啊！"

展海潮当堂给杜和兴跪下："杜掌柜，滴水之恩，当涌泉相报。展某一定铭记在心。"

杜嘉胜知道了这件事，埋怨道："爹，那可是两千多两白花花的银子呀！咱得多少日子才能赚到？你就这样一笔勾销了？"

杜和兴说："商场如战场，生意中的盈亏增欠是常事。展氏商行遭遇大火，实乃天灾人祸，咱不能见死不救呀！"

杜嘉胜说:"这道理我懂,可展家和咱非亲非故,一下子给他免那么多债务,是不是有点那个?"

杜和兴说:"孩子,交情和义气是行商生财的资本,缺了这一点,就如同满盘的棋子缺了口气,摆得再多也是死棋。有时,交情不是为了功利,不是为了直接的商业动机而有意去做的,可能是在无意的时候,你就做了一件别人感激终生的事。回报也是悄无声息的。在你不经意时,棘手的事会突然如水一般挥发掉,后来才知道,是很久以前一颗情义的种子开花结果了。咱和展家业务来往已经十多年了,合作始终是互利共赢的。出了这事,你总不能看着展家走上绝路吧!咱这样做不是为了求得回报,是为了在利益面前不丢弃为商、为人的根本。有了义,还愁没有利吗?"

一番话,说得杜嘉胜如醍醐灌顶,大彻大悟。

杜和兴的义举很快在商界传开,各商号及百姓都以能与履和兴交往为荣。这种崇高的信誉,引来了更多的商家与履和兴合作。

这就是杜和兴,不刻意追求回报,但自有回报。他说:"做生意,首重'信',次讲'义',第三才是'利'。"你听听,杜和兴是真真切切悟出了经商之道啊!

暖　冬

在回工棚的路上,风停了,雪住了,天晴了,几颗星星钻出来,不住地眨着眼睛。久胜顿感全身暖融融的,掏出怀里的尖刀,像扔一块儿破抹布一样,扔进穿城而过的河里,心里豁然开朗。

这个冬天格外冷。久胜的心也冷到了极点。

久胜怀揣一把尖刀,像个幽灵似的在一幢房子前徘徊。晚归的

第二辑　最香的面条

人们渐少，可仍没见这幢房子的主人回来。他心里恨恨地说，你张大头不让我好过，我还不让你活哩！你躲过了初一，躲不过十五。走着瞧。

北风像刀子似的切割着人们的肌肤，鹅毛大雪纷纷扬扬。久胜还没吃晚饭，肚子饿得咕咕直叫，像钻入了两只蛤蟆。他心有不甘地往回走，打算到一河之隔工地旁的小饭馆里吃点东西。工地上活儿重，民工们爱喝两盅解乏，常去那里。久胜有时也去。

久胜面色阴冷地走进小饭馆，里面已没一个顾客。久胜摸摸口袋，只有五枚硬币，便要了一瓶劣质白酒，一碟花生米，坐在角落里独自饮起来。

老板仔细打量了一下久胜，便踅进厨房，拿了两个馒头放在久胜面前。

一瓶白酒只剩了一半。久胜瞪着血红的眼睛说："我没要馒头。"

老板笑道："老兄，馒头是送的。"然后又拎过来一瓶开水，"独自在外做工，有个头痛脑热的也没人照应，还是少喝点。"

久胜翻眼看了看老板，面色暖了一些，抓起馒头吃起来。

外面的雪仍在不停地下。这时，老板的声音从里屋飘了出来："昨天我看电视，上边说一个包工头欠民工兄弟的工钱，民工兄弟要了好多次也没要回来，结果一个民工把包工头杀了。"

老板娘惊叫道："他咋恁傻哩！那杀人不得偿命？"

老板说："可不是嘛，最后那位兄弟被判了死刑。他走了，那是一命还一命，可是却苦了老婆和年迈的父母。"

久胜心里一震，停止了咀嚼。

过了一会儿，屋里传出了老板娘的抱怨声："别操恁些闲心了，你快点找个帮工吧。"

帮工小凤回家过年了，可附近马老板的工地不放假，老板两口子想继续营业。

老板说："我这两天都在找，只怕一时半会儿找不到合适的人。"

"那咋办?"老板娘很焦急。

"正吃饭那老兄也不知道干不干?"

"你不会问问。"

久胜心里一动,心想吃了这顿饭,自己已身无分文,连回家的路费也没了。要是能在这儿干,也好挣个吃饭钱,等选准时机再找张大头算账。

正想着,老板来到久胜面前:"老兄,我想跟你商量个事。"

久胜假装不知:"啥事?"

"我这小店缺个帮工,想请你来店里干,中不中?"

"我一个大老爷们儿,在饭店能干啥活?"

"也就是择个菜,端个盘,打扫个卫生这些杂活。"

"只要老板觉得中,我就试试。"

老板说:"我这店是小本买卖,也赚不了几个钱,管吃管住,一天三十块,中不?"

久胜说:"中!"

老板说:"那你明天就过来上班吧!"

久胜半是高兴半是沮丧地往工棚走。走到半路,忽然想起自己忘记付酒钱了。虽然明天就去上班,再给也不算迟,但人家老板两口子对咱恁好,咱也得讲个信用,不能叫人家小瞧了咱。

久胜返回小饭馆,正要敲门,老板娘的声音从门缝里钻出:"今天咱俩这出戏演得还不赖哩。"

老板说:"多谢老婆的支持。"

"只是那位大哥一来上班,咱这店又多了一项开支。"

"咱少赚点儿不要紧,都是出门人,相互照应一下,应该的。你别忘了,咱打工时也让包工头骗过,是民工兄弟帮咱开起了这个小饭馆。"

久胜心里一热。

"我不是怕开工钱。我知道,咱这小饭馆没有民工兄弟的捧场,早关门了。"

"张大头一跑,民工兄弟的工钱全泡了汤,那位大哥能不急吗。"

"他真的会闯祸?"

"可不是吗,你没见他这几天老在这一带转悠,心事重重的样子。我刚才给他送馒头时,还看见他腰里掖着把刀子哩!咱要不帮他一把,没准会出大事呢。"

"那咱得劝劝他,杀人是犯法的,是要偿命的呀!"

久胜像被钉子钉住一样愣在那里,他的脑海里忽然闪现出在老家黄土洼的老婆孩子和父母,不禁打了个寒战,心说,真悬,自己差点干出傻事。他稳定了一下情绪,推开房门,笑着说:"老板,忘了付您酒钱了。"他把钱放在桌子上,"刚才你嫂子给我打来电话,叫我回家过年,我明天不能来上班了。你们的恩情来日再报!"没等老板两口子回过神儿,久胜大步走出饭馆,任老板两口子在后面喊。

在回工棚的路上,风停了,雪住了,天晴了,几颗星星钻出来,不住地眨着眼睛。久胜顿感全身暖融融的,掏出怀里的尖刀,像扔一块儿破抹布一样,扔进穿城而过的河里,心里豁然开朗。

第三辑　一垄麦子

演不完的世间百态，道不尽的芸芸众生。

每个人的人生命运都是不同的，所处的生存环境和生活氛围也是不同的，都有着各自不同人生境遇和生活遭遇，所得到的人生感悟也大有不同。不同的生活环境中的人，会养成不同的生活习惯，形成不同的生存状态，同时也描绘也不同的人生风景。

世界是个万花筒，透过它，你可窥见不同人的不一样的地方。

随　礼

也不知从何时起，黄土洼谁家有个红白喜事，全村人都要随礼。不但礼大，名目也多，已不再局限于红白喜事，其它的诸如搬家上梁、升学入伍、生日祝寿，甚至猪马牛羊下羔生崽，都要随礼。随礼多少成了衡量人和人关系亲疏远近最重要的尺子。

广兴和长林爷儿俩为随礼的事吵了起来。

事情的起因是，结实的儿子小明考上了大学，要办喜宴庆贺。在随多少礼的问题上，爹说，今年咱已给结实家随了两次礼，头一次是春上他家新房完工，咱随了二百元。第二次是夏天他娘过世，咱又随了二百元。这次就随一百吧。

第三辑 一垄麦子

长林说，礼金就像物价一样，上去就下不来了，再说别人都随二百，而且上两次咱都拿二百，这次随一百，我拿不出手。

爹说，别人随多少那是人家的事，咱不要攀比。

长林说，那不中，照你说的，往后咱还咋在村里混？

爷儿俩像打铁一样，叮叮当当地吵开了，最后不欢而散。

也不知从何时起，黄土洼谁家有个红白喜事，全村人都要随礼。过去为了情义，现在成了攀比。

过去随份礼只要两三元，现在竟蹿到一百元、二百元，直系亲属和至亲随得更多，好像只有礼大才显出和东家的关系厚，随礼多少成了衡量人和人关系亲疏远近最重要的尺子。

眼下，不但礼大，名目也多，已不再局限于红白喜事，其它的诸如搬家上梁、升学入伍、生日祝寿，甚至猪马牛羊下羔生崽，都要随礼。

一年下来，每家随个三五十次是常事，礼金成了家庭的主要开支，贫困家庭要借债随礼，许多家庭为此产生了矛盾，闹起了别扭。

广兴经历过"年成"，没饭吃没钱花的滋味他刻骨铭心。所以，他在随礼这件事上，坚持"礼轻义重"的信条，认为随礼多少是次要的，去捧场帮忙才是主要的。

长林从内心说也不想跟风跑，怎奈村里这风气已约定俗成，加之年轻人虚荣心强，爱面子，只好硬着头皮随大礼。家里的收入本来就不高，随礼更是掏空了腰包，时至今日，一家人还住在上世纪盖的小瓦房里，屋里除了一台老式电视机外，连件像样的家具也没有。

县城一位战友到他家玩，半开玩笑说，长林，现在都啥年代了，你这房子咋还这样，跟古建筑似的！长林苦笑道，有啥办法，钱都随礼了！

今天，长林阴着脸从家里出来，准备去给结实递礼，可他把衣兜翻了个遍，只翻出几十元零钱。长林转身回家，也不和爹商量，就往外搬苞谷。爹见状说，家里穷得叮当响，咋非要打肿脸充胖子呢？

耳光响亮

长林说，人混脸，树混皮，老母猪混的一身泥。都在一个村住，别人递得多，咱要递的少，面子上不好看。

见爹还要说，长林拉起苞谷出了门，他打算卖掉后换了钱就去结实家。

尽管随礼并不是出于真心，可长林还是脸上堆着笑，嘴里说着客套话，递上礼金。那样子不像是他给结实递礼，倒像是他欠了结实人情似的。结实接过礼金，脸上也漾着笑。

这边长林一走，爹就扳着指头算起账来：一年还没到头，已随了万把元礼金。冬季农闲季节是办喜事的高峰，这一年的礼钱恐怕要超过一万了。唉！如今的人是咋了？为了面子，咋就啥也不顾了呢？

这天，爹又和长林说起了随礼的事。爹说，要说都是乡里乡亲的，谁家有事了去捧捧场，表示点心意也是应该的。

长林见爹想通了，赶紧点头。

爹又说，可如今礼太大，名目又多，味儿却变了。从前亲戚小孩满月，花两块钱扯四尺花布，孩子长大了还能用；房子上梁，蒸一笼馍提过去，匠人们吃饱了好干活。那份情都跑哪儿去了？！

长林见爹唠叨半天还是想劝说自己不要跟风跑，就有点烦，爹，你又不是不知道，在咱村，随礼就像卖麦子苞谷一样有个行市，低于这个行市，人家就会说你小气。你当我想随呀？这不是没办法嘛！

理是这个理，但确实随不起了。

眼前是着点急，可等咱家有事了，还能把随出去的礼捞回来。

这样你一来我一往的事有啥情义？我也不指望别人给咱随礼，只想到我一天老一天，吃药打针得花钱；孙子孙女上学、成家得花钱；翻修咱这破房子更得花钱……你不能为了那一文不值的面子，连日子都不过了？

咱吃稀点穿孬点没啥，但总不能让人戳脊梁骨吧！

既然你铁了心要面子，我不再劝你，咱们分家另过吧。分家后，你想随多少礼，我不再拦你……

家就这样分开了。

分家后没几天，村东头自魁嫁闺女。广兴想：不管别人随多少礼，我只随一百元。广兴这样想着来到自魁家，刚好碰上递了礼出来的儿子。

广兴倏地明白：原想分了家能少随点，这不是又多随了一份吗？

借　钱

借钱是个难办事。俗话说，张口容易合口难。要账更是难办事。老话说，借钱时好还钱时恼。长德在村里是出了名的精明人。他想要回尿壶借的钱却不直说，拐弯抹角地把话题往借钱上引……

尿壶借了长德二百块钱。尿壶借钱时，长德本不想给他，因为尿壶爱占小便宜。又一想，张口容易合口难，都是一个村的，不借面子上过不去，便借给了他。转眼过了仨月，尿壶一直没提还钱的事。又过了仨月，尿壶仍没还钱。赶巧那天村里收修路集资款，长德手里没钱，便去找尿壶要。

长德人有涵养，他想讨回钱却不直说，而是拐弯抹角地把话题往借钱上引。

长德说，这村主任小耿就是有本事，刚上任就为村里争取回了修路款，路一修，咱出行就便当了。

尿壶显然没看出长德的真实意图，便顺着长德的话说，就是，看来咱当初选小耿选对了。

长德说，美中不足的是，小耿争取回来的钱还差三万，村里说让各家再集一点儿。唉！我这几天钱不凑手，一分钱难死英雄汉呀！

尿壶仍没听出长德的弦外之音，还顺着话说，你算说对了，上次买化肥时我手里没钱，要不是你借钱给我，我那地就犁不成。

长德见尿壶提到了借钱那事，便趁机说，兄弟，咱都是乡里乡亲的，要说借钱的事，不是手头紧，说啥也不能提，可我这会儿实在没钱交修路款，你紧紧手把借我那二百块钱还了吧。

尿壶一愣，忙说，你说那钱呀，我早还了，你忘了，我还钱时，你正圪蹴在你家门口吃午饭哩。

这借钱时又没打借条，还真说不清。因为黄土洼人相互之间借钱从不打借条。

长德一惊，回想了一下，没还呀。可又一想，都是街坊老邻居，尿壶要是没还，能说还了？不会连街坊老邻居的便宜也占吧。兴许是自己记错了。为了缓和一下尴尬气氛，长德试探说，真……真还了？

尿壶说，那还有假？我记得清，还你的钱是四张五十的。

听尿壶说得有鼻子有眼，长德怕再说下去尴尬，就退一步说，这事过去恁长时间了，咱俩都再好好想想，不能为这事伤了和气。

尿壶肯定地说，真还你了，你再想想。

尿壶的媳妇儿最了解尿壶，她问尿壶，你真还人家了？

你问的叫啥话，没还我能说还了？

咱遇到难处时人家借钱给咱，你可不能不知好歹啊。

去，去，去，还了就是还了，你唠叨个啥？

尿壶媳妇儿见尿壶说的恁坚决，就没再说什么。

长德记性好，回去后他把借钱的事仔细地回想了一遍，断定尿壶真没还钱。但他没再找尿壶要，就是要，尿壶也不会给他。俗话说，装睡之人喊不醒。他真要不打算还钱，你要也要不回来。算了，这二百块钱全当大风刮跑了，等遇到机会再把它弄回来。

钱没要回来，这两家还要来往，关系不能弄僵了。长德凑了个晚上去了尿壶家。长德说，尿壶兄弟，实在对不住呀，我想起来了，那钱你真还了。

第三辑 一垄麦子

尿壶赶紧给驴套敬支烟，说，我就说还了嘛。

长德说，不服老不中，我这记性是越来越差了，你可甭在意呀！说完就告辞了。

接下来的日子，二人该干啥活儿干啥活儿，有时，长德还喊尿壶一起去赶集、看大戏呢。

过了一段时间，长德觉得时机成熟了，便找尿壶借钱。长德说，兄弟，你侄子回来要学费，我这会儿不凑手，你先给找点儿。过两天猪崽儿就出窝了，卖了钱就还你。

尿壶本不愿借钱给长德，可想到自己曾借过人家的钱，这钱要是不借给他，情理、面子上都说不过去；再说，上次借钱的事已过去半年多了，长德还亲口承认钱已经还他了，这次就是借钱给他，他也不会不还的。便问，多少？

长德说，五百吧。

尿壶说，唉呀！不凑巧，我手里只有三百。其实他手里有千把块哩。

长德说，中，三百就三百，不够我再想办法。

一个月过去了，长德没还钱；两个月过去了，长德仍没还钱。长德借钱时说好的，等卖了猪崽儿就还，可猪崽儿早就卖了呀。尿壶想到这儿就坐不住了，他找到长德，编了个弯儿说，长德哥，娃儿他小舅要结婚，我手头不宽裕，你看能不能把那三百块钱还给我？

长德说，那钱我早还给你了。

尿壶一愣，啥时还的？

长德说，是个下雨天，你在牛屋睡觉，我把你喊醒后就给你了。

没有，没有，你根本没还。

你再想想，兴许是那天你刚睡醒，脑子混沌，把钱放迷手了。

尿壶心里明镜似的，长德根本就没还。可他不能硬要，毕竟自己借人家那二百块也没还，再说硬要也要不回来，便自己找了个台阶，

123

耳光响亮

那咱俩都再想想。

尿壶边往回走边想，长德钱没还却说还了，这分明是想赖账。自己借了长德二百块，长德又借走三百块，这不白丢了一百块吗？买成盐够吃几年了。尿壶抬起手，狠狠地给了自己一耳光。

出　气

好长时间，结实还没缓过劲。他记不得给村长切没切瓜，也记不得是咋把村长打发走的。当看到一地刚啃过的瓜皮时，才突然想起来。想起来后，他又掂起鞭子，朝着草人狠狠抽去，怒骂道，我操你祖宗！

结实这几天很生气，生村长的气。

结实种了二亩西瓜，指望卖了瓜给上大学的儿子攒学费。前几天，村长摘了一个西瓜，没吭声就走了。昨天，村长也是一声不吭，又摘走了两个西瓜。村长像拿自家的东西一样摘瓜，照这样下去，他敢拉着架子车来摘瓜。全村人假如都像他这样来摘瓜，还咋攒钱？结实就很生气，做了个牌子插在瓜地里，上写"请勿摘瓜"四个大字，心说村长是个有脸面的人，看到牌子后，就不会再来摘了。可村长没有，照样来摘瓜。结实恨透了村长。恨归恨，可话又不好明说，只能把气窝在心里。

结实的忍让是有原因的——村长霸道，跺一下脚，整个村子都得颤抖，谁惹他不高兴，就只有倒霉的份儿了。

这天，村长在乡里开完会，路过结实的瓜园，一反常态地没有亲自去地里摘瓜，而是竟直来到了瓜棚下。结实一愣，心说别看你跑到瓜棚下，我偏不给你摘瓜。这样想着，腿却不听使唤地迈进了瓜地，摘了个又圆又大的瓜，"嚓嚓嚓"切开，双手捧给村长，村长，这大热的天，吃几块瓜消消暑吧。村长也不歉让，接过瓜就吃，边吃边说，好瓜！结实见村长夸瓜好，又去摘了两个，稳稳当当地放在了村长的电动车上。

村长走后，老婆翠花嘟噜着脸，数落结实，谁让你给那挨枪子的村长吃瓜哩！让猪吃了都比他强，猪吃了还知道摇摇尾巴哩。你看村长那熊样，好像咱就该让他又吃又拿似的！

结实木着脸说，他是咱黄土洼的土皇上，咱得罪不起呀！

那就由着他个挨枪子儿的没完没了地来摘瓜？

有啥办法？

翠花皱着眉头想了想，我倒有个办法，等他再来时，咱光给他说好听的，就不给他摘瓜。

对，他村长总不会张嘴要瓜吧。

夫妻俩为找到对付村长的办法，激动了好大一阵子。

过了两天，村长又来到瓜园。结实又是敬烟，又是让座，没话找话说，村长，您今天得闲了？

村长吐了个烟圈儿说，刚处理完老黑打架的事，到地里转转。

村长成天为了村里的事费心操劳，抽空就得歇歇，蝈蝈叫累了还歇歇鞍儿哩！

你这货啥时候学会说好听话了，可好听话能当瓜吃？

结实微微一愣，心说村长这货真张嘴要哩，便说，我不是陪您说话嘛，这就去摘瓜。结实起身去摘瓜时，看到老婆正狠狠地瞪着自己。他假装没看见，一脚迈进了瓜地。

村长的肚子吃得像西瓜一样溜圆时，结实已将两个又大又圆的西瓜放在了村长的电动车上。

看到结实对村长毕恭毕敬的样子，翠花真嫌丈夫窝囊，但她也知道这是没办法的事，也知道村长掌管着全村的宅基地、扶贫款、低保……谁敢跟他说一个不字，你不让他吃瓜，遇到事他不给你办

耳光响亮

咋整？

夫妻俩气得赖蛤蟆似地蹲在瓜棚下，突然，翠花对丈夫说，村长三番五次地来吃瓜，又没办法不让他吃，但不能让他安生，要让他的耳朵发烧，咱好解解气。

你敢骂村长？结实惊叫道。

翠花说，怕啥？咱又不当面骂他。然后就如此这般地给结实说了。

结实听后，连说这个办法好。夫妻俩就用麦秆扎了个草人当村长，把草人捆到搭瓜棚的木桩上，先用滚水浇，浇后再用鞭子抽，边抽边骂，挨枪子的村长，吃了俺的瓜，让你肠子上长癌症，身上长疔疮……俺打死你个不要脸的！

打了骂了，夫妻俩很解气，心里舒坦了，窝在心里的气顿时烟消云散了。

打的时间长了，就把"村长"身上的麦秆打得没剩几根了，夫妻俩又重新扎了草人，继续浇滚水，继续抽打。

这天，夫妻俩正解气地打骂"村长"时，村长却悄无声息地出现在瓜棚前。霎时，夫妻俩惊出了一身冷汗，像木偶似的戳在那里。

好在村长没听见"挨枪子的村长"这句话，笑眯眯地问结实，你这货又打又骂，这唱的是哪一出啊？

结实脑袋瓜儿还算机灵，假装气呼呼地说，咋晚，哪个该死的贼偷了俺家的苞谷棒，这正咒他哩！

翠花怕村长不信，紧接着说，可不是嘛，偷了俺家几十棒苞谷！

村长笑笑说，偷东西的贼，该骂。

好长时间，结实还没缓过劲。他记不得给村长切没切瓜，也记不得是咋把村长打发走的。当看到一地刚啃过的瓜皮时，才突然想起来。想起来后，他又掂起鞭子，朝着草人狠狠抽去，怒骂道，我操你祖宗！

第三辑　一垄麦子

换　地

地换回后，老根便领着全家在"鸡叨"田边挖了条沟，起了个埂，用树枝扎了面篱笆墙。他要好好侍弄这块田。村里人都说老根是个二球。可老根却说，地都给占了，让子孙吃啥？

手捏决定肥地瘦田的阄，老根的心里七上八下，很想看，又怕看，最后还是祈祷着展开了那团小纸片……

吸取上次分地抓阄的教训，这次分地时，老根便早早地挤到组长跟前，第一个抓到阄。上次分地时，老根最后一个抓阄，结果抓了一块"鸡叨"田。也该老根背运，这次竟然又抓到了那块地。那块地是一号。

没等阄抓完，老根就阴沉着脸回了家。

那块地位于村东边，六年前分地时，老根"幸运"地抓到了。由于那块地紧挨村子，鸡呀、猪呀就时常光顾，庄稼从种到收，地里便时常传出老根一家吆鸡喝猪的声音。庄稼产量低不说，还时常因为鸡猪生气。一次，老根媳妇儿去护青，看见一群鸡正在叨刚出土的麦苗，便捡起一块坷垃朝鸡群砸去，不偏不倚，正好砸中一只白公鸡，把鸡砸死了。这时，鸡的主人二菊路过"鸡叨"田，两个女人便吵了起来，继而大打出手，幸亏闻声赶来的邻居把二人拉开，才避免了"战争"升级。为这事，老根媳妇儿气得两天水米不沾牙。

为阻止鸡猪进地，老根想了不少办法：先是让家人轮流看管，见鸡撵鸡，见猪赶猪。可人总不能一天二十四小时在那儿守着啊，人不在时，鸡猪就可能进地了。后来，将浸过毒药的苞谷撒到地里，

127

耳光响亮

在地头竖一块"地里有毒"的牌子，警示鸡猪的主人管好自家的畜禽。这个方法开始还凑效，可等药劲一过，鸡猪照进地里……方法使尽了，那些鸡呀猪呀照进不误。这成了老根的一块心病，他巴不得马上把那块地丢掉。

盼星星，盼月亮，终于又盼到了分地，老根想这下终于可以甩掉这块地了，可偏偏……唉，都怪自己手气背，他恨不得拿起菜刀把自己的手剁了。

正当老根一家哀声叹气时，在镇上做生意的铁蛋来家了。

铁蛋"呵呵"笑着给老根递上一支烟，说，老根哥，咱两家的地换换，咋样？

老根说，咋换？

铁蛋说，我用村南那块水浇地换你那块"鸡叨"田。

老根大吃一惊，以为自己听错了，忙问，你说咋换？

铁蛋重复了刚说的话。然后又说，我那块地比你那块还多二分哩，你只要换，一换一，中不？

老根终于听明白了。老根说，你不怕吃亏？

铁蛋说，吃亏占光又没到了别人。

老根说，不准反悔。

铁蛋说，君子一言，驷马难追。

就这么容易把地换了，可老根一家还是不相信这是真的——铁蛋那么精明的人，咋做出这样的傻事？

疑问归疑问，可地换了却是事实。第二天，一脸灿烂的老根便往换来的地里运粪了。

几天后，村里的自魁对老根说，你知道铁蛋为啥和你换地吗？

为啥？老根关切地问。

他打算把你那块"鸡叨"田变成宅基地卖给群众，每户宅基费五千块，已有好几户报名了。

真的？

可不真的，你不信问问。

老根赶紧找到铁蛋，问，你打算把我那块地变成宅基地吗？

铁蛋没有正面回答老根，说，地已经换了，我想做啥是我的事。

老根坚决地说，这地我不换了。

铁蛋的脸立时变得很难看，大声说，你咋不讲信用？

老根说，只要把地再换回来，我情愿落这个不讲信用的骂名。

铁蛋不耐烦地说，你是不是看我快发了，就眼红？

老根说，不管你咋想，我就是不换了。

铁蛋被老根缠得没办法，便摆出一副死猪不怕开水烫的架势，皮笑肉不笑地说，那我要是不换呢？

我去告你。老根说出的话像铡刀砍柴。

告我？村里、乡里都同意了，你告谁？

我连村里、乡里一块儿告！

铁蛋没想到老根这么难缠，心虚了，恶狠狠地说，算你恶。不过，你得把我的损失补回来。

啥损失？

去村里、乡里活动，能不花钱？

多少？

一千块。

老根迟疑一下，狠下心说，中。

地换回后，老根便领着全家在"鸡叨"田边挖了条沟，起了个埝，用树枝扎了面篱笆墙。他要好好侍弄这块田。

村里人都说老根是个二球。可老根却说，地都给占了，让子孙吃啥？

事　故

在煤矿事故中"死"了的狗蛋突然出现在桂花面前。桂花两眼直直地盯着狗蛋，倏地倒在地上，痛苦得面部变了形。经过紧急抢救，医生摇了摇头，说桂花已死于心脏病，是因为极度高兴而死的。如今煤矿上的事故特多——今儿个瓦斯爆炸，明儿个冒顶，后儿个透水。这不，狗蛋所在的矿发生瓦斯爆炸，死了几十号人，狗蛋也在其中。

消息传到狗蛋的家黄土洼，人们担心患心脏病的狗蛋媳妇儿桂花会经受不住这突如其来的打击，谁知桂花听到后先是一愣，随即说，这挨千刀的可死了，报应。

三年前，桂花经人介绍嫁给了狗蛋。狗蛋开始还能安安生生的过日子，可时间不长，他好吃懒做的本性就暴露出来，整天钻到牌场里，输光了家底，好多人家都住上楼房了，他家还蜷缩在两间小瓦房里。桂花不让狗蛋来牌，劝他找点儿致富门路，狗蛋就是不听。桂花唠叨得多了，狗蛋就对桂花拳脚相加，桂花的脸经常像个紫茄子，身上也青一块紫一块的没个好地方。焦麦炸豆的五月，人们都忙着抢收麦子，狗蛋却和几个牌友打麻将，桂花拖着孩子割倒的一亩多麦子，因没人拉被雨淋出了芽，桂花说了狗蛋几句，狗蛋"啪"就是一巴掌，桂花的脸上便印了五根鲜红的指头印子。

夏天雨水多，野草疯长，桂花让狗蛋去锄草，狗蛋拧着脖梗不去，桂花没法儿，把两岁的儿子撇给狗蛋，自个下了地。不一会儿，儿子睡着了，狗蛋就把儿子往床上一扔，一头钻进牌场。中午，桂花从地里回家，老远就听见儿子沙哑的哭声。桂花循声找去，发现儿子被反锁在屋里。桂花赶忙开门，见儿子满脸是血。儿是娘的心头肉。

第三辑　一垄麦子

桂花的心像被针猛扎了一下，一把搂过儿子，泪水扑簌簌碎到地上。桂花知道狗蛋又去玩牌了，就抱儿子去找。这时，狗蛋正输红了眼，两只眼睛紧紧盯着每一张牌，仿佛每张牌都变成了一张张百元大钞，以至于桂花站在身后，他却一无所知。桂花让他回家，他张口就骂：臊气，滚，别烦老子。桂花看喊不走他，心生一计，把儿子往他怀里一丢，回家睡了。这一招还真灵。不一会儿，狗蛋抱着儿子回到家，一脚踹开门，像老鹰抓小鸡似的把桂花提起来，"啪啪"两耳光，大骂，子看你这臭娘儿们还管不管闲事儿。桂花还了他两下，这可戳了马蜂窝，拽着桂花的头发，把桂花摔倒在地，用小板凳卡着脖子，拳头雨点般落在桂花头上，把桂花打得只有出的气没有进的气。桂花提出离婚，狗蛋边打边骂，离你娘那个球，再提离婚，就杀你全家。从此，桂花就落下了心口疼的毛病。

在家过不成，桂花就回了娘家。狗蛋过惯了衣来伸手，饭来张口的日子，熬了两天再也熬不下去了，就死皮赖脸地缠着让桂花回家。桂花没办法，就说，让我回家，中，可你得出去打工，人家生娃在煤矿，一个月寄回来八百块。想想在家连来牌的钱也没有，狗蛋一咬牙，真的去了煤矿。也该狗蛋命短，偏偏就遇上了瓦斯爆炸……

桂花没有掉一个泪豆豆，想到自己终于可以解脱了，不再挨打受气了，甚至还有点高兴。她心里盘算着，矿上赔的几万块钱，先给自己和儿子买几件衣裳，结婚几年来连一丝布也没扯过，也该买几件了，然后盖几间平房，买几样家具，自己带儿子过。若遇上合适的，再成个家……

第二天，桂花起早赶往矿上，想尽快拿到赔款。桂花刚住下，矿上的一个负责人就来到桂花住处，告诉桂花一个惊人的消息。矿上负责人说狗蛋没死，出事那天本该狗蛋下井，可他和几个牌友去来牌了。

正说着，狗蛋真的出现在桂花面前。桂花两眼直直地盯着狗蛋，倏地倒在地上，痛苦得面部变了形。

经过紧急抢救，医生摇了摇头，说桂花已死于心脏病，是因为极度高兴而死的。

一垄麦子

为了一垄麦子，驴套和二狗都把对方打伤了。二人住院期间，两家人都忙着找关系打官司。等二人伤愈回家后，天公不作美，连着下了半个月连阴雨。天晴后，两家的麦子都成了绿油油的麦苗。蚕老一时，麦熟一晌。一阵南风刮过，满地金黄的麦子勾下了沉甸甸的头。

驴套手拿镰刀站在田头，看到麦浪滚滚，泛着金光，心说今年是个好收成，自己这三亩多麦子，少说也能打两千多斤。驴套哼着梆子，正要下镰割麦，无意中顺着裸露的界桩朝麦田的另一头照了照，心里一惊：不对呀，和二狗麦田之间的墒沟咋完全在自己麦地里呢？驴套用镰刀把界桩向下挖了挖，没错，是分地时栽的。倏地，驴套明白了：犁地种麦时，界桩肯定被土埋着了，自己也没留意，后来二狗犁地时过了界，把他的地犁走了一犁儿。一垄麦子就种在这犁儿地上。

在黄土洼，有"田地老婆不让人"之说。驴套不能容忍自己的田里长了二狗的麦子，他认为既然麦子长在自己的田里，自己就有权收割。他也没找二狗商量，下镰就割那垄麦子。这时，二狗刚好也来到田里割麦，一见这，惊呼起来，驴套，你咋割我一垄麦啊？驴套没好气地说，我割我自己的麦哩。二狗说，笑话，你没看见这垄麦长在墒沟这边吗，凭啥说是你的麦？驴套说，长在墒沟那边不假，可你照照界桩，是你把我的地犁走了一犁儿。地是我的，这垄麦当

第三辑 一垄麦子

然是我的。二狗说，不可能吧。说着就找到界桩，像木工打墨线一样，闭上一只眼睛照了照，还真犁了驴套一犁儿地。可他闭口不提多犁了地，却说，不管咋说，那麦子是我种下的，既施了化肥又下了种子，麦子理应由我收割。驴套一听不愿意了，说，麦子虽然是你种的，但地是我的，如果没有我的地，你哪来那一垄麦子？照你这么说，你把全村的地都种上麦子，那都得归你？二狗反驳道，话不能这么说，麦子是我种的，我就要收割。驴套认为二狗胡搅蛮缠，也不再跟他啰嗦，埋头继续割那垄麦子。二狗不依了。他手提镰刀，像堵墙一样堵在了驴套前面，说，你再割一镰试试。驴套看了看二狗气势汹汹的样子，强压住火气，愤愤地一跺脚，说，你甭耍横，咱找村支书评评这个理。

村支书赵贵也在不远处割麦。不一会儿，驴套把支书喊来了。二狗赶紧给支书递支烟，又掏出打火机点上，说，书记，这垄麦明明是我的，驴套硬说是他的。你给评评理。支书看了看界桩，又顺着界桩照了照，对二狗说，你自己看看吧。二狗装作很仔细的看了看，对支书说，你没看这界桩旁有新刨的印儿吗？兴许谁挪了界桩哩。支书见二狗还在狡辩，心说今儿非把你证到死地里不可。便对二狗说，这地分到户时，每人六分，你家五口人，分三亩。驴套家六口人，分三亩六，用皮尺量一下就清楚了。驴套，回去把皮尺拿来。驴套拿来了皮尺。一量，二狗确实犁了驴套的地。支书对二狗说，你都看见了，还有啥说的？二狗眼珠转了转，说，书记，你说咋办呢？支书想了想，说，地是驴套的，麦是你种的，你俩一人割半垄。

按说这事就算完了。可支书走后，二狗又反悔了。他想想自己有点儿亏，自己不但犁地种地费了工，施了化肥下了种子，还浇了水锄了草，只让自己割半垄。他驴套不动一枪一刀也割半垄，这不是明摆着不公平嘛。所以，正当驴套割那半垄麦子时，二狗又挡住了。驴套气得说不出话，又去找支书。

支书一听火冒三丈，连吵带骂：这焦麦炸豆的天，你俩不割麦，

耳光响亮

还净耽误别人，吵球啥哩？就这一垄麦子，能打几斤？还是地头邻居哩，为这么丁点儿东西犯声色，连个大样儿都没有，亏你俩还是站着尿尿的，啥球玩意儿……这事我不管了，你俩想咋办就咋办，有本事，你俩到中央闹去！

支书一甩手走了。驴套和二狗都很窝火。驴套说二狗不是一句话的人，二狗说驴套小题大做。二人话不投机，动起手来。驴套被二狗打破了头，二狗被驴套砍伤了胳膊。二人都住了院。驴套住了十天，花了二千多元。二狗住了七天，花了一千多元。

二人住院期间，两家人都忙着找关系打官司。等二人伤愈回家后，天公不作美，连着下了半个月连阴雨。天晴后，两家的麦子都成了绿油油的麦苗。

相公金昌

金昌虽说是个相公，其实就是个大伙计。他怕掌柜对赵贵下毒手，害死一个无辜少年；也怕处死赵贵后，掌柜吃官司，赔了性命，就导演了这出"戏"。

座落在赊店万成街的"万盛酒馆"，生意出奇的好，人手不够用了，掌柜史家科便让相公金昌招了三个伙计，其中一个叫赵贵的伙计，十六七岁年纪，长得眉清目秀，高大帅气，又聪慧能干，进酒馆不长时间，掌柜的小女儿翠玲就偷偷地爱上了他，发誓非他不嫁。

俗话说，纸里包不住火。这天晚上，翠玲怀揣几个鸡蛋，悄悄地来到赵贵的住处，出来时，刚好被父亲碰见，父亲将翠玲带回去一盘问，翠玲便道出了实情。

大商号掌柜的千金爱上一个小伙计，传出去定会被人耻笑。史

第三辑 一垄麦子

家科越想越气，决定将赵贵处死，彻底断了他的非分之想。

这事很快被相公金昌知道了，他十分吃惊，竭力劝史家科："老掌柜，男大当婚，女大当嫁。小姐也老大不小了，到了该当嫁的年龄，您怎么能棒打鸳鸯呢？"

"婚嫁讲究门当户对，我堂堂的酒馆掌柜，怎么能和乡下人做亲家？"史家科余怒未消。

"即便如此，也不至于将人处死，您完全可以把他撵走啊。"

"撵走？翠玲一旦打听到那小子的下落，以她的脾性，定会去找他的。"

"可是掌柜您想过没有，将赵贵处死这事一旦让外人知道，报了官府，您可是要吃官司的。若想打赢官司，您就得拿银子打点，少了不济事，多了势必让万盛酒馆元气大伤；假如官司输了嘛——那是要偿命的。还望掌柜三思。"

史家科显然受到了触动："你说的对，我就是生气，也没想那么多。可如果不把他俩分开，我的颜面往哪儿搁呀？"

金昌略一沉思，说："老掌柜，反正事已出来了，也别怕丢丑，您看这样行不：您择个好日子，把亲朋好友请到山陕会馆，让他们作个见证，叫赵贵抓阄儿。"

史家科没听明白金昌的意思："抓阄儿？抓阄儿做什么？"

"老掌柜您别急，抓阄儿就是让赵贵选择生死。假如他抓到'死'阄儿，就叫他投河奔井，或喝药上吊，和您一点儿干系都没有，官府也奈何不了您；要是抓到'生'阄儿，这是天意，您就叫小姐跟他成亲，这样显得您心胸开阔，肚大量宽。"

"不行，无论如何也不能让翠玲跟他成亲！有什么办法能不让他抓到'生'阄儿吗？"

金昌胸有成竹地说："这好办。您把两个阄儿都写上'死'字，无论抓到哪一个，他都活不成。"

"妙！妙！"史家科双手重重地拍了两下，脸像退去云的天，终于露出了笑,"都说你是我的智囊,果然如此。事成之后,我要重重的奖赏你!"

"老掌柜,奖赏倒不用,为东家效劳是我这做相公的应尽的职责。"

第二天,风和日丽,晴空万里,赊店的七十二条街上,人头攒动,人声鼎沸,到处是一派繁盛景象。谁承想在这繁盛的背后,一场杀机正悄悄上演。

史家科早早来到山陕会馆,进入大拜殿,先上了三柱香,又跪下给关羽关老爷磕了三个响头,然后来到大院里,指着跪在地上的赵贵对亲朋好友说:"这个小子不守规矩,竟敢勾引我家小女,论罪本该处死,但念他年幼无知,决定给他留条生路,一切由上天安排吧!"

史家科话音一落,金昌便把两个纸蛋端到他的面前。

史家科瞪着瑟瑟发抖的赵贵,目光恨不得变成一把把刀子,将赵贵碎尸万段。但一想到赵贵是临死的人了,良心让他的目光变得柔和了些,对赵贵说:"赵贵你听好了,抓到'死'阄儿,这是天意,谁也没办法救你;抓到'生'阄儿,该你小子走运,我就将小女许配给你。"

死到临头了,赵贵竟面无惧色,还心存侥幸地问:"老掌柜,您说的话算不算数?"

"君子一言,驷马难追。在场的都是证人。"

决定生死的时刻到了,赵贵的心七上八下,忐忑不安,面对两个纸蛋,捏捏这个,仿佛捏着一个火炭;摸摸那个,好像摸着一颗蒺藜,迟迟决定不了该捏哪一个。

史家科见状,脸上现出不易察觉的笑:"你小子不是有胆吗?怎么不敢抓了?"

赵贵乜斜着眼看了看史家科,眼角挂着讥诮的笑,一咬牙把一个纸蛋抓在手里。

第三辑 一垄麦子

全场人的心也随着赵贵的一抓而揪紧了。

正当史家科决定让赵贵展开纸蛋时,赵贵却突然将抓起的纸蛋塞入嘴里,一抻脖子,咽了。

史家科做梦都没想到赵贵会来这一手,惊得语无伦次:"你……你怎么把阄儿吃了?"

赵贵不卑不亢,一副誓死如归的样子:"咽下去这个阄儿,无论写的是'生'是'死',我都认了,现在看看剩下的这个吧。"说着把剩下的那个阄儿展开,面向众人说,"爷爷奶奶、伯伯婶婶们看清了,这个阄上写的可是'死'字,说明我咽下去的那个是'生'字。"

史家科无论如何也没想到会是这样的结果,一下子气昏过去。

原来,这一切都是金昌导演的。金昌虽说是个相公,其实就是个大伙计。他怕掌柜对赵贵下毒手,害死一个无辜少年;也怕处死赵贵后,掌柜吃官司,赔了性命,就导演了这出"戏"。

一棵小树

大宝很细心地为小树疗伤时,广场上的人都朝这边看过来。大宝只顾干活儿,也没在意,但慢慢地感觉到那些目光怪怪的,有些不怀好意,甚至有几个人嘀嘀咕咕地看着他,谈论着什么。

村里搞新农村建设,把村中央的一大块空闲地进行了硬化,垒了花坛,栽了风景树,安装了健身器材,建成了一个休闲小广场。茶余饭后、节日农闲,人们就带着孩子到广场上玩耍。村里人自豪地说,如今咱黄土洼也有和城市一样的公园啦!

要说这么好的休闲场所,人们都该爱护才对,可偏偏就出了破坏树木的事。

那天，大宝领着八岁的儿子到小广场上玩，突然发现有一棵小树露出白白的树干，树皮长长地耷拉在地上。这显然是小孩子不懂事无意剥掉的。大宝人实诚，心眼好，打小就爱护公物。他抬头朝广场上看了看，男男女女，老老少少二十多人，竟然都视而不见，该散步的散步，该健身的健身，该扯闲话的扯闲话。他想，这棵小树如果不管，会死掉的，便回家找来细麻绳，还铲了一锨淤泥，准备把树皮复原绑好，再用淤泥抹一抹，那样小树就不会死了。

大宝很细心地为小树疗伤时，广场上的人都朝这边看过来。大宝只顾干活儿，也没在意，但慢慢地感觉到那些目光怪怪的，有些不怀好意，甚至有几个人嘀嘀咕咕地看着他，谈论着什么。倏地，大宝明白了，人们是把自己的儿子当成了伤树者。他想向人们解释一下，这树皮根本不是他儿子剥的，但一想到有些事是越描越黑，只要小树不死掉，管他谁说啥去，自己又没坏良心，便打消了这个念头。

令大宝没想到的是，自己的隐忍却生出事来。

第二天，村长把大宝叫到了村委会办公室。村里最近要评选"守法村民"，大宝很看重这项荣誉，就踊跃报了名。大宝当是评选的事，赶紧跑到村委会。村长说，大宝呀，你平时表现不赖，不但自己遵纪守法，还检举揭发坏人坏事。现在临近评选，更应该严格规范自己的言行，不要做出有损集体和违法的事。

大宝忙点头，村长，那是，那是。

可有人向村里反映，说你儿子昨天剥了广场上的小树皮，这就是你的不对了，你是咋教育孩子的？这能当守法村民？

那不是我儿子剥的，村长。大宝急忙解释。

不是你儿子剥的,为啥有人说是？人家就没说是张三李四剥的？

村长，是谁这样说的？有啥凭据？

这还需要凭据吗？那么多人都没管那棵树，你却管了。不是你儿子剥的，你会主动去为小树疗伤？

我见不得小树被糟蹋，就把树皮复原了。

问题是，人们认为你把树皮复原了，就证明是你儿子剥的。

我……这……大宝想再给村长解释解释，但越想解释越说不上来。

村长见大宝脸憋得通红，缓和了一下口气，事已经出来了，只要你承认错误，交二百块钱罚款，可以不再追究责任。

大宝觉得冤枉，辩解道，村长，这事根本不是我儿子干的，我才不出这罚款哩。

村长眯着眼，吐出一串烟圈儿，大宝呀，你是个明白人，不要因小失大嘛，千万不要因为这事影响了你参评守法村民呀！

大宝一脸惊异地看着村长。

好了大宝，你回去再好好想想，等想好了给我个回话。

回到家，大宝越想越不对劲，这事明明不是儿子干的，为啥非赖到儿子头上，还拿评选守法村民说事。凭心而论，就是不交罚款，以自己以往的表现，评上守法村民也没啥问题。再说，这不是钱不钱的事，它关系到自己的名声。思前想后，他觉得自己说啥也不能背这口黑锅。

老实人在考虑事时，凭的都是直理儿，往往忽视其它因素。

第二天，大宝找到村长说，村长，我对天发誓，那事真不是我儿子干的。

村长意味深长地笑了笑，不是就算了。

不久，守法村民评选结果出来了，名单中却没有大宝。

大宝想不通，自己遵纪守法，却评不上守法村民；不是自己儿子剥的树皮，却有人硬说是，这不是全弄颠倒了吗？他越想越气，总想弄个啥事解解气。

一天深夜，大宝像个幽灵似的溜到小广场上，一连折断了十几棵小树，完了长出一口气，悄无声息的消失在夜幕里。

老万是个大脾气

树死了，井打了……大林他们每家都损失一千多块，老万却没损失一分钱。人们便感慨："老万这个大脾气，别看办事慢腾腾的，想不到还有个憨福哩！"

在黄土洼，人们把做事慢腾腾、不利索的人称为大脾气。老万就是个大脾气，慢性子，无论干啥事，都磨磨蹭蹭的，哪怕火烧眉毛，还是不紧不慢，像个大官儿似的。老婆点着他的头数落："你一个大老爷们儿，走路一脚踩不死个蚂蚁，咋像个小脚女人？"老万也不生气，哈哈一笑："心急吃不了热豆腐，急啥！"

老万的老婆生小三儿时，疼得在床上直哼哼。当时老万正在吃饭，老婆有气无力地说："你甭吃了，赶紧去请接生婆。"他却不慌不忙地说："急啥，让我吃完再去。"老万吃完饭把接生婆请到家时，屋里已传出婴儿哇哇的哭声。老婆气得在他身上乱拧，他却全然不顾，抱起小三儿亲了又亲："急啥，早晚不是生下来了。"

最好笑的事还在后头。夏天的天，孩子的脸。这不，刚才还是响晴天，一会儿便雷鸣电闪，狂风大作，乌云黑压压漫过头顶，铜钱大的雨点直砸下来。在田里劳作的人们像被猎人紧追的猎物，以百米冲刺的速度向遮雨的地方狂奔，老万却像乌龟一样，一步一步在雨中挪，仿佛和大雨较劲似的。从他身旁经过的人催他快点跑，他却没事似的说："前边下的雨和后边下的一样大，急啥！"

这事迅速传遍全村。村里德高望重的八爷知道后，教训老万："你往后能不能改改那大脾气，听听你说的话，全村人都在笑话你。"谁知老万说出的话令八爷这个老私塾先生大惊："无论啥人，一生下来就往同一个地方走。那个地方,早晚都得去,不去也得去。既然是这样,我走恁快弄啥?"

你看老万就这脾气,一点办法都没有。别人家的苞谷苗已长出一拃长了,他刚种上;别人家抗旱保苗都急疯了,他还在那儿等雨……为这大脾气,家里没少受损失,日子整天过得紧紧巴巴的。

这年夏天的一天,大林、二柱见乡公路管理站江站长几个人在村东的大田里架个三角架,这里照照,那里照照,便上前问是弄啥。江站长说:"省里要在这里修柏油路,我们再勘察勘察。"

大林知道占地要赔偿,就连地上的附属物也给赔偿,便问:"一棵树赔多少钱?"

江站长说:"差不多的树赔一百吧。"

二柱说:"一眼井赔多少?"

江站长说:"一千。"

结实说:"啥时候量地、查树?"

江站长说:"快了,就在这几天吧。"

按照勘察路线,修路可能占老万的地,还有大林、二柱等二十多户村民的地也可能占。大林、二柱等人像捡了金元宝,急忙往村里走去。

几乎是一夜之间,村东边栽上了成片的树木,密密麻麻的,像稻田里育的秧苗;新打了二十多眼机井,还新垒起了几座建筑物……

人们像疯了一样大干时,老万却没有动静。

二柱讥笑说:"不怕你老万大脾气,有你娃子吃的亏。"

结实说:"等老万栽上树,恐怕钱早赔过了。"

大林和老万对劲儿,就埋怨他:"你咋恁大脾气?再不快点栽树,等量完地就晚了。"

老万说:"你敢肯定能得到赔偿?"

大林说:"过去公家占地时,人们都是现栽的树,现打的井,公家不是都赔了吗?"

耳光响亮

老万说："我总琢磨，该得的得，不该得的不能得。"

大林说："我只是给你提个醒，你不栽拉倒。"

老万说："……中，我栽。"

老万答应得好好的，可并没行动。三天后，村委会的喇叭里响起了村主任小耿的吵嚷声："……原计划从庄东边通过的柏油路，经过进一步勘察，发现有三里长的路基是膨胀土层，不符合施工要求，决定改从庄西边通过。占到谁家的地，都要顾大局，不能阻拦施工。"

树死了，井打了……大林他们每家都损失一千多块，老万却没损失一分钱。

人们便感慨："老万这个大脾气，别看办事慢腾腾的，想不到还有个憨福哩！"

打　赌

山民接过钱，用力在手上搓了搓，然后扬手甩到"黄头发"的脸上："美国佬，记住，啥时候也不要小看俺中国人。"

奇松、怪石、云海、温泉……黄山以旖旎的风光蜚声中外，吸引着大批海内外游客前来观光旅游。

这天，天气晴朗，游人如织。

"喂，谁能从这里攀上去，我给一百美元！"一个黄头发、蓝眼睛的美国游客操着半生不熟的汉语、指着一面陡峭的石墙说。

手举小红旗的导游小姐停了下来，她所带的团的游客也都停了下来，一齐朝石墙望去。石墙有三丈多高，光滑陡峭，只有深浅不一的凹窝，而且向外倾着，像北京猿人突出的眉棱。

"一百美元，相当于六百多元人民币。六百多元人民币啊！谁来攀？""黄头发"傲慢地扫视着游客，又鼓动道。

石墙前的游客越集越多，每个人的目光都像一串问号射向"黄头发"，可没一个人行动。"黄头发"分明感觉到人们对他的蔑视，极大地伤害了他的自尊心。他恼羞成怒，数出三张美元，高高举起，声嘶力竭地叫喊："嫌少是吗？我再加二百，谁攀？"

人群一阵骚动——毕竟是三百美元，相当于公务员一个月的工资了。有人说，"黄头发"是神经病，还有人说，"黄头发"是吃饱了撑的，但更多的人从"黄头发"的表情上判断，他决不是说着玩儿的。

这时，一个矮个的年轻人站了出来，问"黄头发"："你说的话当真？"

"黄头发"一缩脖子，双手一摊："当然。"

"君子一言，驷马难追？"

"OK。"

年轻人像捞到了多大好处似的，满足地笑了。他迫不及待地甩掉外衣，弓下腰，紧了紧鞋带，然后手抓石壁，缓慢向上攀登。可刚离地面不远，便脱了手，身体像一截木头似的，重重摔在地上，疼得他的嘴咧到了后脑勺。

"黄头发"发出了得意、狂妄地笑声。

年轻人艰难地从地上爬起来。"黄头发"不失时机地把美钞在他眼前晃了晃，挑唆道："还敢攀吗？"

年轻人不忍放弃，活动了一下手脚，咬紧牙关，又开始攀登。不过这次摔得更惨，疼得他龇牙咧嘴，竟然站不起来了。

"黄头发"发出一阵狞笑，蔑视说："你们中国人，干什么都不行！"这时，从山道上走来一位身背药篓的山民。他亲眼目睹了刚才发生的一切，他走到"黄头发"面前问："你到底给多少钱？"

没等"黄头发"回答，人群中又议论开了：

"看吧，这次'黄头发'输定了。一个挖药的山民经常走山，攀上这面石墙，还不是易如反掌！"

耳光响亮

"现在的人们都是见钱眼开，为了钱，连民族尊严也不要了。"

"黄头发"看到继续有人挑战，自尊心得到了极大安慰，兴高采烈地说："三百美元，你的敢攀？"山民讥讽道："就恁些，是不是太小气了？这样吧，你来攀，若攀上去，我给你一件祖传家宝，比你那三百美元多的多，咋样？"

"黄头发"连忙摆手："NO！NO！"

人群在短暂的沉默后，发出一阵欢呼声。

"黄头发"不甘心被这样奚落，盛气凌人地说："你只要承认我们美国人比你们中国人强，我就给你三百美元，不，一千美元。否则，你只有攀上这面墙，才能证明你们中国人的能力。"

山民狠狠地瞪了"黄头发"一眼。他本不愿参加这场有辱民族尊严的赌博，可看到"黄头发"那种得意忘形的神态，便用力甩掉背篓，紧紧腰带，然后身子向下蹲了蹲，猛然向上一蹿……没等"黄头发"反应过来，已像猿猴一样攀到石墙顶端，把"黄头发"惊得目瞪口呆。

人群中又是一阵欢呼。

"黄头发"自感不能食言，极不情愿地掏出一沓美元。他倒不是心疼这一千美元，而是为输了这场赌博而懊丧。

山民接过钱，用力在手上摔了摔，然后扬手甩到"黄头发"的脸上："美国佬，记住，啥时候也不要小看俺中国人。"说完，背起药篓朝山下走去。

秋菊的婚姻

柱子顿了顿："你吓唬您爹那法儿俺真服气，可俺心眼儿实，俺要娶了你，怕将来俺的'笼子'装不下你。"秋菊傻傻地望着柱子，像看一个陌生人。

第三辑　一垄麦子

秋菊心事重重地来到村东塘边的大柳树下，那是她与柱子经常约会的地方。

秋菊在塘边不停地踱来踱去，时而向村边张望，时而将塘边的石子狠狠地踢入塘中。

约莫一袋烟功夫，柱子才气喘吁吁地跑来："啥事，恁急？"

秋菊看了一眼憨头憨脑的柱子，一头扎进柱子怀里，嘤嘤地哭了起来。

"到底啥事？"

"柱子哥，你甭问。"

"俺要问。"

"你甭问。"

"俺偏问，你不是让俺来商量事儿的吗？"

秋菊仰起脸："俺婆家来人商量娶亲的日子了。"

秋菊家在黄土洼是孤户。秋菊的婆家是张姓大户。秋菊爹说嫁给大户人家不受人欺负。可男方是个整天游手好闲、啥事不干的主儿，秋菊咋也和他谈不来。秋菊喜欢上了憨实勤劳的柱子。秋菊就和爹搁别。爹的眼瞪得像铜铃："这事儿我说了算。"秋菊别不过爹，就偷偷地和柱子好。

"定了？"柱子声音颤颤地问。

"嗯，八月十六。"

"那，你答应了？"

"没，俺爹答应了。"

柱子推开秋菊，蹲在地上，双手抱头，不停地撕拽头发，撕得秋菊心里一堵一堵地慌。

"柱子哥，你说咋办？"

柱子不吭声。

"你不会也去俺家提亲？"

柱子还不吭声。

"你说呀,你说!"她推他。

柱子叹了口气:"俺也没法儿!"

"你个窝囊废!"秋菊哭着捶柱子。

柱子任秋菊捶。

秋菊捶累了,哭也止了,就说:"柱子哥,要不俺今儿黑先把身子给你,等生米做成熟饭,俺爹就没法儿了。"

"那会中,你是有家儿的人了。要是让人知道了,那可不得了。"

"这事儿只有天知地知,你知我知。来吧。"秋菊说着,就脱光衣裳,雪白的肌肤在月光下直晃人眼。

柱子盯着秋菊一凸一凹的身子,咽了一口口水,可很快又被体内的火灼干,呼吸也越来越急促了。秋菊倒入柱子怀中,任柱子的大手在全身上下游动……

少倾,柱子一把推开秋菊:"快穿上衣裳,要是叫张家知道了,还不把俺的腿打折。"

"傻蛋,俺这辈子再也不想见你了。"秋菊甩了下辫子,哭着跑了。

柱子一看,慌了,紧跑几步抓住秋菊。秋菊顺势抱住柱子。

"柱子哥,你到底想不想娶俺?"

"想。"

"那你等着,俺非让你娶到俺。"

回到家,秋菊找出半瓶农药,胡乱向屋里和自己身上洒了,就躺在地上假装喝了药。

"咋有一股农药味?"秋菊爹像是问别人,又像是自言自语。便找,发现了地上紧抓药瓶的秋菊。

"妮儿,你为啥喝药了?"秋菊爹抱住秋菊,两行混浊的泪水从他那核桃皮般的脸颊上流过。

"爹,俺死……也不进张家门。"

"日子都定了。"

"定了俺也不去,把亲退了。"

"那不叫人戳咱的脊梁骨。"

"不退,俺就死给你看。"说着,就假装把农药瓶往嘴边送。

秋菊爹就依了秋菊。

又一天喝罢汤,秋菊约了柱子,欢欢喜喜地来到那棵大柳树下。

"柱子哥,你还记得俺上次在这儿给你说的话吗?"秋菊抱住柱子,细语呢喃。

"记得。"

"那你如今能娶俺了。明儿个你就找媒人去俺家提亲吧。"

柱子愣了愣,嗫嚅道:"俺……俺……"

"咋,你孬软蛋了?"

"秋菊,俺配不上你,你……把俺……忘了吧!"

"你说啥?"秋菊惊得嘴里可放下一个鸡蛋。

柱子顿了顿:"你吓唬您爹那法儿俺真服气,可俺心眼儿实,俺要娶了你,怕将来俺的'笼子'装不下你。"

秋菊傻傻地望着柱子,像看一个陌生人,许久才大哭起来。

回到家,秋菊抓起半瓶农药倒进了肚里。

喝 药

二菊拿着五百块钱,眼珠一转,计上心头……铁蛋强行将"喝了药"的二菊送到医院,招呼同来的人摁着二菊的胳膊、腿,洗胃水顺着管子灌进二菊的胃里……

二菊是黄土洼出了名的泼妇,为人尖酸、刻薄,凡事爱贪个小便宜,占个上风头。特别是那张嘴,骂起人来跟喝凉水一样顺溜,能把对方的祖宗八代都从土里翻出来。村里人都跟躲瘟神似的躲着她。

这天,二菊家的一只鸡不见了,她怀疑是邻居腊梅偷了,便双手叉腰,堵在腊梅家门前骂开了。腊梅见二菊在自家门前越骂越难听,好言好语劝她挪挪地方。二菊嚷道:"心里没闲事,不怕鬼叫门。谁不让俺骂,说明她心里有鬼。"腊梅见二菊蛮不讲理,气得浑身发抖,哆哆嗦嗦地说:"你……你血口喷人!"二菊说:"我血口喷人,我就没喷别人?"泥菩萨也有三分土性。腊梅气不过,就和二菊对骂起来。直到村支书赵贵过来,俩人才被劝开。

二菊一向没人敢摸的老虎屁股被人狠狠地踹了一脚,而且对方还是平常少言寡语连屁都是夹着放的腊梅,这口气叫她如何咽得下去?感到颜面尽失的她抓起腊梅窗台上的半瓶农药,往嘴里"咕咚咚"倒了几口,瓶子一摔,顺势躺在院子里,嚎啕起来:"你个偷鸡贼,你欺人太甚,我没法活了。"腊梅两口子一看要闹出人命,吓得赶忙把二菊送进医院。腊梅好吃好喝地伺候了几天,赔了医药费不说,临了,又被讹去五百块钱营养费。

二菊拿着这五百块钱,眼珠一转,计上心头。此后,那掺了几滴农药的井水就成了二菊家的常备药。一旦与人争吵,她就拿来药瓶跑到对方家里,往嘴里一倒,地上一躺,装起死来。由于她装得极像,对方也为了息事宁人,就喊来她老实木讷的男人大柱,掏几个钱让他们自己去医院。如此三番,也糊弄了几个人。

然而,啥事都怕有个意外。这天,二菊就碰上了这个意外。事情的经过是这样的:铁蛋的儿子与二菊的女儿小兰在一起疯玩,无意间把小兰的脸划了一道细小的指甲印。二菊像只母老虎,冲到铁蛋家张嘴就骂。铁蛋强压着火气劝道:"二菊,孩子们闹着玩,难免会磕磕碰碰的,你值当这样大吵大骂吗?""歪种结孬瓜。老子成天在外边坑蒙拐骗,小的也学不成啥好东西。""你嚼啥蛆?""我嚼蛆?你喷粪。"铁蛋也不是个瓢茬儿,一怒之下,捆了二菊两耳光。二菊捂着发烫的脸,怔了一下,见来硬的要吃大亏,便故计重演，返身跑回家拿来药瓶，往嘴里一倒，出溜到地上，双手抱着铁蛋的腿哭叫起来："铁蛋你个挨枪子儿的，欺负我一个娘儿们，我没法活啦！……"铁蛋是何等人物，那可是全村有名的能人，经常走南闯北的，啥阵势没见过？眼瞅着二菊上下嘴皮包着瓶口，腮帮子紧咬，药水顺着嘴角往下淌，就知道她根本就没往下咽，也不点破，耐着性子看她表演。待二菊屏住声息，翻起了白眼，他一边假装慌忙地叫喊："不好，要出人命，大伙儿赶紧帮忙把她送到医院去"，一边冲众人挤眉弄眼。几个好事的机灵鬼一拥而上扯胳膊拽腿地就要把二菊往车上撂。二菊见铁蛋真要把自己往医院送，眼一睁，翻身爬了起来，死活不上车。铁蛋一挥手，说："把她抬上去。"几个人像抬死猪一样把二菊扔上车，死死地摁着，机动三轮车"突突突"地向乡卫生院奔去。

到了医院，铁蛋让医生赶紧给二菊洗胃。上次洗胃时那受罪丢丑的经历二菊记忆犹新，吓得忙说："？不，不。医生，我没喝药，我不洗胃。"铁蛋接过话头，对医生说："赶紧救人，你看她毒性已经发作，开始说胡话了。"二菊争辩："医生，别听他的，我真的没喝。"铁蛋说："大伙儿都看见了，你自己硬说没喝，没喝这农药味是哪儿来的？"同来的人随声附和。铁蛋见医生还在犹豫，又煽动道："医生，如果再不抢救，出了人命谁负责？"医生猛一点头，立即让护士配好了洗胃水。二菊哀求道："医生，求求你别给我洗胃，他是想整死我。"铁蛋说："想死的是你自己，要不然你为啥喝药？我可不能让你死。你要真死了，那我还不得去坐小'黑屋'？"又转向医生，催促道："医生，求求您快点，再晚就没救了。"说着，招呼同来的人摁着二菊的胳膊、腿，洗胃水顺着管子灌进二菊的胃里……

瞎话篓儿

马长玺急得要蹦起来，拉着赵贵的手就跑："支书，这回我要说瞎话，你缝了我的嘴！"

人上一百，形形色色。马长玺爱撒谎，整天没一句实话。在黄土洼，撒谎不叫撒谎，叫说瞎话，叫瞎话篓儿。马长玺既然以说瞎话闻名乡里，乡亲们就喊他瞎话篓儿。

马长玺打小就爱说瞎话。一天，马长玺向老师请假，说他爹放羊时掉下深沟，摔断了腿，他得在家替爹放羊。老师心想马长玺还怪孝顺哩，当即就同意了，并嘱咐马长玺不要贪玩，要好好放羊。爹见儿子整天掏鸟窝、捉蛤蟆，问他咋不去上学，马长玺随口说："老师家盖房子，放十天假。"爹信以为真，也不再管他，任他疯玩。第二天，爹去邻村办事，路过学校时，刚好碰见儿子的老师，问老师家的房子盖起没有。老师问盖啥房子？爹很惊讶："你家没盖房子？"老师说："我家去年刚盖了房子。对了，你的腿好了没有？"爹更加惊讶："俺的腿没长疮没流脓，结实着呢。"这次轮到老师惊讶了："你的腿不是放羊时摔断了吗？"等爹明白是咋回事后，回家用小板凳卡着马长玺的脖子，坐在板凳上，抡起荆条朝马长玺的屁股上狠狠地打，打累了，歇会儿再打，边打边说："让你说瞎话，我非把你这个瞎话篓儿打改不可。"

马长玺长大成人后，说瞎话的毛病却一点没改，诚实的村里人嫌他一步仨瞎话，都不待见他。村里人有种苞谷的习惯，收罢麦，镇上一个人找到马长玺，让他帮忙销售苞谷种子。二人躲起来喊喳了半晌，便由马长玺到村街上宣传，说他家有"高玉3号"苞谷种

第三辑 一垄麦子

子,产量高,一亩地能打一千八百斤。有人问他真有恁高产量,他把胸脯拍得山响:"年时俺家就种这个品种,这还有假,不信你问俺爹。"其实,他家根本没种过。村里人想,庄稼要想有个好收成,种子很重要,谁敢拿种子闹着玩?见马长玺拍着胸脯子起保证,压根没想到他在说瞎话,好多人去购买。谁知苞谷成熟后,苞谷棒子像老鸹头一样小,一亩地只打三四百斤,经乡农技站技术员一检验,原来马长玺说的苞谷种子是假冒伪劣种子。村里人不依了,纷纷要求马长玺包赔损失。

要求包赔损失的人挤破了门,让马长玺的爹这个一向爱面子的人颜面扫地,磕头作揖给人们说好话,说损失一定包赔,只是得宽限些时日。说着,老人家举起旱烟袋敲着马长玺的头说:"都小三十的人了,还一步仨瞎话,把人都得罪了,你还咋在庄上混?你还想不想找媳妇儿?"爹的一句话,戳到了马长玺的"疼"处。是啊!和自己年龄差不多的人,孩子都上学了,自己还光棍一条,再这样下去,还不得打一辈子光棍?再者,爹都土埋脖子的人了,为他说瞎话还背上了三万多块钱债。自己真昏啊!他起了毒誓,说往后再也不说瞎话了。

尽管马长玺的爹东挪西借筹钱包了乡亲们的损失,马长玺也发誓不说瞎话了,可苞谷种子"事件"像一包老鼠药一样把乡亲们药着了,以后马长玺无论说啥话,乡亲们再也不信了。

夏天的一天,马长玺在塘边割草,看见村支书赵贵十岁的小儿子小林掉到了塘里,马长玺扔掉镰刀就往苞谷地里跑。赵贵当时正在给苞谷施肥,马长玺上气不接下气对赵贵说:"支书,小林掉塘里了,快去救他。"赵贵平时也不待见他,心说马长玺呀马长玺,你这个瞎话篓儿说瞎话竟说到我支书头上了,就学着范伟说赵本山的话:"忽悠,接着忽悠。"马长玺说:"支书,我说的是真话,再晚恐怕小林就不中了。"赵贵说:"马长玺,你能忽悠着别人,忽悠不着我。"马长玺急得要蹦起来,拉着赵贵的手就跑:"支书,

151

耳光响亮

这回我要说瞎话，你缝了我的嘴!"赵贵看马长玺这次真不像说瞎话，就跟着他向塘边跑去。

小林得救了。赵贵对围观的村民们说："长玺不说瞎话了，长玺变好了，从今往后谁也不准再喊长玺瞎话篓了。"围观的村民知道事情的经过后，看马长玺的目光温和了许多，都说：变了就好，往后不喊了。马长玺不好意思地对赵贵说："我不会凫水，也没救小林。"赵贵说："还说没救哩，要不是你喊我，恐怕小林早就没救了。"马长玺激动地说："乡亲们恁抬举我，往后我再也不说瞎话了。"

人群中响起了"哗哗"的拍手声。

弟兄仨养猪

乡通讯组的小胡得知小旺"逆向养猪"发家致富后，去采访小旺。小旺说："猪肉虽然掉价了，可粮食没掉价，我坚信猪肉价格肯定会回升。搞养殖都是这样，有时赚有时赔，等赚钱的时候再动手就迟了……"

在黄土洼有弟兄仨，老大大旺是个老庄稼筋，摇耧撒种、放磙打场样样精通，种的庄稼穗大粒饱，能压塌地。这几年虽然粮价提高了，但远远赶不上化肥、农药的上涨幅度，年年都是增产不增收。老大就寻思着得找一条发家致富的门路，想来想去，也没想出一条合适的。

村里人有养猪的习惯，春上逮头猪崽儿，养到腊月出栏，虽然得喂不少粮食，但农村养猪是不计成本的，赚的就是个打整钱。没有别的门路，只有养猪了。大旺就买了三只猪崽儿，精心喂养起来。他定时冲刷猪舍，定期打针防疫；喂猪时，把猪食煮熟，草垛碎,像伺候自己的孩子一样伺候猪崽儿。年底出栏时,刚好赶上猪肉价格上涨,由于大旺没喂添加剂,养出的猪全是地地道道的土猪,城里一屠宰户喜得不得了,以每斤高出市场价一块的价格把那三头肥猪全买走了。那个屠宰户当然不傻,他清楚地知道城里人喜欢吃什么猪肉,他一点都不担心没有钱赚。这样一来,大旺养的三头土猪卖了六千多块,喜得他整天合不扰嘴,春节放了两挂万字头鞭炮。

老二二旺看到大哥养猪发了财,又看到猪肉价格一个劲儿地往上涨,也打算养猪赚钱。他买回砖,拉回土,建起一溜儿十间猪舍,然后买回五头母猪,三十头猪崽儿,准备大干一场。二旺喂猪也很精心,不时去向大哥请教,猪们也很争气,吹气球一样疯长,猪崽儿八个月就长到二百多斤,五头母猪也都下了崽儿。谁知到肥猪出栏、猪崽儿出窝时,猪肉却掉了价。肥猪吃食多,喂一天赔一天,二旺忍痛把肥猪全卖了,一算账赔了几千块。猪崽儿吃食少,先喂着等涨价,可到年底,猪的价格却一跌再跌,一斤比年头又少了几毛。二旺盘算道,这样养下去,还不得把家底赔光?一狠心把几十头猪崽儿也卖了,又把五头母猪阉了,发誓往后再不养猪了。

老三小旺也和二哥一样养了五头母猪。小旺看到二哥赔得血本无归,猪肉价格还没止跌,却反其道而行之,不但不阉母猪,还把母猪下的几十头猪崽儿全养了起来。开始时,小旺也是赔着本养,但他咬牙坚持,到猪崽儿养成时,猪肉价格强势反弹,毛猪一斤卖到九块多,让小旺着实赚了一把。

乡通讯组的小胡得知小旺"逆向养猪"发家致富后,去采访小旺。小胡问:"猪肉掉价后,别人都忙着阉母猪,你不但不阉,还把猪崽儿养了起来,你当时是咋想的?"

小旺说:"猪肉虽然掉价了,可粮食没掉价,我坚信猪肉价格肯定会回升。搞养殖都是这样,有时赚有时赔,等赚钱的时候再动手就迟了……"

看 戏

　　唱戏的日子就是农人的节日，人人脸上漾着笑，特别我们小孩子更是兴奋，慌得像捡炮似的，天没黑就搬个小凳子去占场地，还用瓦片划拉一块地方，这就是为父母占地方了……可怜结实为了看戏，竟把自己的命搭了进去。

　　我小时候，村里的文化娱乐活动很少，只是到了农闲时才唱两天戏。戏台子就搭在村中央的一片开阔地上，用土堆个高台，幕布一扯，戏就可以开唱了。

　　唱戏的日子就是农人的节日，人人脸上漾着笑，特别我们小孩子更是兴奋，慌得像捡炮似的，天没黑就搬个小凳子去占场地，还用瓦片划拉一块地方，美其名曰为父母占的。占好场地是不能离开的，因为一旦离开，别的小孩子就可能抢走地盘，晚饭只能等父母吃完后，捎过来一块馍充饥，面对这样的晚餐，我们却毫无怨言。

　　等戏开演的时候是最难熬的：大人们吸着叶子烟扯闲话，我们小孩子则像一群小燕子似的趴在戏台子外面，隔着箔围成的后台往里看，瞅演员的妆化好没有，瞧蟒袍纱帽穿戴上没有。因为你挤我扛的，不时遭到看台人的驱赶，我们便一哄而散，等看台人走了，复又趴那儿看。

　　天黑下来了，通往村子的路上出现了点点光亮，远远看去像一只只萤火虫，那是外村的人手持电筒或马灯来看戏的。

　　开场锣鼓终于敲响了。我们赶紧挤到自己占的位置上，伸着脖子瞪着眼，期待着角儿们上场。一个人登台了，可只唱了一小段就下去了，好大一会儿才又出来一个人。过后听母亲说，先出来那个人唱的叫"垫戏",后来唱的才是"主戏"。那天唱的主戏是豫剧《穆桂英挂帅》。过去几天了,村里的人还在哼唱着"辕门外(哪)三声炮,如同雷震,天波府里走出来我,保国臣……"

看戏,让成天埋头干活儿的农人精神上得到了愉悦,身心得到了放松,以至于看完一场戏,心里能美上十天半月。无论是干活儿,还是走路,都要哼唱戏里的台词,一会儿黑头一会红脸的,整天沉浸在喜悦之中。

戏虽好看,但有件事却让队长头疼:每唱完一台戏,地里的庄稼都要被偷走好多。要知道,那时的庄稼还未成熟。看到被糟蹋的庄稼,队长心疼得泪都掉下来了,说往后再也不唱戏了。但说归说,农闲时还要唱,只是再唱时,队长事先安排几个青壮劳力看护庄稼。开始派谁也不去,都说轻易不唱回戏,错过了可惜。队长气得大骂:庄稼被偷完了,看你龟孙们吃啥?骂过,响应者廖廖。后来队长想了一个高招儿:谁看庄稼,每人每晚记三个男劳力工分。重奖之下必有勇夫。这一招果然奏效,家庭生活困难的人,主动要求去看护庄稼,人这才算定下来了。

这晚又唱戏,队长安排结实看东地的苞谷。结实是个戏迷,只是碍于家庭困难才忍心放弃看戏的。这晚唱的是曲剧《窦娥冤》,锣鼓声和演员的唱腔通过高音喇叭传到野外,传到了结实的耳朵里。他侧耳细听,还跟着演员唱,听着唱着心里就痒起来,恨不得立即跑到戏场里看,毕竟听戏不如看戏得劲儿。他约摸了一下开戏的时间,估计距煞戏至少还得一个时辰,心说不如到戏场看一会儿,等煞戏时再赶回来看庄稼也不迟。他是这样想的:苞谷被偷是外村人看完戏回家时顺手牵羊偷掰的,没煞戏是不会有人来偷的。这样想后,他便神不知鬼不觉地溜到戏场,快煞戏时,才恋恋不舍地溜回苞谷地。

到地头儿撒了一泡尿,一条水线刚收回,猛然从地里传来窸窸窣窣的声音,他立时意识到是有人在偷苞谷,心说要是自己在地头

耳光响亮

儿守住不去看戏，小偷也不敢来偷。这下可好，苞谷被偷，按队长说的，要扣一口人的"免购点"（粮食打下来后分到手的粮食）。要想保住这一口人的"免购点"，一定得抓住小偷。他拿上来时准备的棍子，循着声音追去。苞谷地里黑咕隆咚，啥也看不见，他只好顺着苞谷垄往前追，追一会儿，停下来听听声音传来的位置，再追。突然，"哎哟"一声，他掉进机井里了，咕咚咕咚喝了几口井水。他本能地向上浮，并大声呼救，可在这远离村子的机井里，谁能听到他的呼救声？就是偷苞谷的人听到了，也绝不会救他的。他试图扒着井壁往上爬，可是水泥井管上结了一层绿苔，非常滑，试了几次都没成功，最后筋疲力尽，慢慢地沉入井底。

第二天，有人在那块苞谷地里割牛草，当割到机井边时，无意间朝机井里瞟了一眼，发现一具尸体浮在上面。很快，公社派出所的人来了，把尸体捞上来让结实的婆娘辩认，确认正是结实。派出所的人怀疑结实是追小偷时，被小偷推入井里的，但后来经过现场勘察，否定了这一推断：小偷偷苞谷是掰苞谷棒，可地里的苞谷是倒了一片，苞谷棒被啃得豁豁牙牙的，这显然是牲口在糟蹋庄稼。再仔细勘察，还发现地上有一泡新鲜的猪屎，以此推断结实把猪当成了小偷，在追"小偷"时失足掉进机井里的。可怜结实为了看戏，竟把自己的命搭了进去。

看电影

当村里又一次放电影时，随柱带人在苞谷地里捉住了正和嫂子玉香干"好事"的队长。不久，队长以破坏军婚罪被判了刑，长发顺理成章地当上了队长。只是队长不知道，那晚他和玉香偷情的事正是长发告诉随柱的。

第三辑 一垄麦子

今儿黑放电影哩！今儿黑放电影哩！小孩子们一边吵嚷，一边簇拥着拉放映机的架子车朝大队部走。

那时，农村没啥文化娱乐活动，看电影看戏就成了我们黄土洼人消闲解闷儿的主要方式。一听说放电影，村人们都了草地吃过晚饭，跑到放电影的地方等待电影开始。

长发也爱看电影，最喜爱的是战斗片，《地道战》《地雷战》《南征北战》《平原游击队》，不知看了多少遍，可还爱看。原因是喜欢看电影里面当官儿的握着手枪指挥士兵冲锋陷阵时的神气劲儿，心说自己要是也能当个官儿该多好啊。

这晚村里放电影，是《平原游击队》。长发吃过晚饭来到村头儿打麦场上时，放电影的白色银幕已经扯好，放映机前边的最佳位置也被小孩子们抢光，他只好坐在放映机后边的一个空地上，点上一锅烟，边吸边回忆电影里李向阳率领游击队打击日本鬼子的场面，不由得又想起自己想当生产队副队长的事。生产队干部有特权——能陪上边来的人吃喝；村里人杀了猪要请干部喝杀猪酒；不参加劳动照记一个棒劳力的工分等等。这事他已在心里琢磨有些日子了。他曾提着礼物瞧队长，说了自己的想法，可队长一直没吐口。他也想到用龌龊的手段达到目的，可队长一时也没啥把柄让他抓住。正想着，队长打着饱嗝陪放映员来到放映机前，对着麦克风开始讲话：老少爷儿们静一静，电影马上就要开始了，电影开始前，我先说俩事：一个是铁蛋家的猪糟蹋了生产队的苞谷，分苞谷时扣十斤。另一个是明儿早到西北地翻红薯秧，到时不再敲钟通知，都记清啊。现在开始放映。

你看当官儿的威风不威风，神气不神气！听完队长的讲话，长发心里那个念头愈来愈强烈，像钻入了几只蚂蚁，搅得他电影也看不进去了，银幕上的画面、喇叭里的声音，他视而不见，听而不闻，满脑子都是副队长那个影子。

正当那个影子在长发的大脑里窜来窜去时，忽然前边一个人站

157

耳光响亮

起来朝场外走去，仔细一看，是队长。他想：队长不看电影，这会儿出去弄啥？他一激灵，心说我看看你到底出去弄啥，便跟了过去。场里的人们都被剧情所吸引，谁也没有注意他俩的举动。长发挤出人群后，却不见了队长。队长会去哪儿呀？他戳在地上使劲想。忽然，他发现背对电影场的路上有一个人影，再仔细看，前边还有一个。他一阵激动，悄悄尾随过去，两眼一眨不眨地盯着那两个人影，一直把他们送进了苞谷地。他凭借路边深沟的掩护也钻进了苞谷地，支起耳朵，屏气细听地里的动静，哼哼唧唧的女人声和粗重的喘息声便顺着苞谷垄钻入他的耳内。他按捺着狂跳的心，只听一个熟悉的声音传来：香，我想死你了。是队长的声音，这声音他再熟悉不过了。你小点儿声，让人听见可不得了。是一个女人的声音。仔细揣摸那个声音，好像是根柱的媳妇儿玉香。根柱在部队当兵，队长是不是和玉香好上了？要真遇到这样的事，那可是天赐良机呀！等捉到队长时，不怕他不让自己当副队长——破坏军婚是要被判刑的，队长不会不知道这一点。他想立即上前捉着这对"野鸳鸯"，可二人肉麻的情话和粗重的喘息声像一根无形的绳索绊住了他的双脚，使他丝毫迈不动脚步，喉结像个不安分的耗子不停地骨碌，下身随之鼓胀起来。他好像忘记了自己的目的，无耻地感受着这对"野鸳鸯"的快感。一阵快乐的呻吟过后，理智告诉他得快点儿行动。他猛地蹿过去，大喝一声：谁在偷苞谷？队长和玉香被这突如其来的大喝给吓蒙了，慌忙穿衣裳。在这当儿，长发已蹿到队长跟前，故作惊讶地说：原来是队长呀！我还当是谁偷苞谷哩！队长一看是长发，定了定神儿：你到苞谷地弄啥？不会是偷苞谷的吧？我肚子疼，拉稀哩，不巧就碰上队长了。长发笑着说。原来是这样。既然兄弟你啥都看见了，只要你不往外说，明儿个我就宣布你当副队长。长发没想到好事来得恁快，以至于有点儿语无伦次，队……长，你……就把心放到肚里吧。说完钻出苞谷地，回到了电影场。

第二天，队长果然让长发当上了副队长。

当村里又一次放电影时,根柱的兄弟随柱带人在苞谷地里捉住了正和嫂子玉香干"好事"的队长。不久,队长以破坏军婚罪被判了刑,长发顺理成章地当上了队长。只是队长不知道,那晚他和玉香偷情的事正是长发告诉随柱的。

第四辑　画里的妈妈

校园，是培育建设美丽祖国有用之材的摇篮，也是展现师生和同学情谊、彰显人间大爱的地方。作为人类灵魂工程师的教师，他们用自己的聪明才智，引导、启发学生如何树立正确的人生观、价值观，使学生在循循善诱的教诲中，心灵得到了净化和提升。

游　戏

　　李老师让同学们列队站好，然后说："今天这个游戏是我自己发明的，具体的做法是：用一块布把一个同学的眼睛蒙上，在规定的时间内到达篮球架者为胜，否则为输。同学们有没有信心？"

　　上课铃声急促响起，班主任李老师走进教室。这节课是自习课，李老师对同学们说："今天天气晴朗，我们去操场做游戏，好吗？"

　　"好。"教室里响起整齐划一的童声。

　　操场上立着两个篮球架，还有乒乓球台、沙坑等体育设备。李老师带学生们来到操场，同学们好奇的看着她，想从她脸上捕捉今

第四辑 画里的妈妈

天要做的是什么游戏。

李老师让同学们列队站好，然后说："今天这个游戏是我自己发明的，具体的做法是：用一块布把一个同学的眼睛蒙上，在规定的时间内到达篮球架者为胜，否则为输。同学们有没有信心？"

"有。"

"现在开始做游戏。徐放同学，你先来。"

徐放嬉皮笑脸地走出队列，李老师用布蒙着他的眼睛。

李老师说"开始"，徐放便小心翼翼地向前摸去。

操场上响起了此起彼伏的加油声。

这时，李老师来到沙坑旁，对徐放喊："走偏了，向这边走。"徐放循声向李老师走去。

同学们十分纳闷：李老师怎么把徐放引向沙坑？

正想着，徐放已摸索着到了沙坑旁，突然一脚踩空，便跌倒在李老师怀里……

李老师解下束在徐放眼睛上的布块，发现徐放的小脸有些苍白，问徐放有啥感受。

徐放惊魂未定地说："当眼睛被蒙上时，我仿佛被关进了一间没有亮光的小屋。开始向前走时，腿颤抖得迈不出步，心想要是被什么东西绊倒，还不把门牙磕掉？当我脚下踩空时，我的心猛然一紧，惊出一身汗……"

李老师望着徐放，意味深长地笑了笑，然后让丁一出列。

丁一大大咧咧地走出队列，心想：我绝不会犯徐放的错误。

李老师把徐放的眼睛蒙上，叮嘱道："要胆大心细，像正常人那样行走。"

丁一开始向前走，李老师则悄悄地在丁一身旁保护。

丁一还不如徐放，他试着迈出右脚后，在原地停了好长时间才迈出左脚。李老师鼓励道："大胆走，前面又没障碍。"尽管这样，丁一还是像工兵扫雷一样，走得很慢，一下子撞到了乒乓球台。李

耳光响亮

老师急忙拉住了他。

李老师解下布块,问丁一有什么感受。

丁一心有余悸地说:"简直太可怕了,好像在漆黑的夜里走路,有深一脚浅一脚的感觉。如果我失去双眼,那该怎么生活呀?!"

李老师望着丁一,也意味深长地笑一笑。

之后,李老师又让刘巍、马健做了同样的游戏,也让他们说了做完后的感受。

游戏做完后,李老师收敛笑容,严肃地说:"同学们,知道我今天为什么让你们做这个游戏吗?"李老师顿了顿,扫视了一下队列,"有人向我反映,说我们班有几个学生在上学来的路上,遇见一个盲人老大爷正摸索着走路,这几个学生非但没有帮助老大爷,反而朝这位老大爷起哄,扔石块,然后把这位老大爷引向道牙,结果道牙将老大爷绊倒在地,头都磕破了,这几位学生则像什么事也没发生一样,嬉笑着跑开了。"

操场上一片寂静。

画里的妈妈

绘画天赋极高的崔建同学给妈妈画了张像:身体瘦骨嶙峋,像根麻杆儿;面部皱纹密布,凹凸不平,粗糙的线条透着与年龄极不相符的沧桑感;双手用的颜料是紫黑色,右手有点变形,像鸡爪一样……就是这样一幅画,却获得了市儿童绘画竞赛一等奖。

我兼任五年级美术课老师的第一学期,市里举行儿童绘画竞赛,主题是《我爱妈妈》。全班同学都踊跃参加,个个把妈妈画得花枝招展,漂漂亮亮,可绘画天赋极高的崔建同学却把妈妈画成了一个丑八

第四辑　画里的妈妈

怪——身体瘦骨嶙峋，像根麻杆儿；面部皱纹密布，凹凸不平，粗糙的线条透着与年龄极不相符的沧桑感；双手用的颜料是紫黑色，右手有点变形，像鸡爪一样；尤其是那双眼睛，一只画成了一团浑浊的雾，另一只眼角流出了泪。整幅画色调晦暗，主人公活脱脱一个外星人。

作为这个班的班主任，我理所当然地把崔建同学叫到办公室，对他进行了严厉批评，指出他这样做是故意捣乱，是存心往班集体脸上抹黑……无论我怎么批评，崔建同学始终低着头，一言不发。最后，我让他修改这幅画，他坚定地说，不！

正在这时，班长敲门而入，好像有什么情况向我反映。看到她欲言又止的样子，我让崔建先回教室，然后让班长汇报。班长说，老师，今天第一节课课间休息时，崔建和同桌打架了，两个人像一对斗架的公鸡，互不相让，我让同学们帮忙才算把他们两个人拉开。同学们告诉我，崔建的同桌嘲笑崔建不爱他妈妈。崔建反驳道，谁说我不爱妈妈？不许你诬蔑我。说着，便小老虎下山般地扑向同桌，两个人当即扭在了一起……

"叮铃铃……叮铃铃……"上课铃急促响起。我拿着学生们的画作走进教室，准备讲评一下，然后挑选优秀作品推荐给组委会。当我拿出崔建画的这幅画时，课堂上马上静了下来，全班同学都目不转睛地看着这幅画。崔建更是紧盯着画，一双眼睛仿佛粘在上面，胸脯一起一伏。稍顷，他把目光移离这幅画，惊恐地看着我，继而眼里蓄满了泪水。

没等我说话，忽然，崔建的同桌站起来说，老师，崔建是个怪人，他不爱他的妈妈。

崔建也气呼呼地站起来说，我爱我妈妈。

同桌说，你既然爱你妈妈，那你怎么把她画成这个样子呢？

崔建嘴唇翕动了一下，把想说的话咽了回去。

我隐约觉得这幅画里肯定藏着一段心酸的故事，便不失时机地说，崔建，其实同学们都挺关心你的，你给大家讲讲这幅画的创作

163

耳光响亮

动机，好吗？

　　崔建抹了把泪说，我妈妈是名环卫工人，她一年四季都在大街上忙碌，晴天一身土，雨天一身水。夏天，炽烈的太阳光把妈妈晒得黑炭一样，身上的衣服整天都没干过；秋天，马路上落满了树叶，前面刚扫过，后面又落下，要是被人踩碎，被车轧碎，就更难扫了，妈妈累得心脏病都犯了。到了冬天，每天凌晨三点，当人们还在温暖的被窝里睡觉时，妈妈就得开始工作了。大街上，刺骨的寒风像刀子似的切割着妈妈的身体，她本就粗糙的脸被冻烂了，双手布满皲裂的口子，一碰就会流出殷红的鲜血。特别是下雪天，马路上的雪经过车碾人踏，都冻在了一块儿，妈妈就得一块一块地砸。一天下来，妈妈的胳膊累得抬都抬不起来，肿得碗口一样粗……

　　崔建说，我爱妈妈的眼睛，她的左眼患青光眼，因为没钱医治，已经瞎了，右眼患了角膜炎，时常流泪，晚上她就流着泪给我洗衣服，给瘫痪在床的爸爸熬药。我爱妈妈的手，尽管是紫黑色的，还有点残疾。可就是这双手，养活了我们一家三口……

　　已为人母的我再也控制不住自己的情绪，眼泪小溪一般流了下来。我不由地鼓起掌来，霎时，课堂上响起了经久不息的掌声。

　　我把崔建的这幅画作推荐给了竞赛组委会，并附上一则推荐说明。我坚信这幅饱含真情实感的画作能够获奖。很快，竞赛结果出来了，崔建的这幅画果然获得了一等奖。

特殊的日子

　　我言词铿锵地对他们说，今天是九月十八日，是"九·一八"事变纪念日。在1937年的今天，日本鬼子制造了震惊中外的南京大屠杀惨案，三十多万同胞惨遭杀害……

第四辑 画里的妈妈

我师范毕业后，到一所中学教思想政治课。由于这门课是辅科，占考试总分的比例较小，所以，学生在上课时，思想常开小差，不注意听讲。那天是个特殊的日子，我就讲了日本帝国主义以战争手段逼迫清王朝签订丧权辱国的《马关条约》，强行攫取台湾与澎湖列岛这一历史事件。我讲得喉干舌燥，满口白沫，可学生们仍像往常上课时一样，有的看其它书籍，有的窃窃私语，有的甚至睡觉。我大声提醒学生们集中精力听讲，可他们仍置若罔闻。我索性停止讲课，突然提出一个问题——今天是什么日子？让学生们回答。

学生们这才把注意力集中到课堂上，纷纷举手要求回答。我看到学生们这么踊跃，都没有忘记这个特殊的日子，脸上这才露出欣慰的笑容。我随手一指，让刚才睡觉的姜小松回答。

姜小松揉了一下惺忪的眼睛，站在那里不说话。我说姜小松，你怎么不回答我的问题？姜小松两眼伸出一串串问号，茫然地看着我。我又重复了一遍提出的问题。姜小松说，原来是这个呀！这不很好回答吗？今天是我的生日，爸爸在香格里拉酒店订了二十多桌酒席，他们单位的叔叔阿姨都去给我过生日呢！

听了姜小松的回答我很失望，便没好气地说，看来你爸爸是个当官的？

姜小松自豪地说，我爸爸是个局长，他可有权了。

我瞪了姜小松一眼，又让刚才看课外书的陆斌回答。

陆斌站起来，脸上满是笑意，看来他此时的心情不错。陆斌说，今天是我市迪斯尼乐园开园的日子，我妈说里面可好玩了，什么加勒比海盗、梦幻米奇飞船、疯狂反斗车等等游戏应有尽有，我妈说好了星期天带我去，让我玩个够。

我说陆斌，你除了知道玩，还知道什么？学生们哄的一声笑了。

我点名让徐静雅回答。

徐静雅是个腼腆的女生，长得黑黑瘦瘦的，像一根木柴棍儿。徐静雅说，早几天我买了两注体育彩票，所选号码是我梦中选到的，

耳光响亮

我想这次我一定能中大奖。你们知道吗？陕西一个彩迷，连中了两个五百万呢！你们说这钱怎么花？今天是体育彩票开奖之日，但愿我好运，到时我请老师和同学们吃饭，让你们吃个够。

我简直无话可说，既失望、生气，又伤心、担心——都初中三年级的学生了，连这么重要的日子都忘了，还口口声声热爱祖国、报效社会呢！我又提问了几个学生，没有一个答对的，最后，我让文体委员马乐乐回答。

马乐乐性格外向，喜爱文艺，学校每次举行文艺活动，都少不了她，是那种听到音乐嗓子就痒、腿就颤抖的超级歌舞迷。她大大咧咧地说，这道题太好回答了，难道你们没看到新闻媒体的宣传？没看到贴满大街小巷的海报？今天这个日子是周杰伦歌曲演唱会，我已买好了票，到时我还要给周杰伦献花呢！

我对学生们的回答感到悲哀——这些国家未来的栋梁，居然连国耻都忘了。我说我告诉你们吧！我稳定了一下情绪，言词铿锵地说，今天是九月十八日，是"九·一八"事变纪念日。

教室里一片寂静，我说，1937年的南京大屠杀，日本鬼子对中国军民进行了长达六周的奸淫抢掠和血腥大屠杀，三十多万同胞惨遭杀害……

教室里传出啜泣声。

家　访

我语重心长地说："今天的一切你都看见了，听见了，你的父母为了你，冒着严寒给你挣学费，他们对你寄予了多大的希望啊！我不想听你表什么决心，只想看你今后的表现。"

第四辑　画里的妈妈

这节课是自习课，一些纪律差的学生往往在这个时候捣乱。我走到我们初二（一）班的教室外，隔窗观察。学生们都在认真的做作业，可是汤波却趴在靠窗的课桌上睡觉。汤波此举，我已见怪不怪了。自从去年我师范毕业任初一（一）班班主任后，汤波就是这样。可今天不同，上星期的考试，我班的成绩不太理想，汤波每门功课更是在全级段都倒数第一，很大程度上拖了全班的后腿，校长刚才已找我谈了话。我正在气头上，怎能容忍汤波睡觉，便走进教室来到汤波的课桌旁，用手指敲击桌面，让汤波醒来，跟我来一下。

汤波是我班的"双差生"，即学习差、纪律差。作为跟班走的班主任，从初一开始，我就不知做了他多少思想工作，该用的方法都用了，可都没什么效果。本来我不想再管他了，让他就这样毕业算了，可这次考试的结果，使我对他不得不管了。如果任由他这样下去，对班级的影响不知要坏到什么程度呢？唉！

汤波跟我来到办公室，我冷着脸说："知道为什么把你叫来吗？"

汤波似乎还在梦境，揉了揉眼，迷迷糊糊地说："不……知……道。"

我一听更气了，大声训斥："事到如今你竟然不知道，真是无可救药了。上课睡觉对不对？"

"不……对。"

"知道不对，为什么还睡？"

汤波低头不语。

"你父母含辛茹苦供你上学，就是让你在学校睡觉？"

汤波仍不吭声。

我看再这样下去只能让我更气，不会收到任何效果，便决定去汤波家家访，让他的父母协助我教育汤波。平时家访我是从不带学生的，这次破例带上汤波。

这是个数九隆冬的上午，天空飘着雪花，尖利的北风呼呼地刮着，割得脸颊生疼。好在汤波家就在距学校一里多路的街上，很快我便

耳光响亮

看见汤波家的院子了。

来到院外，院内传出一阵锯木头的声音。我让目光越过半人高的土院墙，看见一个年过半百的男人正在做木工活儿。一台小型电锯支在院里，锯盘在飞速旋转，地上堆了一大堆锯过的木板。

我小声问汤波："这木匠是谁？"

汤波嗫嚅道："我……爹。"

一听汤波说这木匠是他爹，我忽然有了主意。我威严地对汤波说："我们先不进院，就站在院外看你爹干活儿。记住，不能让你爹看见我们，听见了吗？"

汤波乖乖地点点头。

锯盘仍在飞转。只见汤波爹弓着腰，两手按着木板缓缓地向前推着，飞散的锯末在风中抛散，不时地落到汤波爹的破棉袄上，有的溅到汤波爹零乱的胡子上。汤波爹一次又一次匆匆地俯身，又一次次缓缓地直身。每一次起身，都要捶捶后背，然后再接着弯下腰。

我瞅着汤波，发现他开始瞪大眼睛看爹干活儿，看着看着，眼里似乎有水样的东西闪动。

这时，从屋里走出一个女人，毫无疑问，她就是汤波的娘了。汤波娘走到汤波爹身旁，拍拍丈夫身上的锯末，心疼地说："他爹，歇歇吧。"

汤波爹说："不歇了，赶紧把这批活儿做完，小波的学费就攒够了。"

"唉！你这样累死累活的干，也不知道小波的学习咋样？"

"咱小波人聪明，又听话，学习肯定差不了。"

"只要小波学习好，将来有出息，咱再苦再累也值。"

汤波爹抬起头，冲妻子笑了笑，这笑的含义分明是期待和自豪。

忽然，我全身的血都凝固了——只听汤波爹"啊"了一声，就见他左手握着右手拇指站在那儿，锯盘仍在飞速旋转。那手在流血，鲜血溅在地上，很快就红了一大片。

汤波再也看不下去了，惊叫道："爹！"，便冲进院里。

握着爹受伤的手，汤波哽咽了："爹，我对不起您和娘，您打我吧，我没有好好学习，不是一个好儿子……"然后转身对我说，"老师，我……"汤波双肩颤动，泣不成声。

我语重心长地说："今天的一切你都看见了，听见了，你的父母为了你，冒着严寒给你挣学费，他们对你寄予了多大的希望啊！现在什么也别说了，我相信你是一个聪明的学生。我不想听你表什么决心，只想看你今后的表现。"

汤波重重地点点头，向我深深地鞠了一躬。

从此，汤波刻苦学习，遵守纪律，期末考试成绩跃入班级前列，一举摘掉了"双差生"帽子。

杨小明的春天

冬天很快过去，春天来了，校园里的杨树抽出了鹅黄色的嫩芽。杨小明心中的坚冰随着春天的到来完全融化了。

杨小明是个农村学生，他以优异成绩考入了县重点中学。

杨小明家里穷，至今穿的还是妈妈织的土布衣服。自入学的第一天起，城里学生就像看一个外星人，把杨小明看得下巴都勾进怀里了，有的甚至对他指指点点，然后是一通肆无忌惮的讥笑。

下课了，城里学生三五成群地聚在一起，有说有笑，而杨小明独自一人坐在教室里，显得很孤单。这天，城里学生刘平来到杨小明面前，拿腔捏调地说："杨小明，听说你们农村整天都啃红薯、吃薯干，是吗？下次回去，给我们带点来，让我们也尝尝鲜。"说完，几个城里学生放肆地大笑起来，笑得前仰后合，眼泪都溢出来了，

耳光响亮

笑声简直要把教室的屋顶掀翻。杨小明窘得脸颊通红，眼泪也不争气地流了下来。

深冬的一天，杨小明的父亲来学校找他。父亲拉着一辆破旧的架子车，身上穿着打满补丁的土布衣服，裤腿上粘满泥巴。杨小明正上自习课，父亲隔着窗玻璃仔细地搜寻儿子，当看见儿子那熟悉的面孔时，大声喊："娃儿，你出来一下。"顿时，所有学生都把目光投向小明爹，继而大笑起来。小明像一只被猎人追赶的兔子，逃也似的跑出教室。这天的小北风很硬，刀子似的切割着杨小明的心，寒意一阵阵向他袭来。他把衣服裹紧，将父亲拉到一边，责怪道："爹，你咋来了？"

爹说："今年咱家种了半亩萝卜，我来城里卖萝卜，给你捎点钱过来。"

小明说："我不是给你说过不让你来学校吗？"

爹说："来又咋？我这不是顺路吗，再说你已经半月没回家了，钱肯定花光了。"

小明赌气地说："我有。"

爹见小明不高兴，便掏出一沓零钱，塞给小明："你打小就爱读书，那时咱家没钱，买不起，爹成天觉得对不住你。如今咱的日子好过多了，这些钱你就买书吧……"

杨小明忐忑不安地返回教室。突然，一声"娃儿，你过来一下"，引得学生哄堂大笑——原来这是刘平的恶作剧。杨小明打了个寒颤，心里像结了一层厚厚的冰，凉飕飕的，恨不得找个地缝钻进去。

这时，一个女生风一样走上讲台，她叫宋永霞。她朝台下猛挥一下手说："都不要闹了。你们不许歧视农村学生，我也是农村学生。"

又是那个捣蛋鬼刘平，他阴阳怪气地说："你是农村学生，我看不像。"

宋永霞质问道："怎么不像？"

刘平指着宋永霞穿的天蓝色羽绒袄："你看你这衣服的牌子，

名牌!"

宋永霞反驳道:"难道名牌衣服只许城里人穿,我们农村人就不能穿?"

宋永霞一番话,立时把同学们镇住了。宋永霞见状,稳定了一下情绪,真诚的说:"同学们,现在农村许多地方虽然仍很穷,可农村是我们的根,农村人对城市发展做出的贡献是无法估量的。城里人吃的,是农村人生产出来的;城里人住的,是农民工建起来的……城里人有什么理由歧视农村人呢?"宋永霞越说越激动,"其实,在座的同学都是农村人,你们往上查个三四代,有谁不是呢?"

短暂的沉默后,教室里响起雷鸣般的掌声。

杨小明心里暖融融的,坚冰在一点点融化,泪水模糊了他的眼睛。

从此,再也没人歧视杨小明了,杨小明变得开朗了,和同学们的交流也多起来。

冬天很快过去,春天来了,校园里的杨树抽出了鹅黄色的嫩芽。杨小明心中的坚冰随着春天的到来完全融化了。

这天,同学们都去操场上体育课了,杨小明因为崴了脚没去上,独自一人在教室做作业。这时,教室里走进一位穿着考究的中年人,他问杨小明:"你看见宋永霞了吗?"

杨小明赶忙起身,礼貌地说:"叔叔,她去上体育课了。你是?"

看到杨小明的疑惑,中年人说:"我是宋永霞的爸,来学校办事,顺便看看她。"

杨小明更加疑惑:"你是宋永霞的爸,我看咋不像?"

"怎么不像?"

"你的穿戴、气质都不像我们农村人。"

"我本来就不是农村人嘛。我在县政府工作,小霞她妈在县法院上班,怎么啦?"

杨小明皱着眉头自言自语道:"怎么是这样?"

一连几天,杨小明都在想这个问题。一天,课间休息时,杨小

171

耳光响亮

明找到宋永霞，问："你不是农村学生？"

宋永霞调皮地笑了笑，没有回答。

又问："你为什么这么做？"

宋永霞只好回答："因为嘛，一是咱俩同桌；二是我的成绩差，经常问你问题，你都不厌其烦地给我解答。所以我得帮助你呀。"

杨小明很感动："宋永霞，谢谢你。"

宋永霞真诚地说："杨小明，我更得谢谢你，你让我从一个差生变成了优等生。"

说着，二人"啪"地击了一下掌，笑了。

一封家书

从此以后，我们废除了那条不成文的规矩，立了一条新规矩：哪位同学再收到汇款时，都把汇款的十分之一转汇到丁大伟的卡上。这两天，我们516宿舍的八名同学都在企盼一笔汇款的到来。

上星期，丁大伟给家里打了电话。丁大伟的生活费用完了，让父母给他的卡上打一千元钱。

我们只所以这么望眼欲穿地企盼这笔汇款，是因为我们宿舍不知从什么时候起形成了一个规矩，就是无论哪位同学家里来了汇款，无论多少，都要拿出汇款的十分之一请同宿舍的人吃饭。每次汇款到来，我们都高兴得像个孩子，放学的铃声一响，便像炮弹出膛一样蹿出教室，直奔饭馆。每次我们都是高兴而去，满意而归，那个幸福劲儿能让人回味好多天。

其他七人都先后收到了家里的汇款。王平同学家庭条件好，家里的每次汇款都是一笔不小的数目，这次更是汇了两千元，让我们

第四辑 画里的妈妈

美美地撮了一顿。

丁大伟按他给家里打电话的时间推算,汇款应该早到了,可迟迟没来。同学们都有点沮丧,连走路都无精打采的。丁大伟的钱早用完了,只好向王平借了二百元。看着一天天瘪下去的钱包,更是满面愁容,唉声叹气。

我们百无聊赖地窝在宿舍里,没了往日的高谈阔论和欢声笑语,整个宿舍里

一片沉默。忽然,王平问丁大伟:"你去银行查了吗?"

丁大伟有气无力地说:"查过了,卡上还没有。"

屋子里又陷入了沉寂。

为了活跃气氛,我提议每人讲个故事。谁讲得最好,这个星期打扫卫生就不用他参加了。

好大一会儿,竟没一个人响应。

我说我先讲吧。

我们老家有个叫沈飞的学生,家庭十分贫困,父亲早亡,母亲的腿还有残疾,家里实在拿不出钱来让他完成学业。后来,一位不愿透露姓名的好心人愿资助他完成学业。如果他考上大学,还会继续供他读完大学。沈飞很争气,考上了一所重点大学。那位好心人信守了承诺,每个学期都提前把资助款打到沈飞的卡上,直至沈飞毕业。毕业后,沈飞为了报答恩情,辗转找到了那位好心人的家,女主人的一席话犹如晴天霹雳,把沈飞惊呆了。女主人说她的丈夫是个很有爱心的商人,在获知沈飞将要辍学的消息后,毅然决定资助沈飞。但就在第二年,她丈夫罹患癌症,不久就病逝了。临终前,他叮嘱我,无论再困难,也要资助沈飞完成学业,以了他的心愿。就这样,女主人瞒着丈夫的死讯,以丈夫的名义继续给沈飞汇钱,直至沈飞大学毕业……

我讲的故事深深地打动了同学们,看得出他们都很激动,丁大伟更是呜呜地哭了起来。正在这时,收发室的张大爷给丁大伟送来

耳光响亮

了一封信，大家立即围了上去。丁大伟止了哭泣，慢慢拆开信。信上写道：

伟儿：

爹应该早几天就给你汇钱了，可家里最近出了点事。你娘的高血压犯了，打了几天吊针，等病情稳定后，爹就去了建筑队当小工。怎奈爹年龄大了，腿脚不便，从脚手架上摔了下来，摔断了胳膊。钱没挣多少，可治病却花了好几百块，活儿也干不成了。好在工头说这两天给我结算工钱，等给了钱，我马上给你汇去。你先向同学们转借一下，先渡过眼下的难关。为了节省长途电话费，爹让你妹妹代写了这封信，让你等急了。

爹

×月×日

看完信，刚停止哭泣的丁大伟又哭了起来。我们的心里也五味杂陈，都上前安慰他，说没钱还有我们呢，以后再也不让他请客了。

从此以后，我们废除了那条不成文的规矩，立了一条新规矩：哪位同学再收到汇款时，都把汇款的十分之一转汇到丁大伟的卡上。

理　想

我没想到小学五年级学生的理想竟都会是这样！我的心里像钻入了无数条毒蛇，在撕咬着，啮噬着。我感到一阵悲哀：祖国的花朵怎么就树立这样的理想？这是谁的责任？

第四辑 画里的妈妈

"我的理想是什么?"上自习课时,我发现几个调皮捣蛋的学生打闹,本想把他们几个揪上讲台,让他们出出丑,可马上又改变了这想法,在讲了"凿壁偷光"的故事后,便出了这个题目让他们回答,看看他们的理想都是什么。

我环视了一下课堂,让刚才打闹最起劲儿的调皮鬼丁一回答。

丁一眼珠子骨碌碌一转,说,我的理想是长大后当个大老板,有钱、有车、有小蜜……

丁一的话还没说完,同学们都哄的一声笑了。我瞪了丁一一眼,说你在哪儿看的这乌七八糟的事?

丁一理直气壮地说,真的,我的邻居毛叔是个公司老板,他不常回家,回家就与阿姨吵架,吵后开着奔驰车就走。再说,电视上的老板都是这样。

我又批评了丁一几句,示意让他坐下,然后让何阳回答。

何阳鄙夷地看了丁一一眼,说,我的理想是长大后当个局长,就像我家对门的张局长一样,上下班有车接送。想要什么,那些老板们就送到门上,既得实惠又风光,比当老板强多了。

我说何阳你胡说什么呀,你咋知道局长就贪污受贿啊?

何阳辩解道,王老师你不信?人家张局长家送礼的整天门庭若市。一次,一个包工头误把我家当作张局长的家了,把一个鼓囊囊的包裹送到了我家,爸爸拆开一看,是钱,整整十万元钱啊!

现实生活中这样的事倒还真不少。我的心揪了一下。

我让任幸妮回答。

任幸妮忸怩着站起来,怯怯地说,我长大后要当一名教师。

听了任幸妮的回答,我的心情一下子轻松了许多,终于有人选择做教师了,因为教师是一个清贫但崇高的职业。

我正想着,任幸妮却说,我之所以选择当教师,是因为我妈妈是教师。我妈妈虽然是教师,但也有人求的时候。前天,苟局长就托人来我家,放下礼品后,说要让我妈给苟局长的孙子安排个班长。

耳光响亮

我狠狠地批评了任幸妮，说她玷污了教师的称号。

一连提问的几个学生都说了自己的理想，但没有一个令我满意，我很恼火。为了有一个好的收场，我让最听话的刘媛媛回答。

刘媛媛还没开口，泪先流了下来。她缓缓地说，我爸爸下岗了，我妈妈出了车祸，肇事司机跑了。为治妈妈的病，爸爸当过搬运工，卖过血，我们家整天吃馒头就咸菜。我最大的理想是当一名歌星，让众多歌迷崇拜着，挣好多好多的钱。你们想啊，出场费一次就是几万，甚至十几万，既有名又得利！到时，我家就彻底翻身了。

我没想到小学五年级学生的理想竟都会是这样！我的心里像钻入了无数条毒蛇，在撕咬着，啃噬着。我感到一阵悲哀：祖国的花朵怎么就树立这样的理想？这是谁的责任？

麻　雀

几年后，一道题为《我与麻雀的对话》的作文题出现在当年的高考试卷中。考生普遍写得生硬、呆板，没有新意。阅卷老师在评语中写了这样一句话：缺乏想像力！

老师为了活跃课堂气氛，出了一道脑筋急转弯题——树上有两只麻雀，开枪打死一只，还剩几只？

同学们很踊跃，纷纷举手要求回答。

老师把机会给了坐在前排的孙春宇同学。

"一只。"孙春宇脱口而出。

老师皱了一下眉，没说对，也没说不对，接着让沈琼回答。

沈琼看着老师，一脸认真地问："老师，打麻雀的人用的是消音枪吗？"

同学们哄地笑了。

"不是。"老师也被这个问题逗乐了。

"那么枪声有多大?"

"像放鞭炮。"

"那只麻雀真的被打死了吗?"

老师的笑脸变得阴沉起来,不耐烦地说:"真的!"

"那,有没有被关在笼子里的?"

"你哪儿来那么多问题,不要瞎猜。"老师终于忍不住发火了。

沈琼怯怯地看着老师,嗫嚅道:"一只也没有了。"

老师的脸上这才露出笑容:"这就对了。"

老师正要出第二题时,调皮鬼丁小松站起来问:"老师,树上的麻雀有耳聋的吗?"

教室里又是一阵哄笑。

没等老师反应过来,黄璐同学也问:"老师,有没有残疾的或饿得飞不动的麻雀?"

"老师,会不会一枪打死两只?"

"老师,有没有傻得不怕死的?"

教室里满是议论声,像一口翻滚着的开水锅。

老师有点儿不悦,高声喊:"静一静,静一静,不要再议论了。"同学们完全沉浸在问题的讨论中,根本没听到老师喊什么,继续议论着。

突然,老师"啪"的把课本摔到讲台上,发出震耳的声响。同学们都愣在那里,用惊疑的眼神望着老师。

老师忿忿地训斥道:"你们还有完没完,尽提一些违背常理、不切实际的问题。你们说说,谁听说过麻雀有耳聋的?哪只麻雀不怕死?简直乱弹琴!"

同学们你看看我,我看看你,没人敢再争论了。

老师余怒未消,继续训斥:"这么简单的问题,你们硬把它搞得这么复杂。你们已经是四年级的学生了,看问题不能违背自然规律,更不能凭空臆想。看看你们都提出了些什么问题!"

几年后,一道题为《我与麻雀的对话》的作文题出现在当年的高考试卷中。考生普遍写得生硬、呆板,没有新意。阅卷老师在评语中写了这样一句话:缺乏想像力!

那年十三岁

突然,娘"哎哟"一声,一屁股蹲在猪圈里。我一惊,赶紧跑过去,见娘脸色苍白,手握左脚,鞋子的前方露出一个窟窿。我把娘搀出猪圈,让娘坐在椅子上,脱掉鞋子,看见血正从脚趾间流出。那年我十三岁。

那年,不知为啥,我忽然对学习没了兴趣,不但不认真听讲,还时常旷课,跟村里的几个同学一起疯玩。

这天,我坐在当院里吃早饭,娘在猪圈里往外出粪。为补贴家用,娘养了两头猪,猪卖钱,粪换工分。

娘对我的学习要求很严。娘见我磨磨蹭蹭地还没去上学,就冲我说:"小东,快点儿吃,要不上学就晚了。"我懒懒地应了声,不情愿地背上书包,扯断娘用期待的目光拧成的绳,走出家门。

那时正是麦口间,麦子进入了成熟期,田野里一片金黄。我无精打采地走在去学校的路上,当走近一条深沟时,忽然有人叫我:"小东,快下来燎麦吃。"在我们黄土洼,一到麦口间,人们有燎麦吃的习惯。我循声找去,看到同村的几个同学正在沟里燎麦子。我想到刚才出门时娘那期待的目光,本不想下去,可经不住他们的鼓动和麦香的诱惑,两条腿不由自主地朝沟里迈去。我抓起一把麦子在

第四辑 画里的妈妈

火上燎，麦子很快就熟了。吃着软香的燎麦，我早把上学的事忘到九霄云外了。

吃完燎麦，我们开始玩牌。一个同学从书包里掏出纸牌，让我玩赌洋火儿。牌是自制的，就是把硬纸剪成一寸见方的十四张纸板，上边用双色笔分别写上"象、狮、虎、豹、犬、狼、猫"七种动物的名字。来牌时按动物的强弱，一物降一物，比如象降狮，狮降虎……以此类推。一方的"兵"被另一方吃完后为败，败的一方给对方十根洋火儿。那天我的手气好，赢了四十根洋火儿。正当我们赌得起劲的时候，没想到娘突然出现在我面前，两眼满是埋怨和失望的神色。我想这回完了，慌忙站起来，低着头不敢看娘，准备挨娘的打骂。

我不知道娘是咋知道我没去上学的，但我分明感受到娘气得呼呼地直喘粗气。

过了一会儿，见娘没有发作，我抬头看娘，却看到了娘的背影。我没多想，赶紧抓起书包，紧跟在娘的身后往家走。

路上，我的心里像有十五只吊桶打水——七上八下，心想，娘这次肯定饶不了我。可一直到家，娘既没打我，也没骂我，好像刚才的事根本没有发生一样。这让我越发感到不安。

娘走进屋，拿出一个崭新的书包，对我说："你不是早就想要个新书包吗？这是我刚让你二婶从集上捎回来的，快换了。"然后又拿出一只新钢笔，加重语气说，"这个也给你，你要让它发挥作用！"娘说完，泪"噗噜噜"流了下来。

我接过书包和钢笔，心里有点后悔——我让娘失望了。

猪圈外的粪已堆得小山似的，不用说，这是我在上学路上贪玩时，娘一锨一锨从猪圈里扔出来的。本来这活儿应该由棒劳力干，可爹修水库没在家，娘只好自己干。娘回到猪圈里出剩下的粪。娘用粪耙子把粪刨起来，一下、两下……粪耙子每落一下，我心里颤一下，粪耙子再落一下，我心里又颤一下。娘就这样光干活儿，不说话，

耳光响亮

仿佛要把对我的怨气都发泄到粪耙子的起落上。我知道娘心里一定很失望，也很难受。我希望娘骂我几句，甚至打我几下，这样她心里可能会好受些，也可减轻我的负罪感。可娘没有。

突然，娘"哎哟"一声，一屁股蹲在猪圈里。我一惊，赶紧跑过去，见娘脸色苍白，手握左脚，鞋子的前方露出一个窟窿。我把娘搀出猪圈，让娘坐在椅子上，脱掉鞋子，看见血正从脚趾间流出。我问娘咋了，娘说不小心把粪耙子刨在脚上了。我心疼得直想流泪，心想，这肯定是娘生我的气，干活儿时还在想着我贪玩的事，一分心刨上的。我端来清水，把娘脚上的泥巴洗净，又找来消炎粉，均匀地撒在伤口上，然后找块破布把伤口包扎好。

做完这一切，我再也控制不住自己，扑通一声跪在娘面前："娘，我对不住您，往后我再也不贪玩了。"

娘怜爱地抚摸着我的头："男子汉不兴流泪，知错就改还是好孩子。"

那年我十三岁，上初一。三年后，我考上了中专。

第五辑　耳光响亮

官场，谁也指不出在哪里，但是确实存在的一种场所。

官场是典型的"围城"，有的人想进去，有的人想出来，却身不由己；也有的进出自如，游刃有余，活得很是滋润。

官场中的人，有的把人民赋予的权力运用得"淋漓尽致"，当作敛财的工具；有的官僚习气十足，在人民面前大耍官威。但更多的是不恃权凌弱，一心为民谋福祉。有了他们，是祖国之幸，人民之幸。

本组作品，作者以敏锐的视角，将官场上的各种人物刻画得惟妙惟肖，不在于给官员揭丑，而在于进行人性的深度开掘。

凑　数

数凑够了，老赵心里高兴，便率两委班子成员来到村里赵旺开的饭馆喝酒。三杯酒下肚，老赵说，如果乡里再分任务，赵旺这饭馆就是现成的项目。

黄土洼村支书老赵到乡里开了个会后，脸阴得像快要下雨的天，回到家见鸡就踢，见狗就打，把个院子弄得鸡飞狗跳。老伴儿见状，嗔骂道，死老头子，你吃枪药啦？鸡狗和你有啥冤仇，你打它们？

老赵拉过一把椅子坐下，摸出一支烟点上，狠劲儿吸了两口，气呼呼地对老伴儿说，没想到咱村招商引资弄了个全乡倒数第一，乡书记把我批得只差把头装进裤裆里了。

老伴儿也拉把椅子坐在老赵跟前，关切地问，倒数第一，不会吧？咱村不是有个砖瓦窑场吗？那还是岔河娃儿他姨父拿钱开的，这不算招商引资？老伴儿常听老赵在家谈工作上，所以对村里的事知道一些。

别说那个窑场了，我本来汇报上了，可乡里说县里为了保护土地资源，专门发了文件，要求立即关闭，还算哪门子招商引资？更可气的是，我第一个汇报，谁知道别的村调门一个比一个高，到后来反倒数咱村没招商引资项目，真他娘的瞎胡喷！老赵气得骂起娘来。

兴许人家真招来商了？老伴儿说。

招他娘的狗屁！王营村支书王大头汇报说他们村引进的两个项目，总投资四百万，其实他们连个球毛也没引进；马坪村支书马大尿汇报说他们村准备引进的那个项目，是和导弹配套的。制造导弹的零件让一个村生产？鬼才信！

那乡里就信？

咋不信？乡书记说，没有做不到的，只有想不到的。马大尿敢想敢干，引资力度大，是全乡学习的榜样，各村都要向马坪村学习，引大项目。

那马大尿这回可露脸了。老伴儿眼气地说。

露脸？有他娃儿露馅的时候。老赵一脸鄙夷。

那书记咋批评你啦？

书记让咱村加大力度，迎头赶上，两个月内完成任务，否则，就地免我的职。老赵满不在乎地说，免就免吧，反正老子也不想干这个破支书了。

第五辑　耳光响亮

老伴儿给老赵倒了杯水，劝道，老头子甭急，法儿总会有的。

老赵叹了口气，啥法儿？俩月引进一百万，你当吹糖人儿呀。

你不会开个班子会听听大家的？三个臭皮匠，顶个诸葛亮嘛。

老赵想想只有这样了，便让村文书通知两委班子成员开会。

会上，老赵简单通报了乡里的会议精神，重点说了乡里要求他们村俩月内必须完成招商引资一百万的事，然后让大家献计献策。

一阵沉默后，刚被选为村主任的小耿率先说，我说几句，权当抛砖引玉。你们说，咱村老少爷儿们吃的面从哪儿来？

治保主任说，不就是春来磨的吗？

小耿说，对呀，春来的面粉厂难道不是引资项目？

治保主任有些不明白，这也算？

小耿肯定地说，这是实实在在地引资项目，买机器的钱是春来向他县城的表哥借的，咱就说是春来从他表哥那儿引的资不就中了。

村文书说，引资额咋算？

小耿吐出一个烟圈儿，一台磨面机五万，咱按两台二十万算；厂房是他的住房改建的，也按二十万算；其它配套设施按十万……这一凑，总投资就达到了五十万。

账哪能这样算？老赵有点担心。

咋不能？小耿反问道，我看咱说这个项目和马坪村那个导弹配套项目比起来，可信度要超过它几百倍。

治保主任说，乡里来落实了咋整？

小耿说，书记傻呀？书记想调回县里，县里的要求是咱乡必须在招商引资上有大突破，难道书记不想往上多报点数字，好受表扬，尽快调回县里？

众人一听，脸上都露出了笑容。可老赵仍绷着脸，甭高兴太早了，还有五十万哩。

人们便继续想。

忽然，村文书说，有了，驴奎不是有个养猪场吗？就说养猪场

耳光响亮

是从他表舅那里引的资，写个假手续，不就当咱村一个项目？我算了，驴奎养了二十头猪，咱就报二百头；加上建猪舍、买饲料、搞防疫等的投资，报七十万没问题。

妇女主任说，还有二菊养了一百只鸡，咱报一千只，引资十万。

民调主任说，还有二傻办的配种站，尽管只有一头种猪，咱就报三头种猪，两头种牛，一头种驴，引资十五万……

中了，中了。老赵赶忙摆了一下手，紧绷的脸终于挤出了笑，这下中了，全部算下来，咱村的引资额达到了二百万，超乡定任务一百万，弄不好咱村成先进村了。小耿啊小耿，真有你的，乡里再让汇报，干脆你去。

数凑够了，老赵心里高兴，便率两委班子成员来到村里赵旺开的饭馆喝酒。三杯酒下肚，老赵说，如果乡里再分任务，赵旺这饭馆就是现成的项目。

五只扶贫羊

县扶贫办给聋子家送来了五只波尔山羊。年底，扶贫办的领导来聋子家看扶贫成果，连根羊毛也没见到，便问聋子："羊呢？"聋子哭丧着脸说："真对不住领导，羊全让狼刁跑了。"

聋子病残后，他家成了村里的救济对象。几年过去了，聋子家还是村里数一数二的贫困户。

那天，县长到黄土洼搞调研，了解到聋子家的情况后说："要使贫困户从根本上脱贫，单靠星星点点的救济解决不了问题，要给他们选项目、帮技术……"乡长、村主任小鸡啄米似的点头说："那

第五辑　耳光响亮

是，那是"。

几天后，县扶贫办给聋子家送来了五只波尔山羊。扶贫办的领导对聋子说："这几只羊，你要好好养，等下了崽，像滚雪球一样发展起来，你就可以脱贫了。"聋子拉着扶贫办领导的手热泪盈眶，激动得说不出话来。

聋子就让辍学在家的儿子把羊赶到九头岗上吃草。羊们也很争气，气吹了似的长。聋子看着这几只活蹦乱跳、膘肥体壮的羊，心想：等卖了羊，先买几袋化肥，家里的几亩责任田也该吃点儿化肥了，然后就让儿子复学。如果可能的话，就给自己的残腿装一个假肢，干起活儿来也利索点儿……这样想着，聋子的脸上终于像连阴天出了太阳一样，露出了难得一见的笑容。

柴门"吱呀"一声响，聋子循声望去，见村主任刘大发走进院来。聋子赶紧放下那只豁牙瓷碗，谄笑道："主任，吃饭没有？"

刘大发说："没呢。明儿个不是咱小广娶亲吗？他们还在家里忙着呢。"小广是刘大发的大儿子。

聋子招呼老婆："快给主任盛饭，在这儿一块吃。"

刘大发摆摆手："不了不了，我一会儿回去吃。我抽空过来，就是看看你养的羊咋样了。"说着便来到羊圈旁，"咦！你这羊养的还真不赖，一只足有百十斤吧？"

聋子讨好道："多亏了主任您，要不然我上哪儿弄这几只羊呢？"他俯身指着那只鼓肚子的水羊，"这只已怀上羊羔俩月了。另外两只正发情，明儿个就去乡兽医站配种。"

刘大发说："养的不赖，养的不赖。甭说外气话，我帮你是应该的，谁让咱们关系好得像亲兄弟呢！"

聋子陪着笑脸说："那是，那是。"

刘大发转过头，对聋子说："不早了，我得去买只羊，明儿个待客用的羊还没着落呢！"聋子怔了一下，试探着问："主任，要不把圈里的羊牵过去一只？"

刘大发手一摆说:"不中,不中,你这是扶贫羊。"

聋子狠了狠心说:"主任,你就牵走一只吧。"

刘大发说:"那会中?那会中?"说着便走出院门。

聋子架着拐杖送到门口,刘大发说:"别送了,别送了。今年的救济款就下来,我把你家又报上了,到时记住去领啊。"

送走刘大发,聋子对老婆说:"你看主任啥都想着咱,做人得有良心。去,牵一只羊送过去。"

少了一只羊,儿子整天撅着嘴,摔凳子发脾气。聋子知道儿子的心事,就劝道:"娃儿,你还小,有些事你不懂。剩下的羊,你要好好放养,等卖了羊,就让你回学校念书。"儿子毕竟还小,几句好话就听得脸上有了笑。

过了些日子,村支书赵贵添了个孙子,要聋子去吃喜面。聋子对老婆说:"村支书是村里的一把手,发救济粮、救济款啥的,他不点头,也没咱的份。送一只羊过去吧。"

又少了一只羊。

又过了些日子,乡长的父亲去世了,刘大发专门给聋子交待,等乡长家待五七客时,给乡长送过去一只羊。

……

圈里只剩下最后一只羊,儿子复学的希望眼看将化为泡影,聋子再也坐不住了。他连夜把羊送到亲戚家,要亲戚赶紧把羊卖掉,换了钱给儿子交学费。

年底,县扶贫办的领导来聋子家看扶贫成果,连根羊毛也没见到,便问聋子:"羊呢?"聋子哭丧着脸说:"真对不住领导,羊全让狼叼跑了。"

县扶贫办的人苦笑了一下,摇了摇头,走了。

聋子家又恢复了从前的模样。

领导的记性

"不，不是。"刘老汉忙解释，"俺生下来就姓刘，可领导一会儿喊俺'老苏'，一会儿'老孙'，俺怕领导再把俺喊成'老张'、'老李'了，把俺的姓都改了，那是骂人哩！"

领导的记性特别好，好到什么程度呢？这么说吧，他能把全县各乡镇党政主要领导及县直各单位一把手的手机号码熟记于心。为测试领导的记忆力，朋友曾和他打赌：在纸片上打乱顺序写下零到九十九这一百个数字，如果他能按顺序一个不错地背下来，朋友喝半斤白酒；反之，他喝半斤。结果，领导默记了一遍，便一个不错地背出了那串数字。

还可以从一个饭局上得到验证。

那天，领导被一个房地产开发公司的胡总邀请吃饭。胡总在这个县房地产界可谓龙头老大，没少得到领导的照顾。胡总深谙官场之道，隔三差五就请领导吃饭、娱乐，领导也以弟兄们感情为重，请者不拒。每次请客，胡总都要找一个清纯、美丽的少女服侍领导，领导也乐于这样，尽情消受。接到胡总的邀请，领导来到"天府酒家"，刚刚坐定，一个貌若天仙、国色天香的妙龄女子风摆杨柳般飘入包厢。霎时，十几双目光一下子被粘住了，尤其是领导的眼睛里似伸出了两只手，把该女子结结实实地搂住了。领导稍愣，脱口说道："这不是小倩姑娘吗，你怎么在这里？"被称为小倩的女子向领导抛了个媚眼，便扭着屁股小鸟般依偎到领导怀里，像水蛇一般缠住了领导。胡总夸张地鼓起掌来："佩服、佩服。领导真是好记性，省城的那次相聚都过去一年多了，想不到您还能记住小倩，

耳光响亮

不愧是好记性啊！"

领导顿时心花怒放，早忘记了自己的身份和在坐的人，把小倩搂得紧紧的，说："宝贝儿，上次离别，转眼已一年多了，你怎么到这里来了？"小倩姑娘剜了胡总一眼，嗲声嗲气地说："还不是你这个朋友胡总让我来陪你的嘛！"领导心旌摇曳，酒也不喝了，拥着小倩进了另一个包厢……

领导的好记性一时在全县上下广为传颂。

秋里，县里对特困户进行结对帮扶，县领导每人帮一户，领导包的是黄土洼村的刘长德老汉。刘老汉是一位孤寡老人，患有高血压、心脏病等疾病，家庭十分困难，是出了名的特困户。领导在乡、村干部的陪同下来到刘老汉家，看到风雨飘摇的两间破草房里，连把能坐的凳子也没有，面缸里只有可怜的几把面，一床尽是窟窿的棉被露出朵朵棉絮时，心情显得十分沉重，眼睛也有点儿潮湿。他示意陪同人员把一袋大米、一壶豆油拎进屋来，从秘书手里接过二百元钱递给刘老汉，然后用肥嘟嘟的白手握着刘老汉枯柴般的手，说："老苏，我代表县委、县政府看你来了，看到你目前的处境，我们心不安呀！我们做领导的是有责任的！你放心，党和政府会时刻记住像你这样需要关心、帮助的弱势群体的。"

乡长看领导暂停了说话，忙把嘴俯在领导耳边，悄声说："他姓刘，不姓苏。"领导"嗯"了一声，自我的解嘲道："你看我这记性，老了噢！"领导又摇着刘老汉的手，"有什么困难尽管说，县里、乡里、村里都会想办法解决的。"并嘱咐乡里、村里，要妥善安排好老刘的生活，过段时间他再来看望老刘。

刘老汉早已激动得热泪盈眶，哽咽着说："谢谢党和政府，谢谢领导，俺这辈子也忘不了您呀！"

临近春节，领导又来到刘长德老汉家。领导紧握着刘老汉的手，说："老孙，今天我给你带来了棉衣棉被，还有大肉，祝你过一个愉快的春节。"

第五辑 耳光响亮

乡长又俯在领导耳边，悄声说："他姓刘，不姓孙。"

"噢，是老刘！"领导又紧紧地握住刘老汉的手摇了起来，"不好意思啊，老刘，你看我这几天忙昏了头，错把你当成了老孙。不好意思啊！"

领导走后，刘老汉找到村主任小耿，枯皱着一副老脸，说："主任，俺不想结对子了。"

小耿十分诧异："咋？你是不是嫌领导带的东西少？"

"不，不是。"刘老汉忙解释，"俺生下来就姓刘，可领导一会儿喊俺'老苏'，一会儿'老孙'，俺怕领导再把俺喊成'老张'、'老李'了，把俺的姓都改了，那是骂人哩！"

耳光响亮

趁胖子脱衣时，青抽出手，"啪"，一耳光掴在胖子脸上，厉声说，尹县长，开始我想给你留点面子，没想到你得寸进尺。这会儿，你好大方呀，扶贫时你的大方劲儿哪去了？

过了腊月二十，年味越来越浓了。

县里和往年一样，由尹县长带队，来到黄土洼，有重点地到一些特困户慰问慰问，送些面呀衣呀什么的，体现县里对特困家庭的关心。青家作为特困户，也在慰问之列。

青两岁那年，也就是弟弟出生那年，娘得了产后风，死了。青的爹既当爹又当娘，一把屎一把尿把青姐弟俩拉扯大，上了学。可就在前年，青的爹操劳过度，撇下姐弟俩，撒手归西了。那年，青十五岁。

爹死后，家里的生活重担全落在了青柔弱的肩上。青很要强。

耳光响亮

她边上学，边侍弄责任田。尽管青使出了浑身解数操持这个家，但日子仍过得紧紧巴巴，姐弟俩连学费也交不上，上学期要不是学校免了学杂费，姐弟俩早就辍学了。

腊月二十六，尹县长在乡长、村长的陪同下来到青家。那时青刚放学。尹县长吃力地弯下肥胖的身躯，挤进青家低矮的茅屋。但见整个屋里连个像样的凳子也没有，面缸里只有可怜的几把面，两床棉被多处露出破旧的棉絮……看到这些，尹县长就有点控制不住自己的感情，他走到有些拘谨的青面前，伸出又白又胖的大手慈父般抚摸着青的头发说，孩子，县里也很困难，干部工资还没发齐，拿不出更多的钱给你……这是一百元钱，过年用吧。说完，让随行人员抬来一袋面粉，一块猪肉，就在乡长的陪同下回乡政府了。

过罢年，青为了让弟弟继续念书，就退了学。之后，便到省城的"伊甸园"酒店打工。

这天，一个胖子请客，来到了青负责服务的"牡丹厅"。青看到胖子时怔了一下，便小心谨慎地拉座、倒水。胖子很江湖，一气点了五粮液、龙虾、鲍鱼、霸王别姬等名酒名菜。这是青自从到酒店打工以来见到的为数不多的丰盛宴席，最后埋单时竟有八千多元。席间，青看到胖子酒量很大，不停地与客人碰杯，竟然把客人灌得举手投降……送走客人，胖子又返回"牡丹厅"，顺手把门关上，在青的臀部捏了一把，然后从钱夹里抽出五张百元大钞，递给青说，这是你的小费，顺势将青搂入怀里，一张臭嘴在青的脸上猛啃。青奋力挣脱胖子，说，请你放尊重些。胖子嬉皮笑脸，说，哟，还怪有脾气哩。说着，又朝青扑去。青一闪，胖子扑了个空。胖子不禁有点恼怒，恶狠狠地说，别给你脸不要脸，我想得到的女人，没有得不到的。实话告诉你，和我上过床的女人不计其数，没有一个像你这样和钱过不去。你看，你和我上了床，你也没少什么，还得到一笔钱，何乐而不为呢？

第五辑　耳光响亮

青怒目圆睁，说，我在酒店打工挣的是清白钱，别以为你有几个臭钱就为所欲为。说完，青转身就走。

胖子抢先一步，抱着青。

让我出去。青眼里冒着火。

胖子哪顾得了这些，把青按在了沙发上。

趁胖子脱衣时，青抽出手，"啪"，一耳光掴在胖子脸上，厉声说，尹县长，开始我想给你留点面子，没想到你得寸进尺。这会儿，你好大方呀，扶贫时你的大方劲儿哪去了？青摔门而出。

尹县长捂着脸，怔怔地站在那里，嘴好长时间没合上。

劳务费

马乡长看德福老汉不是善茬儿，在这里久了，不定又被抖搂出来什么肮脏事呢，便钻进轿车，准备离开。就在他关门的一刹那，德福老汉将那五十元劳务费揉成一团，使劲扔进车内，然后，扛上铁锨浇地去了……

德福老汉扛着铁锨去田里浇水，走到村口，看见一辆黑色小轿车陷进了路上的泥窝里，两个穿西服、打领带的人正围着轿车想办法。德福老汉嘀咕道：这是哪儿的大官呀，坐这么好的轿车？德福老汉对当官的有一种本能的反感，对他们那种盛气凌人、颐指气使的作派很看不惯。他正要走开，忽然，年轻司机叫着了他："老头儿，帮忙推一下车。"

德福老汉很生气，扛着铁锨走到车旁："你这小青年咋说话呢？论年龄，你应该喊我爷。"

司机脸一沉，瞬间又变成了笑脸："大爷，真是对不起，你别跟我一般见识，你看这车陷得这么深，请你帮忙推一下。"

话说到这个份儿上，德福老汉就是一万个不愿意，也无法说出"不推"二字了。不是有句俗语叫"抬手不打笑面人"吗？何况人家已经给咱赔礼道歉了，咱可不能做得理不让人的事。想到这儿，德福老汉用铁锹捣了捣泥窝，说："试试吧！"他甩掉拖鞋，用肩顶着车屁股。司机挂上档，猛踏油门，轿车像头被杀的肉猪一样，发出嗡嗡的叫声，干叫，就是挪动不了半步，打滑的车轮带着泥水，溅了德福老汉一身。德福老汉直起身，摆摆手说："不中，不中。"

司机从车上下来，焦急地说："大爷，你看有别的办法吗？"

德福老汉绕着轿车转了一圈儿，拿起铁锹，把泥窝里的泥水铲净，又从田头抱来一捆玉米秆垫在车轮下，让司机再试试。

司机钻入车内，点火发动。德福老汉再次跳到泥窝里，用肩顶着车屁股，使劲推，轿车"嗡"的一声从泥窝里蹿了出来。

这时，一直站在一旁、肚子上像扣着半拉皮球的中年人走向德福老汉，递上一支烟说："老乡，谢谢你！"

司机赶紧从车上下来，给德福老汉介绍道："大爷，这是马乡长，咱乡的乡长。"

德福老汉一愣，随即责怪司机道："你咋不早说呢？"

司机一看德福老汉埋怨自己说晚了，忙说："对不起，大爷。"

德福老汉说："你要是早说，我决不会给你们推车。"

司机很惊讶，问："为什么？乡长日理万机，带领全乡人民群众致富奔小康，你作为乡长的百姓，为乡长推推车，难道不应该吗？"

德福老汉说："应该？"

司机说："应该。"

德福老汉将乡长递给他的烟捏碎，朝地上一扔，说："我已帮你们把车推出去了，请给劳务费吧！"

第五辑　耳光响亮

司机眼一瞪："还要钱？"

德福老汉说："对。如今都市场经济了，要点儿劳务费不为过吧？乡长会舍得让他的百姓白干活儿？"

司机厉声斥责德福老汉："你这是敲诈。"

德福老汉说："小青年，话不要说得恁难听，这不叫敲诈，叫合理收费。我帮你们推车，把活儿都耽误了，不给钱好吗？"

司机又提高了腔调："你这老汉胆子也太大了，连乡长也敢敲诈！"

德福老汉摇摇头说："你这小青年思想不对，说的话尽跟乡里唱反调，你让乡长说说，上个月乡里统一对生猪进行防疫，我连防疫人员的影儿都没见着，乡里却收了我一百块钱；去年，乡里对小麦搞喷药有偿服务，我的八亩地没喷，乡里硬收走我八十块钱；还有上半年，乡里说管理社会治安需要钱，要每户交一百块治安费，钱交了，可治安没人管，夜儿黑小偷还偷走我两只羊呢……"

马乡长的脸红得像刚下完蛋的老母鸡，赶紧给司机使眼色。司机心领神会，忙掏出十块钱递给德福老汉。

德福老汉没接钱："就这些？"

司机讥讽道："就推推车，你还想要个金元宝啊？"

德福老汉说："我没说要金元宝，可乡里不服务还要收费，我费恁大劲儿推车，不至于只值十块钱吧？"

马乡长又给司机递个眼色，司机不情愿地换了一张五十元面额的给了德福老汉。

德福老汉接过钱，先使劲儿把钱甩了甩，又对着太阳照了照："不会是假的吧，如今假东西多，去年乡里供的玉米种子，棵儿长得怪好，就是不长籽儿。"

马乡长看德福老汉不是善茬儿，在这里久了，不定又被抖搂出来什么肮脏事呢，便钻进轿车，准备离开。

耳光响亮

就在马乡长关门的一刹那，德福老汉将那五十元钱揉成一团，使劲扔进车内，然后，扛上铁锨浇地去了……

石秘书

石秘书一听，把奎叔叫去，狠狠地训了一顿，你这队长是咋当的？你已经犯了一次错误，难道还要再犯一次？赶快取消补助，取消"特殊餐"，否则我撤你的职。

这是爷爷讲的多年前的一段故事。那时，村里家家都缺吃的，时常是吃了上顿没下顿，全村人都盼着赶紧麦罢，以便分那每人几十斤的麦子。

麦口间，公社派石秘书来我们黄土洼"蹲点"。石秘书来村后就住在我家，因为我爷爷是贫协主席。石秘书吃的是派饭，一家吃一天，轮着吃。尽管主人们都竭尽全力招待，可碗里还是稀汤寡水，缺盐少油，偶尔桌上有点"内容"，那一定是好客的主人费尽心思东拼西凑来的。

转眼间麦子熟了，全村男女劳力起早摸黑抢收麦子，总算把麦子弄到场里了。这天后响，生产队长奎叔用商量的口气对石秘书说，石秘书，今儿个队里要在"南天边"栽麦茬红薯，我怕保证不了质量，你能不能带一下工？石秘书说，没问题。"南天边"是我们队最远的一块地，距村子三里多远。干到半响，一个大队干部找到石秘书，说有急事取件东西，请他回去一趟。石秘书只好回村。

办完事，石秘书返回"南天边"时，顺便到场里看看。忽然，老会计德成喊石秘书。德成说，我正做本季的粮食产量账，你过去看看吧。石秘书心头一热，心说老会计怪实在哩。很多队里的会计都在粮食账上做手脚，以求少向上报点儿，群众能多分点儿。老会计叫看账，说明他没做假。石秘书心里高兴着，嘴上却淡淡地说，老会计还跟我客气什么，你做账，我还能不放心？德成坚持说，还是看看吧，你也好提提意见。老会计越让看账，石秘书就越说不看了。见石秘书真不看账，德成关心地说，石秘书，别去场里了，那里又热又脏，再说也快收工了。石秘书说，没事。德成见石秘书非去不可，只好作罢。

　　石秘书没走多远，后边又有人喊。他回头一看，是副队长栓付。栓付说，石秘书这是去哪儿？

　　去场里看看。

　　甭去了，到我家坐会儿，今儿黑在我家喝汤。

　　不去了，饭在保才家吃。

　　有好吃的，你不去可要后悔的。

　　不后悔，好吃的留给嫂子吧。石秘书说着又要走。

　　栓付一步跨到石秘书前边，你不去真会后悔的，你嫂子从她娘家拿回来几个鸡蛋。

　　石秘书笑道，真的？

　　栓付心里一喜，我还能诓你？

　　石秘书说，那好，鸡蛋留着让孩子吃吧。

　　栓付还想说什么，可石秘书已经走了。

　　拐过一个弯儿，石秘书就看见奎叔正领着几个壮劳力扬麦子。

　　扬麦子是个技术活儿。用木掀铲一锨麦子，往上一扬，麦子在空中划出一道优美的弧线，落下来，麦子和糠就分开了。扬场需要风，风不能大，也不能小。风大，就把麦子刮跑了；风小，糠扬不出去，麦子就混到糠里了。石秘书看看天，没有一丝风。这怎么扬？他想。

　　来到场里，石秘书觉得场上的气氛有些异样，也没在意。他扒拉了一下麦糠，发现有大量的麦子混在里面。那时农村的粮食大部分要交公粮，留给农民自己的却很少。为少交多分，很多地

耳光响亮

方就将好麦充秕麦分掉。石秘书想，怪不得队长让他带工栽红薯，老会计和副队长又千方百计阻拦他进场，原来是准备私分麦子哩。石秘书"噌"地站起来，大声叫奎叔过去。奎叔战战兢兢地来到石秘书跟前。

石秘书正准备把奎叔好好教训一顿，再交公社处理。倏地，他想到自己驻队以来，村里人对他的好。又想到农民要吃点儿自己种的粮食，竟然这么难！心里便"格登"一下，心说我差点办个昏事，眼睛就有点儿潮。他丢下手中的麦子，假装迷了眼，用手揉揉，然后对奎叔说，我去"南天边"路过这里，看看活儿干完没有。别的没事，快干活儿吧。

按以往的做法，麦子扬完后，好麦入仓，秕麦当场分掉。可这回奎叔没敢分。晚上，石秘书了解到秕麦还没分，便问奎叔。奎叔怯怯地看着石秘书，嗫嚅道，还……分？石秘书说，为啥不分，秕麦不分留着干什么？今晚我要到别的村去一下，你们辛苦点儿，加班分了。

一天吃晚饭时，石秘书忽然觉得饭菜"丰盛"了，有豆腐，有油馍，还有鸡蛋。细想，好像这几天家家都是这样。石秘书很纳闷，回到我家便问爷爷。开始爷爷不说，怎奈石秘书非逼他说，不得已才说出实情：大伙儿都说你是好人，就私下商量，变着法子给你改善生活。可大伙儿家底有限，心有无力，队里决定给管饭户每天补一块钱。

石秘书一听，把奎叔叫去，狠狠地训了一顿，你这队长是咋当的？你已经犯了一次错误，难道还要再犯一次？赶快取消补助，取消"特殊餐"，否则我撤你的职。

石秘书在我们村驻队结束时，全体村民都去送行，他们送了一程又一程，直到石秘书变成一个黑点儿消失在天际。

第五辑　耳光响亮

喷匠冯七儿

冯七儿的汇报从未被人否定过，可这次他被县长问得脸红一阵白一阵，豆大的汗滴顺着面颊流了下来。一个月后，冯七儿被罢免了乡长职务。

在黄土洼，村里人称爱说大话的人为喷匠。冯七儿爱说大话，村里人便叫他喷匠冯七儿。

这天，移民住房建设工地因下雨停工，冯七儿便和民工们喷开了。施工队的技术员说："俺那里有座塔，离天一丈八。"冯七儿一听，接过话头说："这塔能算高，你听说过高楼吗？"那名技术员说："没听说过。我只听说过美国的世贸大厦高，但也让恐怖分子驾机撞毁了。"冯七儿说："世贸大厦，它咋能和我说的那座楼比？你听着，俺这儿有座楼，塌了一半还在天里头。"众人齐声叫"高"。那技术员自愧弗如，甘拜下风。

说来也巧，这话让在工地督战的马乡长听到了，觉得冯七儿是个人才。马乡长详细询问了冯七儿的情况后，当场拍板，让冯七儿第二天就到乡政府上班，负责接待检查验收工作。冯七儿当是自己在做梦，一掐大腿，疼，心说，真的。他十分感激马乡长，把胸脯拍得山响："今后您就看俺的表现吧！"

冯七儿上班不久，就迎来了县砖瓦窑治理检查组。县长问马乡长："你们乡已关闭了多少座窑？"马乡长不敢说实话。就在他一愣神儿的时候，冯七儿说："三十二座。"县长瞟了冯七儿一眼，马乡长马上介绍说："他是我乡砖瓦窑治理办公室的冯主任。"县长"嗯"了一声，又问："据我掌握，你们乡才关闭了十二座，怎么变成了

耳光响亮

三十二座？"马乡长脸上露出了慌乱的神色。可冯七儿不慌不忙地回答："县长，您说的与事实不符。您若不信，我可以带您到现场一一查看。"县长又问："分布在多少村？"冯七儿张口说道："十八个。"县长看冯七儿一脸自信，应答如流，不像说谎，加之天气炎热，就说："算了。虽说你们乡关了三十二座，但与四十座的任务相比还有差距，你们要加大工作力度，保质保量完成任务。"

初战告捷，乡长拍着冯七儿的肩膀，说："年轻人，好好干。"不久，便为冯七儿上报了聘干手续。冯七儿干起工作来更加卖力了。

年底，县里通知乡里，说市计划生育检查组要到乡里检查。乡里立即成立了接待小组，冯七儿自然是其中的一员大将。检查组一到村里，检查组长就拦着一个中年妇女，问："你们村共有多少口人？"中年妇女生性胆小，组长这么一问，把村主任教她的数字忘了，想了想才说："九百八十五口"。组长看了看村里的计生户口底册，说："不对吧，底册上怎么是九百六十人？"冯七儿忙说："你俩说的都对。领导说的是计生户口，这位大嫂说的是全村的所有人口，因为有二十五人在外地工作、上学，计生户口不在村里，可他们也是这个村里的人呀，对不？"组长一听有道理，没再追问。就这样，检查组在乡里期间，冯七儿鞍前马后地陪着，一切做得天衣无缝，乡里也因此获得了市计划生育先进乡称号。

这下着实感动了马乡长，把冯七儿提拔为乡政府办秘书。

由于冯七儿"表现出色"，两年后，被选举任命为副乡长。后来，又做了乡长，调到邻乡工作。

做了乡长后，冯七儿如鱼得水，"喷功"已达炉火纯青地步。就在冯七儿任乡长的第一年，县里实施平原绿化达标工程，新上任的丁县长亲自抓此项工作。这天，丁县长一行到冯七儿所在的乡检查绿化情况，要冯七儿亲自汇报。冯七儿对自己汇报工作的能力一直很自负，这些年，经他汇报的工作，没有一项不过关的。所以，这次汇报他也显得信心十足。他说："自改革开放以来，

> 第五辑 耳光响亮

我们乡每任领导都把植树造林工作摆在重要位置，农田林网与庭院栽树相结合，年年植树，从不间断，大树不伐，小树常栽，做到全乡每人每年栽树二十棵，成活率百分之九十五以上。今年，我们乡每人栽树达到了三十棵，新栽树木一百八十万棵，实现了平原绿化达标。"

冯七儿汇报时，丁县长始终紧锁眉头，边听边在本子上算着什么。冯七儿汇报完后，丁县长发话了："冯乡长的汇报令人振奋，令人鼓舞，全县每个地方只要都像你们乡这样，我们县的平原绿化早达标了。但我要问冯乡长，按你们乡水陆总面积和1998年的人口总数（不包括人口增长因素），以每年二十棵累计，你乡境内树木的数量已大得惊人，不仅村庄、田间绿树成荫，连水面上都得栽上树，不知是不是这样？"

冯七儿的汇报从未被人否定过，可这次他被县长问得脸红一阵白一阵，豆大的汗滴顺着面颊流了下来。

一个月后，冯七儿被罢免了乡长职务。熟悉冯七儿的人都说，这货早该下台了。

一粒米饭

高乡长津津有味地吃了起来，稍不留神，一粒米饭掉到饭桌上，高乡长捡起送进口里……德福老汉不经意地看到了这一幕，撂下饭碗，拎起斧头走出了门。

新调来的高乡长听了乡信访专干的汇报后，决定去黄土洼看看。

高乡长身穿退了色的蓝色西服，脚蹬圆口布鞋，在信访专干的陪同下，骑自行车踏上了通往黄土洼的那段土路。路上，高乡长详

199

耳光响亮

细询问了德福上访案件的来龙去脉。信访专干说，黄土洼村距乡政府所在地有二十多里，惟一的土路宽不过五尺，晴天尘土飞扬，雨天满地泥泞，夏天一遇连阴雨，全村的西瓜运不出去，眼睁睁看着烂在地里。全村人都盼着尽快修这条路。

"村村通"项目实施后，这条路被乡里定为首批建设的乡村道路。清理沿线的障碍物时，德福老汉说啥也不让砍路中间的两棵银杏树，乡村干部反复做工作，德福老汉死活不听。无奈，原来的马乡长让乡派出所把德福老汉带走了，并强行砍了一棵树。正要砍第二棵时，德福老汉全家护着树，树才保留下来。为此，德福老汉开始了漫长的上访之路，声言非要讨个说法不可。这不马乡长也调走了，修路的事便搁了下来。

高乡长听着，眉头不由得皱了起来。

上午十一点多钟，高乡长一路颠簸来到黄土洼。他没去找村里的干部，直接去了德福老汉家。德福老汉家前面是条小河，河的对面是一座岗丘，规划的那条路就从德福老汉的院子里穿过，被砍的那棵树的树墩清晰可见。见到德福老汉，高乡长作了自我介绍。德福老汉霜着脸，没一点儿欢迎的意思，连个座也不让，更别说倒茶递烟了，好像见了仇人似的。看到场面有点儿尴尬，信访专干对德福老汉说，高乡长今天专程来跟你商量解决问题的。

德福老汉冷冷地说，有啥好商量的，当官的是爷，俺们老百姓是孙子。他会找俺商量？

高乡长微笑着招呼德福老汉坐下，自己也坐在一条板凳上，然后说，大伯，消消气，我今天代表乡里正式向您道歉，因为我们的工作给您造成的损失，乡里照价赔偿。

德福老汉口气生硬地说，俺赊受不起。

高乡长依旧面带微笑，说，咱们整天说"要想富，先修路"，路不好，土特产就运不出去，损失都是老少爷们的。

德福老汉说，俺不听这些大道理。他马乡长让派出所抓俺，是因为年时俺给他推车时顶撞过他，他这是公报么仇。

高乡长说，我们的确有少数干部工作方法简单、粗暴，动不动就以权压人，伤害了农民兄弟的感情，我再次向你们道歉。

德福老汉说，高乡长你是不知道，那两棵树是俺爷爷的爷爷栽的，是夫妻树，已长了二百多年。俺说先等等，俺找人把它们挪挪。可他马乡长就是不等，硬要砍树，你说俺心疼不？你说俺伤心不？你也甭说了，想修这条路，除非绕道。

高乡长说，大伯，请你相信，共产党的绝大多数干部是为人民谋利益的。

眼看日头已挂在头顶，几个人的肚子都在"咕咕"地叫，可德福老汉还是寸步不让。

高乡长显得很有耐心，顿了顿说，大伯，咱们先不说这个，我今天中午想在你家吃饭，你不会不管吧。

德福老汉讥讽地说，俺家可没有鸡鸭鱼肉，只有粗茶淡饭，你还是去饭店吃吧。

高乡长呵呵一笑，说，我就喜欢粗茶淡饭。

德福老汉从未遇到过这样的干部，不情愿地给老伴儿交待了几句。

高乡长面带笑容，说，我就知道大伯是个心胸宽广的人。

德福老汉面无表情，说，你甭给俺带高帽，要不看你是新来的乡长，俺才不管你饭哩。

说话间，饭菜端了上来——一个炒鸡蛋，一个凉拌萝卜丝，外加每人一碗米饭。

闻着喷香的饭菜，高乡长夸赞道，大娘的厨艺水平不低呀。

德福老汉说，只要不让你大乡长倒胃口就中。

高乡长津津有味地吃了起来。稍不留神，一粒米饭掉到饭桌上，高乡长捡起送进口里……

德福老汉不经意地看到了这一幕。马乡长们每次下村时，村干

耳光响亮

部打酒、撵鸡的场景立时浮现在他的脑海里。德福老汉撂下饭碗，拎起斧头走出了门。

高乡长一惊，急忙拦着德福老汉，说，大伯，你要干什么？

德福老汉说，高乡长，啥也甭说了，砍树，修路。

高乡长说，树不能砍，这是古树，是文物，明天我请县园艺场的师傅来把树移了。

书　殇

刘大发无奈，把老舅拉到僻静处，说，舅，村里建图书室是应付乡里的，乡里不抓了，图书室也就撤了，图书全卖给了收废品的。"咚"，群章手中的图书掉在地上，他也像撂倒的谷个子一样直挺挺地倒下去了。

群章小时候家里穷，上不起学，三十多岁的人了还大字不识几个，书不能看，信不能读，没少吃苦头。有一年，他错把儿子的止咳糠浆当农药给打到了地里，影响了收成不说，自己还成了反面活教材，至今仍被村里人用来教育那些不好好读书的孩子。打那以后，不管日子过的多艰辛，他还是咬牙坚持，一直把儿子供上了大学。

这几年，家里宽裕起来的他寻思着办一个家庭书屋，给乡亲们提供一个读书学习的地方。他把想法一说，得到了全家的大力支持。他腾出两间屋子，购买了一百多册图书，书屋便开张了。一到晚上、农闲或阴雨天，书屋里便挤满了人。通过学习，有的成了"种田能手"，有的成了"养鸡状元"……看到乡亲们从书屋里淘到了真金，他感到自己所做的一切很值得，心里便很欣慰，很自豪。

书屋的影响在不断扩大，来读书的人越来越多，他拿出卖猪的

第五辑　耳光响亮

钱,又购买了二百册科技书籍,仅有的两间房屋有时就显得非常拥挤。正巧此时乡里要求各村建文化大院,办图书室,他便打算把图书捐给村图书室,让更多的人看到书,受到益。

在征得家人的同意后,他找到村主任刘大发。刘大发是他的外甥,他说的话,刘大发听。他说,大发,俺这代人差不多都是"睁眼瞎",吃尽了没知识、没文化的苦头。村里要办图书室,俺想把自己的图书捐出来,让乡亲们多学点儿知识。刘大发正愁没钱购买图书,听老舅这么一说,哪有不同意之理?

村文化大院建成后,乡领导专程到场参加庆祝仪式,给群章颁发了"文化使者"的匾额。群章胸佩大红花,紧挨着乡领导坐在主席台上,枯皱的脸笑成了一朵绽放的金菊。

此后,群章一有空闲就要到村图书室转转看看,一天不去,心里就感觉没着落。家人笑他,说他的魂儿被夹在书里了。他笑而不答。书被翻久了,难免有些破损,他便拿来针线、胶带,装装钉钉、粘粘贴贴,后来干脆找来牛皮纸把所有的书本都给包上了书皮。

不久,群章病了。在城里工作的儿子把他接去一检查,竟是肝癌晚期。住院期间,他还念念不忘那些图书,隔三差五就给外甥打电话,询问图书室情况,絮絮叨叨地给外甥讲知识的重要性,要村里管好图书,并说等自己的身子骨好点儿后,再买些图书带回去。起初,刘大发还满口应承,让他放心,一定把图书室管理好。后来慢慢地态度就有些不太明朗,老支支吾吾的,群章的心里便有些不踏实了。

经过一段时间治疗,群章的病情趋于稳定。想想自己已经离开老家黄土洼三个多月,便起了回去看看的念头。他对儿子说想想回家看看,再买些图书,充实一下村图书室。儿子当即反对,说,既然把书捐出去,就不要再操那份闲心了。那是村里的图书室,人家知道该咋办,你在这里安心养病就行了。群章态度很坚决,你要不答应,我就不治病了。儿子没办法,便陪他买了书,当天

203

耳光响亮

就带回了村。

群章来到村图书室，见房门紧锁，哪里还有过去熙攘的人群？他找到外甥时，外甥正在村里赵旺的饭馆喝酒。他说他又给图书室买了些书，想去图书室看看。刘大发支支吾吾地说自己走不开，让他把书放下就中。他不依，非要去图书室看看不可。刘大发无奈，把老舅拉到僻静处，说，舅，我对不住您，村里建图书室是应付乡里的，乡里不抓了，图书室也就撤了，图书全卖给了收废品的。

"咚"，群章手里的图书掉在地上，他也像撂倒的谷个子一样直挺挺地倒下去了。

周县长的谋略

周彦坤没有接老婆的话，眯着眼吐烟圈儿，陶醉在自己的"杰作"里，反复玩味着"道高一尺，魔高一丈"这个成语的意思。

按常规，常务副县长找人谈工作是用不着走出政府大院的，可周彦坤却不。他要亲自去制药厂找厂长钱金。

制药厂是县里的支柱企业，县里国税收入的一半以上来源于制药厂。问题是，国税收入属于中央财政，对于这个财政补贴县来说，中央财政是根据国税收入上缴情况确定返还数额的，若国税完不成，中央下拨给县财政的收入将会少好几百万元。对于贫困县来说，几百万可不是个小数目。这不，快到年底了，制药厂还欠税六百多万元，国税局几次催缴，甚至国税局长亲自登门，钱金都不买账，一直拖着。国税局长只好把这一情况向周彦坤作了汇报。周彦坤把手中的烟蒂狠狠地按到烟灰缸里，对国税局长说，这两天我亲自去制药厂，我就不信他钱金这么牛。

第五辑　耳光响亮

过了两天，周彦坤还真带着国税、财政局长去了制药厂。

车子行驶到厂门口，一群手持白色横幅的人挡住了去路，司机下去一看，横幅上竟印着"钱金厂长安息"几个黑色大字。这怎么可能？出发前，周彦坤还和钱金通了电话，怎么这么快人就没了？

周彦坤满腹狐疑地下车去问详情，原来是制药厂的一群老工人去给钱金出洋相，讨要厂里欠他们的工资。领头的是退下来多年的副厂长聂祖远，周彦坤是在一次接访时认识他的，后来竟成了忘年交。那次接访，就是聂祖远反映厂里拖欠老工人的工资问题。周彦坤亲自协调，可钱金嘴上答应给，却一直不发。周彦坤见钱金连他也不放在眼里，建议书记把钱金拿了，可书记说人家上边有人，动不得。钱金的小算盘是这样打的：制药厂效益可观，每年纳税几千万，政府有求于他，他却因超龄提拔无望，没有太多巴结政府的必要，犯不着像其他政府官员那样在县领导面前唯唯诺诺。这让周彦坤十分气恼，心说遇着机会再收拾你。

周彦坤挡在聂祖远面前，老聂，你们这是干什么？

聂祖远一看是周彦坤，情绪激动起来，周县长您不知道，钱金这个王八羔子吃喝嫖赌，贪污腐化，却拖着我们这些老工人的工资不发。我们要用横幅把他的门堵死，让他进不了屋。

聂祖远的话很有鼓动性，人们抖动横幅附和道，就是，让他钱金知道知道我们不是软柿子，他想捏就捏的。

老聂，你是老厂长，又是党员，解决问题要走正当渠道，可不能用这种过激手段。周彦坤晓之以理。

周县长，上次您协调至今已经几个月了，可他钱金仍一分未发，这可是我们的活命钱呀！聂祖远有点儿动情。

工人们的情绪像个火药桶，被聂祖远的这句话彻底点燃了，高喊着"给我工资"、"钱金滚蛋"的口号，举着横幅就往厂里冲。

周彦坤严肃地对聂祖远说，老聂，你赶快让工人们回去，这样闹是违法的。

耳光响亮

你把大家劝回去，就说我周彦坤表了态，工资兑现不了到政府找我。

聂祖远见周彦坤把话都说到这个份儿上了，几步跨到人群前面，伙计们，刚才周县长跟我表了态，工资他帮我们要，今天看在周县长的面子上，暂且饶了钱金，下次他再和我们过不去，咱再找他算账！

聂祖远本来就是这次行动的始作俑者，又把周彦坤抬了出来，大家也就不再坚持，收起横幅往回走去。

早有人将工人们闹事的事报告给了钱金，钱金偷偷地躲到厂门口，亲眼看见周彦坤把闹事的工人们劝走了，长长地出了口气，心里不禁升起一股内疚之情。

他急忙把周彦坤迎到办公室，又是敬烟，又是续茶，动情地说，周县长，今天您给我解了大围，我钱金永记在心里，制药厂欠的税，今天一分不欠地上缴。另外欠老工人们的工资，今天也一并结清。

周彦坤意味深长地笑了笑，这次钱厂长可给政府帮了大忙啊！我代表全县人民谢谢你！

钱金忙说，周县长可别这么说，这是我们应该做的，制药厂以后有困难，也得有劳周县长您哩！

周彦坤拍了拍钱金的肩膀，开怀大笑。

果不其然，钱金的承诺当天全部兑现了。

那天晚上周彦坤喝完酒回到家，一高兴就把催要税款的事给老婆说了。老婆笑弯了腰，好大一会儿才止着笑，以往钱金被堵屋门时也没这么老实，这次是怎么了？

周彦坤大着舌头说，钱金这小子迷信，最忌讳横幅花圈之类的东西，所以就……

我老公就是高明，是你让老聂他们去闹事的？

周彦坤说，官场上的事你少打听，我给你纠正一下，他们不是闹事，是……

第五辑　耳光响亮

老婆打断周彦坤的话，那还不是一样。

周彦坤没有接老婆的话，眯着眼吐烟圈儿，陶醉在自己的"杰作"里，反复玩味着"道高一尺，魔高一丈"这个成语的意思。

老婆的心软了一下，不过，不过你这个手段是不是有点儿太那个了！

周彦坤睁开眼，做了一个向下劈手的动作，对钱金这种人，就得使用非常手段！

肝　炎

朋友问："听说你们局长得的是肝炎，你小子就不怕被传染上？"小周呜呜啦啦地说："王……八……蛋才不怕呢！"然后神秘兮兮地附在这位朋友耳边，"去医院护理前，我专门到防疫站注射了疫苗。"

何局长近段老觉得精神不振，食欲不佳，肝部还隐隐作疼，去医院一检查——肝炎。何局长大吃一惊，他知道这病挺难治，还传染，当即便住院接受治疗。

听说何局长患肝炎住进了医院，局机关人员纷纷前去探望。办公室主任林子焕自然跑在前面，他放下大兜小兜的高档礼品，关切的问长问短。何局长往床里边挪了挪，示意他坐过去，他忙说，何局您别动，我站着就行。而当何局长吃力地伸手去拿桌上的茶杯时，一向殷勤备至的林子焕竟然移开了目光，并且始终与何局长保持一定距离。何局长深深地看了林子焕一眼，闭上眼睛靠在被垛上。林子焕见状忙说："何局，这么半天您也累了，还是休息一会儿吧。您安心养病，局里的事您就别操心了，有什么事打个电话就行，有空我再来看您。"何局长

耳光响亮

"嗯"了一声，盯着林子焕离去的背影，若有所思。

晚上，在办公室当秘书不到两年的小周来了。他坐在何局长身边，握着何局长的手嘘寒问暖，主动提出要在医院护理何局长。何局长觉得小周人挺厚道，便欣然应允。

小周嘴勤腿勤，心眼儿细。何局长稍感不适，便喊医生叫护士；嫌医院伙食不够精细，每天变着花样从酒店买来各种滋补食品，为何局长补充营养；怕何局长郁闷，闲下来就陪着海阔天空地神聊。嘴上说着，手里忙着，一会儿为何局长剥个香蕉，一会儿又给何局长削个苹果。何局长烟瘾大，老是背着医生、护士偷偷地抽，抽完了，又不停地咳嗽，嘴像个喷雾器，唾沫星子乱溅。小周先是说烟草危害大，劝何局长少抽，然后又是抚胸又是捶背，又是端水又是递纸巾。何局长很感动，一再叮嘱小周："小心点，别被传染上了。"小周回答得很干脆："没事，我身体棒着呢！"

这期间，林子焕也不断地打电话给何局长，询问病情，汇报工作。然后说，这段工作太忙，有空一定过来看望等等。何局长都三言两语地把他打发了。

一个星期后，主治医师突然来到何局长的病房说："何局长，实在对不起。"何局长丈二和尚——摸不着头脑，问主治医师怎么了，主治医师这才说："实在对不起，由于我们工作的疏忽，给您造成了误诊，请您千万谅解……"

得到这个消息，林子焕十分震惊，悔得直打自己的脸。他在何局长住院后就感觉到何局长对自己的不满。可事已至此，只好硬着头皮来到医院，装着与何局长很亲近的样子。何局长说："这里没什么事了，回去工作吧。"

何局长很快上班了，机关里的人都到何局长办公室问候，林子焕依旧毕恭毕敬地提茶倒水、抹桌拖地、递烟点火忙个不停。何局长还是客气地说："小林，你去忙吧！"

不久，局机关根据工作需要，对人员进行了调整，林子焕因工作能力强，业绩突出，调任一"重要部门"工作，小周接替林子焕任局办公室主任。

朋友们让小周请客。酒酣耳热之际，一个朋友问小周有什么独门秘笈，竟然得到局长的赏识，升迁得如此之快？小周大着舌头说："我……我也未送礼也没请客，就给何局长当了一个星期护理。"朋友又问："听说你们局长得的是肝炎，你小子就不怕被传染上？"小周呜呜啦啦地说："王……八……蛋才不怕呢！"然后神秘兮兮地附在这位朋友耳边，"去医院护理前，我专门到防疫站注射了疫苗。谁知那些笨蛋医生竟然误诊，让我白白挨了一针。"

贪食的麻雀

正当我兴奋地准备去收获战利品时，父亲却按着了我的肩膀，语重心长地说："孩子，有油水的地方最容易滑倒，你万万不能做偷食的麻雀，否则会和麻雀一样被筛子扣着。"

经过七年的拼搏，我终于去掉了局长前面的"副"字。一霎间，向我祝贺的人络绎不绝：有打电话的，有邀请吃饭的，特别是那些想求我办事的，干脆登门拜访，送来了价值不菲的礼品。

宣布我任局长的第二天，住在老家黄土洼的父亲给我打来电话，说好长时间没见到我了，想在电话中和我说说话。我当时的心情像中午的阳光一样灿烂，便毫不犹豫地说："中啊，我正想和您老说说话呢！"

父亲从小就关心我，但对我要求极严，我的一言一行、一举一动都逃脱不过他的耳目。记得有一次去上学，在路上我和几个同学烧毛豆吃，不知不觉就迟到了。我们想既然晚了，再去上学也免不

耳光响亮

了挨批评，干脆不去学校了，就在田里玩了一晌。中午回到家，父亲问我上午老师讲的啥课，我支支吾吾地说不上来。父亲狠狠地把我训了一顿，并罚我抄了两课生字。后来我才知道，父亲在我的同学中安插了"卧底"。为了我，父亲真是用心良苦！

父亲在电话中说："小子，咱家的祖坟上冒青烟了，竟然出局长了。"

听声音，父亲没有想像中那样高兴，相反却有点心事重重的味道。

我问父亲："您听谁说的？"

父亲说："反正有人给我说，还向我祝了贺呢！"

我抑制着内心的激动，故作镇定地说："组织上信任您儿子呗。"

"没有托人找关系吧？"

"看您老说的，您儿子会是那种人。"

"没有就好。我跟你说，当局长了，权力大了，但责任更大。要管好自己，千万不能贪不义之财。你给我记着，无论啥时，都要堂堂正正做人，清清白白做官，不该得的哪怕一根柴火棍也不能得。"

"我一定记住您老的话。"

……

当上局长后，找我办事的人多起来，这些人免不了请请客，送送礼。开初我还能把握自己，可时间一长，父亲的话便逐渐在我的脑海里淡化，私欲慢慢地膨胀开来。

不久，局里要建办公大楼，五六家公司前来争夺这块"肥肉"。这些公司动用各种关系找我说情，让我把工程给他们做，并给了许多承诺。有一家公司承诺最大，我便答应在竞标中支持这家公司。

就在竞标开始的前一天，母亲突然来电话，说父亲病了，让我赶快回家。父亲病了，我理应床前尽孝。我决定推迟竞标，以最快速度赶回家时，父亲正在院子里劈柴。我十分诧异，问父亲这是怎么回事。父亲放下斧头，说："我想和你小子说说话。"母亲插话道："这两天你爹不住地念叨，说你有几个月没回来了，便让我打电话把你骗了回来。"我虽为父母的做法不高兴，但既然回来了，就陪父母说说话，权且为父母尽尽孝。

我递给父亲一支烟。父亲说："当局长了，吸啥烟？"我说："软'中华'呗。"父亲又说："几块钱一盒？"我笑了笑说："几块钱够买一支。"父亲十分吃惊："你一个月多少工资，哪来恁多钱买这烟？"我说："您只管抽，就别问那么多了。"父亲说："我才不吸你的烟哩。"说着，掏出三块钱一盒的"散花"，点上一支，深深地吸了一口，"走，我带你去扣麻雀，你小时候最爱扣麻雀了。"我说："您一会儿说病了，一会儿又去扣麻雀，这到底是为什么？"父亲说："你甭问，就是想让你扣回麻雀。"我说："那是小孩子闹着玩的，有什么好扣的？"父亲很固执，一定要我去。我只好依了父亲。

正值隆冬，打谷场上只有几个大小不一的麦秸垛，成群的麻雀在场上觅食。父亲带我来到场地中央，把随身带来的草筛子用一截儿木棍支起来，在筛子下面撒了一把麦子，再用一根尼龙绳拴着木棍的下端，然后把尼龙绳拉到场边的沟里。一切布置停当，我和父亲趴在沟边，眼睛一眨不眨地盯着筛子。许是身临其境的缘故，小时候扣麻雀的情景瞬间便浮现在大脑里，让我激动不已。突然，一群麻雀从空中俯冲下来，径直落在筛子旁，然后警惕地向四周看，看样子，它们随时都有飞走的可能。我和父亲屏着呼吸，不敢动一下。可能是麦子对麻雀的诱惑太大了，它们刚飞起来又落下，这样反复几次后，感觉并没有危险，才大着胆子落回筛子旁，一蹦一跳地钻到筛子下。说时迟，那时快，父亲一拉尼龙绳，筛子"啪"地落下，把钻进里面的麻雀全扣着了。

正当我兴奋地准备去收获战利品时，父亲却按着了我的肩膀，语重心长地说："孩子，有油水的地方最容易滑倒，你万万不能做偷食的麻雀，否则会和麻雀一样被筛子扣着。"

回味父亲的话，我惊出一身冷汗，终于明白了父亲让我回来的真正用意。我清楚我该怎么做了。

一碗蒸菜

茂源老汉一怔,海碗"啪"地掉在地上,烂为两半,蒸菜洒了一地。好大一会儿,茂源老汉才回过神儿来,自言自语地说:咋走了呢?!

吃过早饭,得知何书记要到村里来,茂源老汉高兴得像个孩子,从饭场一路小跑地赶到家里,声音颤抖地对老伴儿说:"可把何书记盼来了!你把屋里屋外打扫干净,我去地里摘野菜,今儿晌午还给何书记做蒸菜吃。"老伴说:"现在何书记可是县委书记,人家啥没吃过,会吃你一碗蒸菜?"茂源老汉抢过话头:"你懂个啥?咱地里的野菜可是绿色食品,城里人稀罕着呢!再说凭咱和何书记的关系,他不会不来吃的。"说完,茂源老汉挎着竹篮,步履蹒跚地向地里走去。

早些年,何书记,也就是当年县里的何干事在村里驻队。不几天,人们相互都熟识了。村里年龄长的人都喊他小何,年龄差不多的喊他何干事,娃娃们喊他何叔叔,对他那个亲热劲儿简直像一家人。关系密切了,还真能干出一些事儿。短短一年光景,何书记和村里人一道,填了一条沟,治了一面坡,还修了一条拦河坝。

何书记政绩好,口碑也好。因了这个缘故,村里人都争着喊他到家里吃饭。没好吃的,都是些五谷杂粮,泡菜野菜。特别是茂源老汉喊得最勤,何书记去了就嚷嚷着吃蒸菜。他说茂源老汉家做的蒸菜特好吃,每次都吃两大碗。

时间长了,何书记对村里人的感情不断加深,和一个年龄相仿的姑娘的感情更深。可惜没走到一块儿。原因是姑娘的爹说姑娘配不上。尽管何书记与姑娘已经那个了,姑娘的爹仍固执地说不行。

何书记为顾全大局，只好忍痛割爱了。尽管发生了这样的事儿，村里人也没有责怪何书记，更没有影响他与村里人的感情。驻村结束时，村上派了一辆毛驴车送他。茂源老汉、那姑娘和全村的父老乡亲们，跟着毛驴车送了很远很远。

可是，何书记自那次走后，再没到村里来。茂源老汉想，这么多年没见面了，何书记现在也不知道吃过蒸菜没有，这次一定让他在村里多住些天，多吃点儿蒸菜。

茂源老汉拨开杂草，仔细地寻找野菜，寻到一棵，小心地摘下放进篮子里。老的不摘，专拣嫩的摘，摘了满满一篮。翻一条沟时，由于走得急，脚一下子踩空了，连人带篮子滚下沟底……茂源老汉吃力地爬起来，把野菜一棵一棵地捡到篮子里，一瘸一拐地回了家。

老伴儿心疼地给茂源老汉擦了把脸，拍了拍身上的泥土，又往腿上的血道子上抹了口唾沫，便赶忙去淘菜。茂源老汉不顾伤口的疼痛，一边往外走，一边说："我去村委办公室瞧瞧何书记到了没有。"

老伴儿应了声："快去吧，别让旁人把何书记请走了。"

茂源老汉来到村委办公室，果然看到门口停着一辆锃亮的小轿车，一群娃娃们正围在那儿看稀罕。茂源老汉想进去，村会计拦住他说："何书记正听村主任汇报工作哩。"

茂源老汉听说何书记正忙工作，心想先不见他，反正晌午还要喊他到家吃蒸菜哩！便恋恋不舍地往家走。

回到家，老伴儿正用旺火蒸野菜，蒜汁香菜调料已经臼好，满屋子弥漫着小磨油的清香。桌子、板凳抹得干干净净，堂屋的最里面放着一把藤椅，那是特意为何书记准备的。

少顷，茂源老汉再次去村委办公室，老远看到小轿车不见了。急急赶到门口，见大铁门已经上了锁。一打听，何书记到村酒店吃饭去了。

耳光响亮

茂源老汉小旋风似的赶到家,把已经出锅的蒸菜装了满满一海碗,提起就往村酒店赶。

老伴儿问:"何书记不来了?"

"嗯。"

"那你弄啥去?"

"我把蒸菜给何书记送去。"

"慢。你光知道急,还没泼调料哩。"说着,老伴儿把蒜汁调料泼在蒸菜上。

茂源老汉气喘嘘嘘赶到村酒店时,看到的是一片杯盘狼藉。从房间退出来,迎面碰上了村主任小耿。小耿问:"大叔,你来弄啥?"茂源老汉指了指蒸菜说:"我给何书记送蒸菜。何书记在哪儿?"

小耿说:"何书记吃完饭刚走。"

茂源老汉一怔,海碗"啪"地掉在地上,烂为两半,蒸菜洒了一地。好大一会儿,茂源老汉才回过神儿来,自言自语地说:咋走了呢?!

村长醉酒

老汉一看,还真是乡长。老汉甚感惊奇——我是爹,都没让儿子的酒醒,咋乡长一来,儿子的酒就醒了?难道乡长有特异功能?!老汉也上前搦着乡长的手摇,乡长,真得好好谢谢您,我能拿到证明了。

村长刘大发喝醉了,而且醉得还不轻。

这天中午,福善老汉为了享受低保待遇,在村里的饭店请村长喝酒。找村长办事要请他喝酒,给他送礼,这在黄土洼是人所共知的规矩。去饭店前,村长拐到老相好艳霞家,抱着艳霞就解她的裤带。

第五辑　耳光响亮

艳霞推开他，点着他的头，嗔怪道，见面就要，真是个馋猫！去吧，回来时带俩菜，再来找老娘，让你美个够。村长就像泄了气的皮球，不免有点儿沮丧。但听了艳霞的话，心里还是像猫舔一样舒坦，哼着小曲去了饭店。

　　因为心里高兴，村长的嘴上就没了把门的，对酒是来者不拒，喝得天昏地暗，喝得惊心动魄，直到下午牵牛上槽时，才摇摇晃晃地来到艳霞家。艳霞见他两手空空，没好气地说，菜呢？啥菜？村长瞪着血红的眼睛问，显然把艳霞交代的事给忘了。去，去，去！回家找你老婆睡去！说着把村长推出门外，"咣当"关上门。村长推不开门，只好骂骂咧咧地回家了。

　　村长管着村里的公章，村民在办理结婚登记、开取证明、申报户口、办理户口迁移手续等事情时，都要找他盖章。为了方便，他把公章锁在了家里。

　　村长跌跌撞撞地进了家门，刚躺到沙发上，一个又黑又瘦的老汉来家里找他，让他给开个户口迁移证明。这老汉既没拿礼品，也没有毕恭毕敬地给他敬烟，令他十分气恼，呜呜啦啦地说，你……你是谁，咋空着手跑我家来了？一点规矩都不懂，出……去！

　　老汉见村长醉得不轻，忍着气，大发呀，我是你爹，你咋撵我出去？

　　村长一听更加生气，心说你这个老汉竟敢说是我爹，真是吃了熊心豹子胆，便霍地从沙发上跳起来，抬高嗓音回骂，你这个驴日的老汉咋骂人呢？我是你爹！

　　老汉真是村长的爹。老汉见儿子回骂自己，看来是真没认出自己。想到儿子是醉酒所致，也就没跟他一般见识，还耐着性子说，大发，你再睁眼瞅瞅，我真是你爹呀！你妹子不是俩月前出嫁了吗？她婆家那边最近分地，你妹子让我把她的户口迁过去，我找你是开证明哩。

　　村长醉眼朦胧，对着老汉左看右瞧，你哄三岁孩子去吧！你不

215

耳光响亮

是我爹。我爹身高五尺，膀大腰圆，白白胖胖，像个干部。可你又黑又瘦，干干巴巴……

老汉见儿子还没认出自己，准备等儿子酒醒后再让他开证明。可转念一想，不中，闺女催得急，说今天要不把证明拿回去，就分不到地了。便求儿子，大发呀，你看爹都七十多岁了，为这事已找你两趟。上午你去喝酒了，这会儿你又醉了，你想让爹跑几趟？

村长说，我不是给你说了吗，你不是我爹，你要再说是我爹，我让派出所抓你。

老汉说，就是派出所把我抓走，我还是你爹，你还得给我开证明。

村长见老汉还说让他开证明，放声大笑，开个证明还不容易？我手一动就给你开了。然后伸出右手，拿来吧！

老汉一愣，拿啥？

村长说，我给你开证明，我就是劳动了，劳动是有报酬的。你总不能白使我吧。

老汉气得浑身打颤，再也忍不下去了，抬手给了儿子一巴掌，给你，五百元，不少吧？

村长捂着被打的脸，你……你这个驴日的竟敢打村长，我叫你吃不了兜着走。说着就给派出所打电话。

电话还没打通，门外却进来一个人。没等来人说话，村长的酒立时醒了，赶紧上前，含胸躬腰，搦着来人的手使劲地摇，乡长，您来了，事先咋不通知一声，我好去接您。

老汉一看，还真是乡长。老汉甚感惊奇——我是爹，都没让儿子的酒醒，咋乡长一来，儿子的酒就醒了？难道乡长有特异功能？！老汉也上前搦着乡长的手摇，乡长，真得好好谢谢您，我能拿到证明了。

乡长看看老汉，又望望村长，一脸茫然。

老汉顾不上再和乡长搭话，让儿子赶紧开证明。

村长说，开啥证明？

第五辑　耳光响亮

老汉又把开证明的事说一遍。

村长说，爹，你咋不早说呢？

老汉怕乡长笑话，狠狠地瞪了儿子一眼，没再往下说。

村长给老汉开了证明盖了章，就陪乡长去饭店喝酒了，一直喝到月上树梢儿，村长又有斤半白酒下肚。这回村长彻底醉了，醉得再没醒过来。